闇に咲く

おいち不思議がたり

あさのあつこ

PHP
文芸文庫

○本表紙デザイン＋ロゴ＝川上成夫

闇に咲く——おいち不思議がたり　目次

主な登場人物

［おいちをめぐる人々］

おいち……藍野松庵の娘で、菖蒲《しょうぶ》長屋で医者を目指して修行中。この世に心を残して亡くなった人の姿が見える。

藍野《あいの》松庵《しょうあん》…おいちの父。蘭方医として名を馳せていたが、今は一介の町医者。

お里《さと》……おいちの母。おいちが五歳のときに病《やまい》で亡くなる。

おうた……おいちの伯母。『香西屋《こうさいや》』の内儀《おかみ》。

おかつ……おうた付きの小女《こおんな》。

仙五朗《せんごろう》……本所深川界隈を仕切る凄腕の岡っ引。〝剃刀《かみそり》の仙〟の異名を取る。

新吉《しんきち》……腕のいい飾り職人。おいちに想いを寄せている。

おふね……おいちの幼馴染《おさななじみ》。赤子を死産したことで命を落とす。

お松……おいちの幼馴染。幼い妹たちの面倒をみている。

およし……作兵衛長屋に住み、夜鷹《よたか》をしながら赤子を育てている。

［いさご屋の人々］

庄之助《しょうのすけ》……小間物問屋『いさご屋』の主《あるじ》。

吉兵衛《きちべえ》……庄之助の父。先代の主。

お富《とみ》……吉兵衛の後妻。

お久《ひさ》……庄之助付の女中。庄之助の双子の姉・お京の乳母。

弐助《にすけ》……『いさご屋』の番頭。

お町……『いさご屋』の小女

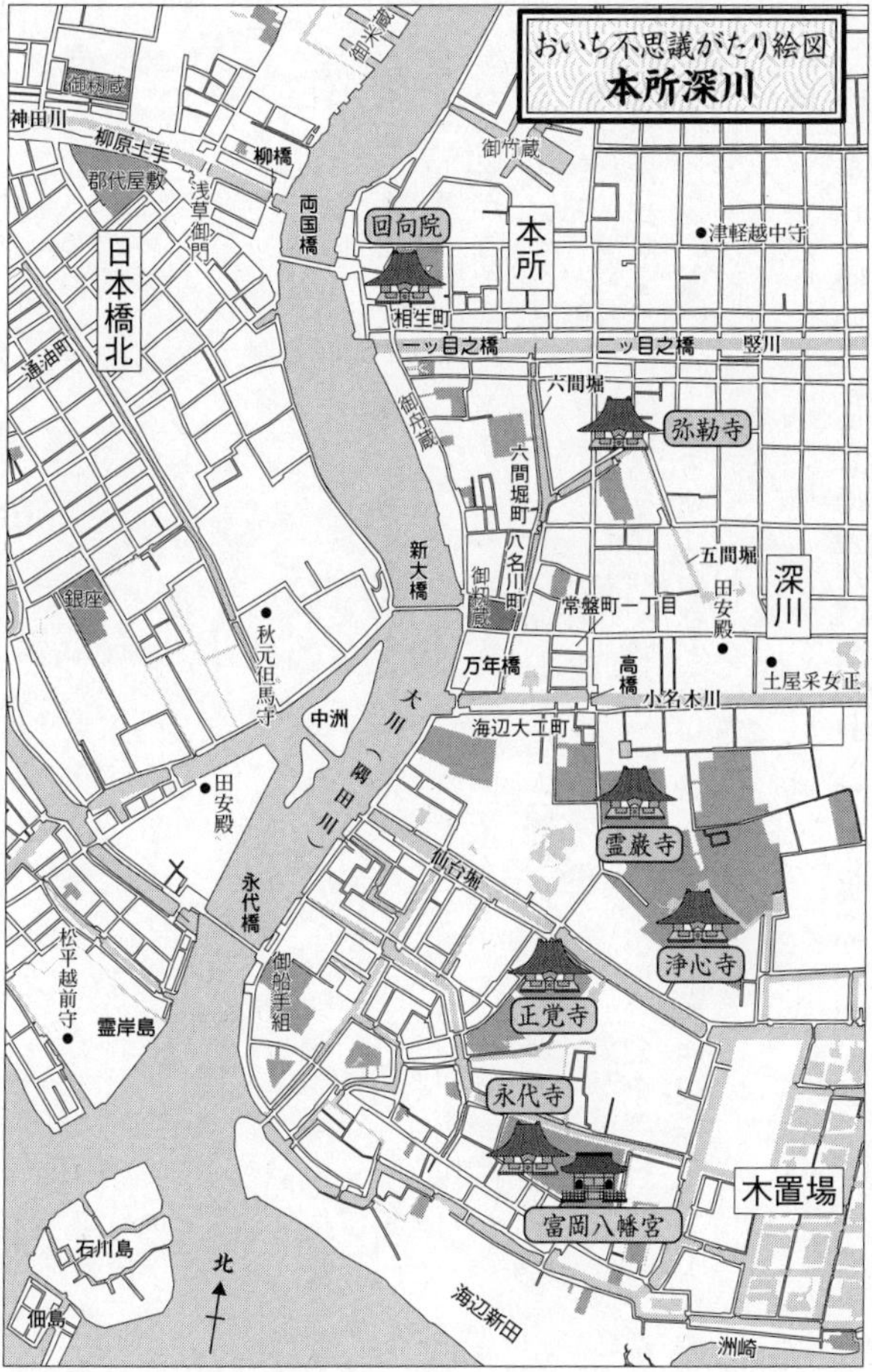
おいち不思議がたり絵図
本所深川
御米蔵
御厩蔵
神田川
柳原土手
柳橋
郡代屋敷
浅草御門
両国橋
御竹蔵
回向院
本所
津軽越中守
日本橋北
相生町
一ッ目之橋
二ッ目之橋
竪川
通油町
六間堀
御舟蔵
弥勒寺
六間堀町
八名川町
新大橋
五間堀
深川
御籾蔵
田安殿
常盤町一丁目
銀座
秋元但馬守
万年橋
高橋
土屋采女正
小名木川
大川（隅田川）
中洲
海辺大工町
田安殿
霊巌寺
仙台堀
永代橋
浄心寺
松平越前守
御船手組
正覚寺
霊岸島
永代寺
木置場
富岡八幡宮
石川島
北
佃島
海辺新田
洲崎

序

月は見えない。

星も中空あたりに一つ、二つと数えられる程度だ。

雲が空を覆《おお》っている。

湿《しめ》った風が吹き付けてくる。

程なく雨になりそうだ。しかも、かなりの大降りになる。およしは息を吐《は》き出し、鬢《びん》のほつれを掻《か》き上げた。

死んだ母親がよく、ため息を吐《つ》いていた。針を使いながら、米を磨《と》ぎながら、洗い張りをしながら、しょっちゅう嘆息《たんそく》を零《こぼ》していたのだ。俯《うつむ》き加減《かげん》の顔をさらに俯けて。

鬱陶《うっとう》しいと思った。

ため息を吐き俯いて生きる母親が、鬱陶しくて堪《たま》らなかった。

おっかさんは空を見るってことを知らないんだろうか。

子どもも心にも母への侮蔑《ぶべつ》と憐憫《れんびん》を感じたものだ。

なのに、よく似た、いやそっくりの吐息《といき》を漏《も》らしている。空はたまに見上げるけれど、ほとんどが夜のものだった。日の光のない、黒い空だ。

「およしちゃん」

後ろから声をかけられる。しゃがれて男か女か俄《にわか》には判別できない声だった。

「どうだい？」

客がついたかと、しゃがれ声は問うているのだ。さっぱりだねと、およしは答えた。

「そっちはどう？　お栄《えい》さん」

声の主《ぬし》はお栄という三十を過ぎた女だった。小太りで顔も身体《からだ》も丸い。そのせいか、年よりは幾分《いくぶん》、若く見える。もっとも、こういう商売に身を堕《お》としているすさみは、目元にも口元にもくっきりと現れて、時折《ときおり》、お栄を老婆のように見せたりもするのだが。

「さっぱり、さっぱり。ずっと柳の下に立ってるのに、一人もつきゃあしない。どういう按配《あんばい》なのかねえ」

「今夜は早々に店仕舞《じま》いかもね。雨も降りそうだし」

ため息を辛《かろ》うじて呑《の》み込むと、およしはわざと陽気な物言《ものい》いをした。くすくすと笑い声をたててもみた。

「まっ、こんな日もあるよ。あたしたちの商売、当たり外《はず》れはつきものじゃないか。また、明日、稼《かせ》げばいいんだからさ」

「あんたは若いから、そんな暢気《のんき》なことが言えるんだよ」

お栄の口調《くちょう》に険《けん》が交《ま》ざる。

「あたいぐらいの年になるとね、明日なんてないも同じさ。毎日稼がないと、すぐにおまんまの食い上げになっちまうんだよ。こんな日もあるなんて能天気《のうてんき》に笑っていられるもんか」

お栄には、五つになる娘と老いた母親がいた。己《おのれ》も含め三つの口を糊《のり》しなければならない。岡場所《おかばしょ》の遊女《ゆうじょ》よりさらに下品《げぼん》の夜鷹《よたか》となれば、通り相場は二十四文《もん》。お栄の年と器量では、その値を渋《しぶ》る客もいた。家族を養うのは並大抵ではない。

お栄の焦《あせ》りも苛立《いらだ》ちも、よくわかる。けれど、八つ当たり気味に絡《から》んでこられては堪らない。迷惑だ。腹も立つ。

苦労はお互いさま。あたしだって赤ん坊を抱《かか》えて必死なんだよ。

言い返そうとしたけれど、やめた。夜鷹同士、言い争っても一文にもならない。騒《さわ》いでも、喚《わめ》いても、罵《のの》り合っても何も変わらないのだ。銭《ぜに》が入ってくるわけでも、腹《ふく》が膨れるわけでもない。むしろ、気分はさらに塞《ふさ》ぎ、死にたいとさえ感じてしまう。

ともかく、今夜はもう仕舞いにしよう。

足元の筵《むしろ》を拾い上げようとしたとき、光が見えた。淡《あわ》く、儚《はかな》く、闇《やみ》にすぐにも呑み込まれそうなか細い明かりだ。ゆらゆら揺《ゆ》れながら、近づいてくる。

提灯《ちょうちん》だ。誰かが提灯を手に川土手を歩いてくる。お栄もおよしも口をつぐみ、耳をそばだてる。足音は一つだけだった。土を踏みしめる音がしだいに確かなものになる。

夜も更《ふ》けたこの刻《とき》、この場所だ。女が独《ひと》り歩きするわけがない。

足音が大きくなる。明かりがこちらに向かってくる。

「ね、およしちゃん」

お栄がすり寄ってきた。

「あの客、あたいが先に声をかけてもいいだろう」

「客かどうか、まだわかんないじゃないか」

「客にしてみせるさ。せっかくの鴨《かも》だ。何がなんでもいただくよ。ね、後生《ごしょう》だよ。一文も稼がずに帰るわけにはいかないんだ」

お栄の切羽《せっぱ》詰まった口調に、思わずうなずいてしまった。

「……わかったよ。お栄さんに譲《ゆず》る」

「ありがたいね。恩にきるよ」

お栄は被《かぶ》っていた手拭《てぬぐ》いの端《はし》をくわえ、筵を脇《わき》に抱えた。闇の中を滑《すべ》るような足取りで遠ざかる。間もなく、

「ねえ、ちょいと旦那《だんな》」

しゃがれた声が聞こえてきた。

「どこに行くんです。急ぎじゃなけりゃあ、あたいと遊んでおくれよ。お安くしとくからさ。あら……そんなに尻《しり》ごみしなくても。ほら、暗闇に隠れちゃなんにも見えないじゃないか。ふふ、可愛《かわい》いねえ。もうちょっとこっちにおいでよ。え？」

お栄の口語《こうご》が戸惑《とまど》うように揺れた。しかし、すぐに声を潜《ひそ》めたのか、何も聞こえなくなる。提灯の明かりも消えた。どうやら、上手《うま》く男を引っ張り込めたようだ。

虫の音《ね》がひときわ、盛んになった。耳の奥まで響《ひび》いてくる。

およしはもう一度、夜空を仰《あお》いだ。

頬《ほお》に雨があたる。

これから先、どうなるんだろう。

唐突《とうとつ》に胸が騒いだ。

こうやって、夜毎《よごと》に闇に紛《まぎ》れる。客を待ち、身体を売り、一日一日をしのぐ。こ

んな暮らしがいつまで続くのか。いつまで続けられるのか。

乳房《ちぶさ》が疼《うず》いた。乳が張って、熱を持っている。

四月《よつき》前に男の子を産《う》んだ。父親のいない子だ。正蔵《しょうぞう》と名付けた。およしが五つのとき亡《な》くなった父親の名前をもらった。父親は腕のいい大工《だいく》で、肩幅の広い頼《たの》もしい体つきをしていた。よく肩車をしてもらった。時が経《た》つにつれ、その面体《めんてい》は朧《おぼろ》になるのに、抱き上げられた瞬間のすうっと天に昇っていくような心地《ここち》よさ、肩の上から見る風景の面白《おもしろ》さ、伝わってきた人の身体の温《ぬく》もりはむしろ、鮮《あざ》やかになっていく。

母親の若い笑顔も時折、はっと息を詰めるほど鮮明に浮かんできたりした。そう、父が生きていたころ、母は笑み顔《え》の美しい女《ひと》だったのだ。おしゃべりで、陽気で、長屋のおかみさん連中としょっちゅう立ち話をしては笑い合っていた。そう、そうだった。あのころ、あたしはため息とも嘆《なげ》きとも無縁でいられた。今日と同じ、優《やさ》しい明日が必ず来ると信じていられた。なんて幸せな、平穏な、そして脆《もろ》い日々だったんだろう。

頰から顎《あご》へと水滴が伝《つた》う。

涙ではない。雨粒《あまつぶ》だ。昔が恋しくて泣くほど弱くはなかった。もっと強く、もっとしたたかにならなければ、正蔵を守れない。

そうだ、あたしは正蔵を守らなくちゃいけない。この世には鬼《おに》が……人の形《なり》をした鬼がいるのだ。

およしは、我知らず身体を震《ふる》わせていた。怖《おそ》ろしい怖ろしいと呟《つぶや》いていた。鬼の棲《す》む世に比べたら貧乏暮らしなど何程のこともない。

乳首の先から乳が滲《にじ》み、着物の胸を濡《ぬ》らした。

帰ろう。坊がお腹《なか》を空《す》かせて待っている。

草かげから土手に上がる。夏の間中、藪蚊《やぶか》に散々《さんざん》悩まされてきたが、秋が深まったこのごろ、さすがに羽音を聞かなくなった。けれど、間もなく凍《い》てつきの季節がくる。藪蚊よりもずっと性質《たち》が悪く、厄介《やっかい》だ。冬の間に凍《こご》えて死ぬ女が、必ず幾人かいた。たいてい寒さしのぎにと酒を飲み、そのまま雪空の下で寝入ってしまった老夜鷹だ。誰それが凍え死んだと耳にするたびに、己の末路を思わざるを得ない。思っても、考えてもしかたないと怯《ひる》む心から目を背《そむ》けはするのだが。

およしは、足を止めた。

振り向く。

何かが聞こえなかったか？

何かとても……とても、なんだろう？　何が聞こえたんだろうか？

耳を澄ます。

虫の音だけが響いている。

空耳《そらみみ》？　気のせい？

草むらが動いた。ざわざわと芒《すすき》の揺れる音がする。しかし、それも直《じき》に静まった。

ああ、あれの音だったのか。

得心《とくしん》できた。それにしても……。

まあまあ、お栄さんたら、えらく張り切っちゃって。

せっかく摑《つか》んだ客を逃《の》がすまいと、お栄は懸命なのだろう。滑稽《こっけい》だ、露骨《ろこつ》だと嗤《わら》う気はさらさら起こらなかった。およしだって、同じ真似《まね》をする。上手くやれば、明日の夜も男は来てくれるかもしれない。また来ると約定《やくじよう》の一つも残してくれるかもしれない。真夏に雪を待つよりも虚《むな》しい誓いではあっても、微《かす》かに温《あたた》かな灯《とも》しとはなる。

およしは小さく肩を窄《すぼ》めると、足音を忍ばせて商《あきな》い場所を離れた。

雨が降り注《そそ》ぐ。

細い雨は虫の声に融《と》け、地に染《し》み込んでいくようだった。

翌朝は、見事に晴れ上がった。

明け方近くまで降り続いた雨が埃《ほこり》や塵《ちり》を洗い流し、江戸の町は磨《みが》きあげた板場のような、艶々《つやつや》しい朝を迎えた。

女は朝日に晒《さら》されて、横たわっていた。

見開いたままの眼《まなこ》に光が差し込む。瞼《まぶた》の上に飛蝗《ばった》が止まっている。キチキチと鳴きながら、飛び立つ。

女は動かない。

口を半《なか》ば開け、舌《した》を覗《のぞ》かせている。己の姿に驚き、途方に暮れているような表情だった。

女の腹は、縦一文字《たていちもんじ》に裂《さ》かれている。

女の動かない眼が、はみ出した臓物《ぞうもつ》を見詰《みつ》めている。

血の臭《にお》いに誘われて、野犬たちが集まってくる。獲物《えもの》を争い、威嚇《いかく》し合う。

清涼な朝に似つかわしくない唸《うな》り声、吼《ほ》え声が川辺《かわべ》に流れた。

夜鷹《よたか》の闇《やみ》

一

畳《たたみ》を拭《ふ》き終わり、おいちは額《ひたい》の汗を拭《ぬぐ》った。

これであらかた片付いた。後は荷物を運び込めばいいだけだ。荷物といっても、おいちと父の松庵《しょうあん》の私物だけだから、風呂敷包《ふろしきづつ》み一つで事足りる。

「まったくねえ、馬鹿馬鹿《ばかばか》しいったらありゃしない」

上《あ》がり框《かまち》に腰を下ろし、おうたが唇《くちびる》を尖《とが》らせる。その顔つきのまま、視線をぐるりと巡《めぐ》らせた。

「引越ししますなんて言うもんだから、こっちはてっきり表通りにでも看板を出すのかと喜び勇《いさ》んで来てみたら、はっ、同じ長屋にもう一間《ひとま》借りるだけだったなんてさ。下手《へた》な落《おと》し咄《ばなし》でも、もうちょっとましな落ちが付くってもんだよ」

「引越しするのに、なんでいちいち落ちなんか付けなきゃいけないのよ。それこそ馬鹿馬鹿しいでしょ。それに、一間借りられたおかげで、ずい分楽になるんだから。今までは、動かせない患者さんができたら、あたしたちの寝る場所をあけ渡してたの。でも、これからはここで眠れるわけ。すごい、嬉《うれ》しい」

本音《ほんね》だった。

これまで借りていたのは間口二間《けん》奥行き四間の部屋だった。一間四方の土間と板の間、六畳《じょう》の畳敷《たたみじ》きがついていた。その六畳でおいちと松庵は食事をとり夜具《やぐ》を敷くのだが、患者が運び込まれてくると、そこしか寝かせる場所はなかった。そうすると、おいちたちは台所か板の間の隅《すみ》に膝《ひざ》を抱《かか》えて眠ることになる。慣《な》れているし、何より患者が第一と承知もしているので、不平不満は僅《わず》かも湧《わ》かなかった。それでも、手足を伸ばして眠れぬ夜が三晩も続けば、さすがに辛《つら》い。

隣にもう一間借りられたことで、そんな辛さは解消されるはずだ。嬉しい。ほんとうに嬉しい。父の思い切った決断が嬉しい。心配なのは店賃《たなちん》だが、それもなんとか見込みが立ちそうだ。

このところ、松庵の評判を聞きつけて遠くからおとなう人が増えた。本所深川界隈《ほんじょふかがわかいわい》だけでなく、大川《おおかわ》（隅田川《すみだがわ》）の向こう、日本橋《にほんばし》や浅草《あさくさ》からも患者がやってくる。

その日暮らしの職人や棒手振《ぼてふ》りももちろん多かったが、中には名の知れたお店《たな》の主人や大工《だいく》の棟梁《とうりょう》もいた。そういう人たちから松庵は遠慮なく高額の薬礼《やくれい》をふんだくる。いや、請求する。

それやこれやで、おいちと松庵の懐《ふところ》は少しだが温《あたた》かくなっているのだ。米も炭《すみ》も味噌《みそ》も醤油《しょうゆ》も買える。油だって手に入る。薬種問屋《やくしゅどんや》への支払いに頭を悩ませずにすむ。

なんだか夢みたいだ。

「もう、情けない。涙が出てくるよ」

おうたが袖口《そでぐち》で目頭《めがしら》を押さえた。

「寝る場所ができたから嬉しいだなんて、まともな家の娘の台詞《せりふ》じゃないよ。ああ情けない。ああ悲しい。お里《さと》がこの有り様を見たら、どれだけ辛いか……」

「母さんだったら、一緒に喜んでくれるよ。もう、伯母《おば》さん、文句が多過ぎるって。口より手を動かしてよ。その上がり框、まだ拭いてないんだから、ささっとお願いします。はい、お雑巾《ぞうきん》」

「嫌《いや》だね。雑巾掛けなんか御免こうむるよ。手が荒れちまう。おかつにでもやらせな。そのための小女《こおんな》なんだからさ」

「おかつちゃんは今、水汲《みずく》みに行ってくれてんの。伯母さん、雑巾掛けが雑《ざつ》だって、しょっちゅうおかつちゃんに怒《おこ》ってるでしょ」

「馬鹿をお言いでないよ。あたしはね、怒ってるんじゃなくて躾《しつけ》をしてるんです。し・つ・け。うちで奉公《ほうこう》していて雑巾掛け一つ、まともにできませんなんて言われちゃ『香西屋《こうさいや》』の名折れだからさ」

「だったら、雑巾掛けの手本、ちゃんと見せてあげたら」

「へん、上手《うま》いこと言うじゃないか。だけど、その手に乗るもんかい。あたしはね、嫌と言ったら嫌なんだよ」

「伯母さん、まるで駄々《だだ》をこねてるみたい」

おうたがぷいと横を向く。拗《す》ねた子どもを思わせる仕草《しぐさ》だ。おうたはおいちの母の姉、つまり伯母にあたる。八名川町《やながわちょう》の裕福な紙問屋《かみどんや》『香西屋』の内儀《おかみ》として、いつも隙《すき》のない身拵《みごしら》えをしていた。やや、いや、かなり太り過ぎではあるが、化粧映《ば》えのする華やかな顔立ちの女人《にょにん》でもあった。

そのおうたが口をへの字に曲げた拗ね顔をしている。吹き出したいほどおかしい。しかし、ここで笑えば、おうたの機嫌はますます悪くなる。そのあたりの呼吸《いき》はよく心得ている。なんといっても伯母とは、実の母娘《おやこ》のように隔《へだ》てのない付き合いをしているのだ。

母のお里はおいちが五つの年に亡くなった。それからずっと、おうたは何かにつけおいちと松庵の世話をやいてくれている。もっとも、本人曰《いわ》く「あたしが可愛《かわい》いのはおいちだけですからね。臍曲《へそま》がりで貧乏籤《くじ》しか引けないような義弟《おとうと》なんて、金《こん》輪際《りんざい》、願い下げですよ。けど、腐っても黴《かび》が生《は》えてもおいちの父親なんだから、しょうがなくあれこれ面倒みてるんじゃないか。そこのところ、松庵さん、わかってるのかねえ」ということであるらしい。その金輪際願い下げの義弟、松庵に言わせれば「義姉《ねえ》さんのおせっかいは、生まれつきの病《やまい》みたいなもんさ。他人のことが放っておけない性質《たち》なんだよ。ありゃあ、死ぬまで直らないし、義姉さんが死ぬなんて百年も先になる気がするしで……。まあ、あの口の悪さには閉口《へいこう》するが、あれほど面白《おもしろ》い人もいないと割り切って諦《あきら》めるしかないな」となる。

父と伯母、松庵とおうたは顔を合《か》わせれば、どこまで冗談《じょうだん》でどこからが本気なのかさっぱり摑《つか》めない掛け合いを交わしている。

「ほんとにね。お里は松庵さんのどこがよくて、所帯《しょたい》をもとうなんて思ったんだろうね。あの娘《こ》は昔から頭がよくて、目が利《き》いて、張りぼてなんかを摑まされるはずじゃなかったんだけど。やっぱり、人間、魔がさしちまう一時《いっとき》があるのかねえ」

「義姉さん、それ、どういう謂《いい》ですかね。まるで、わたしが大外《おおはず》れの亭主のように聞こえなくもないんですが」

松庵が耳の穴を穿《ほじ》くる真似《まね》をする。

「聞こえてもらわなきゃ困りますよ。松庵さん、まさかだけど、あんた、自分がまっとうな亭主、まっとうな父親だなんて変な考え違いをしてるんじゃないだろうね」

「はっ、考え違い？ いやあ、そりゃあないでしょう。わたしがまっとうでなかったら、江戸にまっとうな亭主も父親もいないって話じゃないですか」

「誰がそんな話をしたんです。おふざけじゃないよ。松庵さんがまっとうだっていうなら、江戸の男が全部、まっとうな父親、亭主ってことになりますよ、ふん」

「うわあっ、ひでえ。そこまで言うかな」

松庵はのけぞり、口元を窄《すぼ》めた。

「なんですか。その、わざとらしい身振りは。鳥に糞《ふん》でも落とされたかい」

「ここは家の中ですよ。どうやったら、鳥の糞が落ちてくるんです」

「おや、そうかい。あんまりボロ屋だから屋根がないのかと勘違《かんちが》いしちまってね。これは、どうもご無礼《ぶれい》いたしました」

「けっこうですよ。義姉さんの無礼には慣れっこになってますから。義姉さんから無礼をとったら、身体の肉より他はほとんど何も残りゃしませんからね。ははは」

「何がおかしいんです。ほんとに、この人はよくもそれだけ言いたいことが言えること」

「いやいや、義姉さんだけには言われたくない台詞ですよ」

という按配《あんばい》である。

仲が良過ぎるのだと、おいちは看破《かんぱ》している。赤の他人の二人は、お里を通じて知り合った。貶《けな》し合い、からかい、際《きわ》どい言葉をやりとりしながら、お互いを知り、近づき、本物の姉と弟より気のおけない間柄になっている。そして、おうたも松庵も遠慮なく言葉を交わせる一時を、それぞれに楽しんでいるのだ。

伯母が亡《な》くなれば父は号泣《ごうきゅう》するだろうし、父が先に逝《ゆ》けば伯母は落胆《らくたん》のあまり、泣くことさえできないかもしれない。

そんな不吉《ふきつ》なことを、おいちはたまに考えたりする。

おいちは、父も伯母も大好きだった。

長屋で暮らし、一介《いっかい》の町医者として生きる松庵が好きだ。その仕事の手助けができることを嬉しく思う。いつか、父のようにこの手で患者を助けたい。痛みを和《やわ》らげてあげたい。命を救いたい。死への恐れと残される者の辛さにできる限り寄り添いたい。

父さんのような医者になりたい。

おいちの心にいつの間にか芽生《めば》え、根を張り、育ってきた想《おも》いだ。今も確かに胸の奥にある。

自分が松庵とも、おうたとも血の繋《つな》がらない身だと知ってからも揺《ゆ》るがなかった。むろん、言葉に尽くせない衝撃ではあったが。

松庵が、おうたが、ほんとうの父でも伯母でもなかった。面影《おもかげ》を抱き締めてきたお里が実の母ではなかった。

そんなことがあるだろうか。あってもいいのだろうか。

頭を抱え、身体《からだ》を丸め、うずくまりそうだった。けれど、おいちは立っていた。衝撃が過ぎ去ると、意外なほどさばさばとした心持ちが訪れたのだ。

――なあ、おいち、おまえはおれの子なんだ。お里がおれに遺《のこ》してくれた、たった一人の娘なんだ。

――おいち、血なんてどうでもいいのさ。誰の腹から生まれたかじゃなくて、誰に慈《いつく》しんでもらったか、よーく考えな。

父と伯母の言葉が心に染《し》み込み、温《ぬく》もりに変わる。

医師、藍野《あいの》松庵が娘。

八名川町紙問屋『香西屋』内儀《おかみ》、おうたの姪《めい》。

それが、おいちだった。まるで拘《こだわ》りがないかと言えば嘘《うそ》になるけれど、昔に拘るよりも将来《さき》を見据《みす》えたい。

父さんのような医者になりたい。

父さんのような医者になる。

この想いを想いに留《とど》めず、現《うつつ》に咲かせたい。そのためなら、どんな苦労も辛抱《しんぼう》も厭《いと》わない。

決意している。嫁《とつ》ぎ、子を産《う》み、子を育て、穏《おだ》やかに老いていく。そんな一生を捨てても、叶《かな》えたい想いなのだ。口にはしないけれど、松庵もおうたもとっくに感づいているだろう。松庵はそれでよしとも、違った道を探せとも言わない。おうたの方は、はっきりと、

「おいち、あたしはね。おまえの花嫁姿をこの目で見るって夢、諦めたわけじゃないからね。心しておきなさいよ」

と、言い切る。そして、飽《あ》くことなく縁談話を持ち込んでくる。

「おまえは頑《かたく》な過ぎるんだよ。医者になりたきゃなればいいさ。だけど、所帯をもったら医者にはなれないのかい？　馬鹿をお言いでないよ。そんなお触れがいつ出たんだよ」

この前、やんわりと見合いを断ったら、そう捲《まく》し立てられた。

「おまえは、端《はな》から努めようって気がないんだよ。働きながら、誰かの女房や母親になる意気がないんだろう。ふふん、ちゃんちゃらおかしいや。周《まわ》りのおかみさん連中をちっとは見習いなよ。みんな、内職やら亭主の手助けやら店の切り盛りやらしながら、何人もの子を育ててるじゃないか。それとも何かい。医者って仕事は、そんなに大層《たいそう》なものなのかい。所帯をもったらできないほど、大層なものなのかい、え？　どうなんだよ、おいち」

「……そんなことはないけど……」

「ないけど、どうなんだよ」

「忙しいのは忙しいと思うの。患者さんは昼も夜も区別なしに来るでしょ。そうしたら、子どもの世話をしていようが、旦那《だんな》さまと語り合っていようが仕事をしなきゃいけないもの」

「区別すりゃあいいだろ。お天道《てんとう》さまの出てるときしか診《み》ません。夜は休診ですってさ」

「そんなわけにはいかないでしょ。病気や怪我《けが》に昼も夜もないんだから。愚図愚図《ぐずぐず》してたら、患者さんの命に関《かか》わっちゃう」

おうたが長い息を吐《は》き出した。

「やれやれ、なんてこったい。やっぱり、お里が亡くなったとき、無理やりにでもおまえを引き取ればよかったんだね。一生の不覚だよ。松庵さんが、男手一つでりっぱに育て上げてみせるなんて、見得《みえ》を切るもんだから、つい渡したのが間違いだったんだ。『香西屋』で育っていれば、おまえも一人前《いちにんまえ》の娘になって、今ごろはどこかへ嫁いでいるはずだったんだ。いや、『香西屋』の跡取《あとと》りとして三国一《さんごくいち》の婿《むこ》を迎えていたかもしれないねえ……。ああ、考えれば考えるほど惜《お》しいことをしたもんだ。悔《く》いが残るねえ」

と、もう一度、さっきより長いため息を吐《つ》いた。おうたが嘆《なげ》いても、口ほど悔やんでもいないと知っているから、苦笑《にがわら》いしながら放っておく。それに、おいちはとうに気が付いていた。この賑《にぎ》やかで口の悪い伯母が、父と同じぐらいおいちを慈しみ、支え、受け入れてくれていることを。

ありがたいと思う。ときに掌《て》を合わせたいような心持ちにもなる。

「伯母さん、ありがとう」

そう掌を合わせたら、おうたはおそらく「おまえに礼を言われる筋合いはないよ。やめておくれよ。あたしは仏《ほとけ》さんじゃないんだから」と、撥《は》ねつけるだろう。情の濃い、心根《こころね》の優《やさ》しい人だ。恥ずかしがりやで、細《こま》やかで、誠実に生きている人でもある。

大好きだ。もう少し静かで控え目なら満点だと、いつも思う。いつだったか松庵が、「絶対に剝《は》がれない膏薬《こうやく》なんてものがあったら、一番に義姉《ねえ》さんの口に貼《は》り付けたいもんだな」なんて、独《ひと》り言《ごと》のように呟《つぶや》いていた。つい、うなずいてしまった。

今日も、おうたの口は止まらない。

上《あ》がり框《かまち》に腰かけたまま、手荒れをしなくてすむ、つまり水仕事と縁のない豊かな暮らしがいかに人の性根《しょうね》を蝕《むしば》むか、娘盛りがいかに早く過ぎてしまうか、貧乏暮らしがどれほどすばらしいか、滔々《とうとう》としゃべり続ける。

しゃべっている最中、松庵が入ってきた。最悪の展開になりそうで、おいちは身を竦《すく》める。できることなら、裏からそっと逃げ出したい。

「おや、義姉さん、いらしてたんですか」

「来てちゃ、いけませんでしたかね」

「またまた、そんな言い方を。すぐに突っかかってくるのは義姉さんの悪癖《あくへき》の一つですよ。直してください」

「ちょいと松庵さん、それじゃあ、あたしが悪癖を三つも四つも持っているみたいに聞こえるじゃありませんか」

「いやあ……わたしが数えただけでも三十や四十はありますが」

おうたの鼻が膨《ふく》らむ。戦《いくさ》が始まる合図だ。おいちは土間に下り、黙《だま》って箒《ほうき》を動かした。

「よくも言ってくれること。あたしはね、松庵さんが甲斐性《かいしょう》を出して引越しをするって聞いたから、お祝いに駆《か》けつけたんですよ」

松庵は座敷に上がると、あはあはと朗《ほが》らかな笑い声をたてた。

「甲斐性だなんて、あははははは。けど、義姉さんに褒《ほ》められると尻《しり》が痒《かゆ》くなりますな。どうしてでしょうかね」

「知るもんかね。それに、あたしは褒めちゃいませんよ。お祝いに駆けつけてみれば、長屋の隣一間を借りただけってお粗末な話じゃないか。がっかりしちまって、自分の早とちりが悲しくなってんですよ。尾頭《おかしら》付きの鯛《たい》を持参しなくてほんと、よかった」

「いや、今からでも遅くないです。今夜は引越し祝いに、刺し身の盛り合わせでも魚屋に頼みますか。もちろん、義姉さんの奢《おご》りで」

「冗談《じょうだん》じゃありません。何が悲しくて、松庵さんに刺し身を奢らなきゃいけないんです。表通りに看板でも出したなら、ともかく」

ぱたっ。

おいちの足元に箒が倒れる。

「おいち？　どうした？」

木偶《でく》のように突っ立っているおいちに、松庵が声をかけた。おいちは、ゆっくりと振り向き、父を見詰《みつ》める。見詰められた松庵が瞬《まばた》きし、口元を引き結《むす》んだ。

血の気《け》の引いた青い顔をしていると、わかる。

背中が寒く、指の先が冷たい。

「おいち、顔色が悪いよ」

おうたが立ち上がるより先に、松庵が動いた。素早《すばや》くおいちの傍《かたわ》らに寄り、肩に手をかける。

「だいじょうぶか。もしや、また……」

点頭《てんとう》する。肩に乗った手が温かい、温石《おんじやく》のようだ。その温《ぬく》みに身体の強張《こわば》りが融《と》けていく。

「父さん、患者さんが……来る」

「そうか。相当、酷《ひど》い有り様なんだな」

もう一度、ゆっくりとうなずいた。頭の隅が痛い、重い、疼《うず》く。そして、臭《くさ》い。血の臭《にお》いが鼻孔《びこう》に満ちてくる。異臭が満ちてくる。こんなにも臭うのなら、どれほどの血を流しているのだろう。とすれば、病ではなく怪我の見込みが大きい。大怪我をした患者が運び込まれる。

「よし。すぐに用意をしなければ。おいち、頼むぞ」

「はい」

頭を振る。寒気も痛みも振り払う。それだけの仕草で、気持ちがしゃんとする。

患者が来る。ぼんやりしている暇《ひま》はない。

松庵に続いて、隣の部屋に駆け込む。

『医師　藍野松庵　診立《みた》てまつる』

そう記された木札が揺れる。その横には、字の読めない患者のための色札《いろふだ》が掛かっている。二枚の札はぶつかり合い、乾《かわ》いた音をたてた。

おいちはすぐに竈《かまど》の火を掻《か》き立て、湯を沸《わ》かす。晒《さら》しを揃《そろ》え、板の間に薄縁《うすべり》を敷いた。

「ちょっ、ちょっと、急に何事だい」

おうたが戸惑《とまど》いの声と表情で入ってくる。

「患者って、どこにもいないじゃないか」

「これから、来るの」

「えーっ。おいち、また例のやつかい」

おうたの頓狂《とんきょう》な声を聞き流し、おいちはくるくると動き回った。患者を診てからでないと、明確な治療の方法は決められない。当たり前だ。今できるのは、遺漏《いろう》なく準備を整えることだけだ。

準備を整え、おいちは一息《ひといき》吐いた。

来る、感じる。血の臭いがする。

自分にどうしてこんな力が備わっているのか、おいちにも解《げ》せない。まるで、解せない。

感じる。

これから運び込まれる患者を感じるのだ。いつもではない。何カ月かに一度か二度、ここ半年は何も感じず、何も見なかった。大病だから、大怪我だから予《あらかじ》め見る……というわけではない。どういう物差しで自分が先を感じるのか、おいちにもとんと見当がつかないのだ。己《おのれ》のことが己で解せない。

でも、いいと思う。開き直りかもしれないが、いいと思う。

おいちが感じることで、患者を待ち受け、僅かでも早く治療ができるなら、松庵の仕事に役立ち命を救う一助となるのなら、この力を疎《うと》ましく考えるより、ありがたいと喜ぼう。

「もう暗くなったってのに、いったい誰が来るってのさ」

おうたが不安げに、薄暗い室内を見回す。

そうだ、明かりをつけなくちゃ。

いつもなら油代を惜しんで、とっぷり暮れてからつける行燈《あんどん》に火を灯《とも》す。燭台《しょくだい》に蠟燭《ろうそく》も立てる。

血の臭いがさらに強くなる。

けれど、表は静かだった。怪我人を運んでくる気配《けはい》も、病人を励《はげ》ます声も伝わってこない。いつもの夕暮れどきより静かなぐらいだ。おいちは眉根《まゆね》を寄せた。

おかしい。こんなに臭っているのに。おかしい。変だ。

「誰も来やしないじゃないか。おまえの勘違いじゃないのかい」

おうたが首をぐるりと回した。

勘違い？　そうだろうか？　いや、そんなはずがない。竈にかけた大鍋《おおなべ》から湯気《ゆげ》が上がる。その白さが目に染みた。

なぜ、誰も来ない？　どうして……。

障子《しょうじ》に影が映《うつ》った。おうたが小さな悲鳴をあげて、後ずさる。

「おじゃまいたします」

腰高《こしだか》障子が静かに開いていく。

「こちらは、藍野松庵先生のお宅でございますね」

「そうだが。どうぞお入りなさい」

「はい。失礼いたします」

男が一人、入ってきた。若い男だ。とても、若い。二十歳《はたち》を幾《いく》つも越えていないように見えた。

血が臭う。

けれど、男はどこからも血を流してはいなかった。深い傷を負っている風も、血を吐く病に罹《かか》っている様子もない。

松庵の黒眸《くろめ》がちらりと動いた。

どういうことだ？

眸《ひとみ》が尋《たず》ねてくる。

わからない。どういうことだろう。

戸口から風が吹き込んでくる。男の羽織《はおり》の裾《すそ》が揺れる。

どういうことだろう。

おいちは風になぶられながら、立ち尽くしていた。

二

男は六間堀町《ろっけんぼりちょう》の小間物問屋《こまものどんや》『いさご屋』の主《あるじ》、庄之助《しょうのすけ》と名乗った。小間物とはあまり縁はない。でも、同じ町内だから店の名ぐらいは知っている。知ってはいるが驚いた。

商家のご主人？　この人が？

思わず男の若い横顔を見詰めてしまった。いや、つい、見惚《みと》れてしまった。

優男《やさおとこ》だ。肌が白く、唇が紅《あか》い。紅《べに》を引いているわけでもないのに、艶《つや》やかに紅いのだ。睫毛《まつげ》が長く、目を伏《ふ》せる度《たび》にその影が頬《ほお》に落ちた。

女なら、お姫《ひい》さまとも今小町《いまこまち》とも呼ばれるだろう見目形《みめかたち》だ。その分、男としての線の太さや屈強さには欠ける。若旦那ならまだしも、商家の主、店一つを支え、切り盛りする者にはとうてい見えない。

「おいち、お茶の用意はどうした」

松庵が咎《とが》めるように眉を寄せる。それで、おいちは自分がずい分無遠慮《ぶえんりょ》な視線を庄之助に向けていたと気付いた。

はしたない。頬が火照《ほて》る。赤く染まった顔を見られたくなくて、おいちは横向きのまま立ち上がった。

「お茶なら、あたしがいれようか。あ、いや、やっぱりおまえが用意したほうがいいよね。おまえはお茶のいれ方が上手《じょうず》だもの」

おうたが妙な猫撫《ねこな》で声を出す。それから庄之助に愛想《あいそ》笑いの顔を向け、

「お茶とはいっても名ばかりの日干《ひぼ》し茶ですけどね。ほんとに、お湯に色が付いてる程度のものなんですよ。お口には合わないでしょうけど、なにしろこんな貧乏所帯なもので、ご勘弁《かんべん》くださいね。ほほほ。ほんと、お出しするのも恥ずかしい代物《しろもの》

ですよ。六間堀町の『いさご屋』といえば、大きな身代《しんだい》でございますよねえ。お店《たな》前《さき》での小売りもなさってますでしょ。ほほほ、知ってますとも。実は、あたしも二度ほど伺《うかが》ったことがありますの。見事なお品ばかりで。さすがに、『いさご屋』さんの商《あきな》う品は違うと感心いたしました」

と、立て板に水の調子で捲し立てる。気圧《けお》されたのか、庄之助は「はあ、それはどうも」と答えたきり、黙り込んだ。

「ほんとは、お茶菓子の一つも添えたいところなんですけどねえ。ごらんの通りの貧乏所帯でございましょう。煎餅《せんべい》の一つもおいてない体《てい》たらくで。ほんとに貧乏所帯は辛いものですよ。あ、あたしは違いますよ。申し遅れましたが、わたくし、八名川町で紙の商いをしております『香西屋』の家内で、うたと申します。どうぞ、お見知りおきください。ええ、それなりにまともな商人《あきんど》の女房でございますの。言うのもお恥ずかしゅうございますが、こちらの貧乏医者の義理の姉になりましてねえ。義理ですよ、義理。血は繋がっておりませんからご安心ください。ほほほ」

「はあ……あ、あの、これをみなさまで、召し上がっていただければと思いまして」

庄之助が風呂敷包みをおうたに差し出す。

「あらまあ、畏《おそ》れ入ります。まあまあまあ、これ『三関屋《みせきや》』の大福じゃありませんか。これ評判でなかなか手に入らないいんですよ。まあ、ほんと上等品じゃないですか。こんな貧乏所帯じゃあ、めったに口には入らないですねえ。ところでいさご屋さん、つかぬことを伺いますけど、『いさご屋』のご主人ですものねえ、もう内儀《おかみ》さんはいらっしゃるんでしょうね」

「……いえ、商人としてはまだまだ半人前の身。一人前にならねば、所帯などもてませんので」

「あらまあ、ほんとに？　まだ、お独り？　ほほほ。そうですよねえ。見上げた心意気じゃございませんか。感服いたしました。こういう貧乏暮らしからは、そういうしゃんとした心意気は生まれてきませんよ。ああ、さすがです」

おうたは袖を口にあて、高く笑い声をあげた。松庵が、くしゃりと音が聞こえそうなほど顔を顰《しか》める。

「義姉《ねえ》さん、さっきから貧乏、貧乏ってしつこいですよ」

「だって、ほんとうのことなんだもの。仕方ないだろ。ねえ、おいち。おや、お茶をおいれかい。じゃあ、一服しようかねえ」

「一服するのはいいけど、お茶だけにしといてね。甘いものを口にしちゃ駄目《だめ》よ。それ以上、太ると病の因《もと》になって取り返しがつかなくなるんだから」

「まあ、この娘《こ》は。なんてことをお言いだろうね。まるであたしが肥《こ》え過ぎてるみたいに聞こえるじゃないか」

「みたいじゃなくて、そのままでしょ。伯母さん、もう三、四貫《かん》（約十五キロ）痩《や》せないと身体に障《さわ》るわよ」

「三、四貫？　そんなに痩せたら骨と皮ばかりになっちまうよ」

「いやいや、義姉さんの肉は骨と皮の間にぎっしり詰まってるんだから、三貫、四貫減ったってどうってことありません。いやあ、ほんとにねえ、ぜひぜひ一度、痩せてすっきりした義姉さんの姿を見たいもんですなあ。叶わぬ夢なんでしょうが」

松庵が長いため息を漏《も》らす。少し、わざとらしい。

庄之助が吹き出した。

肩を小刻《こきざ》みに揺らし、笑いを堪《こら》える。

この人は、病人でも怪我人でもないんだ。

おいちは揺れる肩を見ながら、そっと安堵《あんど》の息を吐いた。先刻、確かに嗅《か》いだはずの血の臭いは、もう微《かす》かも感じられない。

気のせいだったのか？

幻《まぼろし》の臭気に惑わされただけなのか？

「いや……申し訳ありません。新吉《しんきち》さんに聞いた通りの方々だなとちょっと嬉しくなりまして」

笑いを収《おさ》め、庄之助が頭を上げる。

「新吉さん？　新吉さんって、あの……」

「ええ、飾《かざ》り職人の新吉さんです。作兵衛《さくべえ》長屋にお住まいの」

「新吉さんをご存じなんですか」

「よく知っております。うちは小間物問屋ですので、簪《かんざし》や笄《こうがい》は商品ですから。新吉さんとは取引をさせていただいております。まだ一人立ちしたばかりの職人さんですが、腕はかなりのものですよ。うちの店でも、新吉さんの品は評判がよくて、すぐに捌《は》けてしまいます」

「ほう。新吉のやつ、なかなかにやるもんだな」

松庵が表情をほころばせた。おいちの頬も緩《ゆる》む。身内を掛け値なしに褒められた気分だ。

新吉は命の恩人でもあった。

燃え盛る炎《ほのお》の中から、捨て身でおいちを救ってくれた。そう、新吉がいなければ、おいちは今こうしてここに座っていることなどできなかった。煙《けむり》に巻かれて息が塞《ふさ》がっていたか、燃え落ちた梁《はり》の下敷きになっていたか、生きたまま火に焼かれていたか……いずれにしても生きてはいなかっただろう。どれほど礼を言っても言い足りない。それは松庵も同じで、新吉の前に両手をついて深々と頭を下げた。むろん、おいちもだ。

それがいけなかったらしい。

「あっしは、先生やおいちさんに恩がありやす。それを返しただけなんで。頭なんぞ下げられちゃあ、どうにも居たたまれねえや。もう、やめてくだせえ」

そう言って、逃げるように帰ってしまったきり、暫《しばら》くの間姿を見せなかった。三月《みつき》も過ぎたころから、ぽつぽつと顔を覗《のぞ》かせるようにはなったけれど、このところ、また足が遠のいている。

新吉さん、忙しいんだわ。

庄之助の言《げん》からすると、新吉の飾り職人としての腕前はかなりのものらしい。真面目《まじめ》に仕事をし、その仕事が認められ、注文が舞い込む。飛ぶように時が過ぎていく忙しい日々に、新吉は確かな手応《てごた》えを感じ、満たされているのではないか。細工《さいく》用の鏨《たがね》を手にした新吉の張り詰めた顔が目に浮かぶようだ。

「なんて言ったんです」

おうたの声音《こわね》がすうっと低くなる。

「あの職人、あたしたちのことをいさご屋さんにどう伝えたんです」

「え？　あ、それは……あの、菖蒲《しょうぶ》長屋の藍野先生はお医者さまとしても一流だが、人間としても器《うつわ》が大きいと」

松庵が瞬《まばた》きする。

「いや、そんな……ははは。それはいくらなんでも言い過ぎだな」

「まったくですよ。褒《ほ》め過ぎも褒め過ぎ。大きいのは器じゃなくて法螺話《ほらばなし》の方じゃないのかね」

「義姉さん、それは言い過ぎですよ」

「ああ、それに『香西屋』の内儀《おかみ》さんのことも教えてくれました。よく笑って、よくしゃべって、よく食べて、まるでおヌキさまみたいだって」

おうたが科《しな》をつくり、庄之助を見やる。

「あら、おヌキさまってどなたです？　どこかの奥方さまかしらね」

「いいえ、野良猫《のらねこ》です。いつの間にか縁の下に棲《す》みついてしまって。狸《たぬき》にどことなく似ているし、野良のくせにやけに堂々としているので、うちの女中がおヌキさまと名付けたんです。新吉さんは猫好きらしく、うちに品を納めに来たとき、よくおヌキさまと遊んでました」

「たっ、狸！　野良猫！」

おうたの目が釣《つ》り上がった。

「あ、いや、そんな。ちっ違います、違います。おヌキさまは愛嬌《あいきょう》があって白くてでっぷりしていて可愛いんです」

「でっぷりですって」

「いや、あの、ですから……」

庄之助があたふたと腰を浮かす。

あたしのことは？

おいちは心の中で若い商人に問うてみる。

新吉さん、あたしのことはなんにも言ってなかったですか？

「あの職人ったら、どうしてくれようか。このあたしを狸や猫にたとえるなんて。罰《ばち》あたりめが」

「まったくだ、狸や猫に申し訳ないってもんだ」

「松庵さん、何か言いました？」

「いえ何も。それより、庄之助さん、えーっと庄之助さんと呼んでも差し支《つか》えありませんね」

「はい、もちろんです」

「では、庄之助さん、今日、ここに訪ねてこられたのはなんのためですかな」

見たところ、庄之助は病人でも怪我人でもない。わざわざ手土産《てみやげ》持参で訪れたということは、火急《かきゅう》の用があるわけでもなさそうだ。

では、なんのために？

「あの新吉さんから以前、聞いたことがありまして……先生はどんな相談にも親身になってくださると。……それに」

庄之助の視線が不意においちに向けられた。

「お嬢さまもまた天女《てんにょ》のような優しい心根と深い見識《けんしき》をお持ちで、たくさんの人を救ってきたとも伺いました」

「まあ」

さっきよりずっと顔が火照《ほて》る。顔中が火照る。きっと耳の付け根まで真っ赤《まか》になっているだろう。背中に汗まで滲《にじ》んできた。

新吉さんたら、なんてこと言うの。人を救ってきたなんて、まるで弥勒菩薩《みろくぼさつ》じゃないの。あたしは、天女でも仏さまでもないわよ。

ただの町娘《まちむすめ》。ただの医者見習いだ。

人を救ってきたなどと口が裂《さ》けても言えない。むしろ、救えなかった命、むざむざ散らせてしまった命の方が多いとも思う。己の無力、己の限りを見せつけられ、何度、奥歯を嚙《か》み締《し》めたことだろう。項垂《うなだ》れ、うずくまったことだろう。

その都度《つど》、なんとか立ち上がり前を向くことができたのは、おいちを必要としてくれる人たちがいたからだ。病や怪我と必死に闘《たたか》っている人たちがいたからだ。そうでなければ、おいちはうずくまったまま、いつまでも呻《うめ》いていたかもしれない。

「まあ、あたしは狸なのに、おいちは天女だって。ずい分と差をつけてくれるじゃないか」

おうたが唇を突き出し、拗《す》ねる。

「いや、だから、そんなつもりじゃ……」

庄之助はかぶりを振り、おいちは「伯母さん、一々《いちいち》つっかからないの。大人なんだから」と諌《いさ》め、松庵はまるで聞こえぬ振り、見ぬ振りをしていた。

おいちのいれた茶をすすり、庄之助を正面から見据える。

「ということはつまり、わたしに相談したくて、今日、ここに来た。そういうわけですか」

「はい。先生に聞いていただきたいことが……」

庄之助は手をつき、頭を低くした。

「勝手なお願い事をお許しください。先生、どうか、どうかお人払いをお願いいたします。先生とお嬢さま以外の方の耳には入れたくない話でして……」

「なるほど。相談事というからには他人においそれと聞かせられるわけもなし、か。当然だな。じゃあ、義姉《ねえ》さん」

「は？」

「いやこういう経緯《いきさつ》になってますから、ここは席を外してもらうしかないでしょう。どうも、今日はご苦労様でした。あ、ちょいと行儀悪いが大福、一ついただいて……。義姉さん、おかつにもこれをやってくださいよ」

松庵は懐紙《かいし》で大福を手早く包むと、おうたの袂《たもと》に滑《すべ》り落とした。

「義姉さんは、食っちゃ駄目ですよ。おいちの言う通り、それ以上太るとさまざまな病を背負《しょ》い込むことになりかねませんからね」

「まっ、大きなお世話だよ。へん、お生憎《あいにく》さま。あたしはね、どこぞの野良猫と違って、でっぷりなんてしてませんからね。ふん、なんだよ。みんなしてあたしを邪魔者《じゃまもの》扱いして。あーっ腹が立つ、口惜しい。いいさ、こんな貧乏くさい長屋、二度と来ないからね。どうも、みなさん、お邪魔いたしましたね。どうぞ、あたしのいないところで存分にお話に花を咲かせてくださいな。ふんふん」

鼻から息を吐き出し、おうたは肩を怒《いか》らせて出ていった。庄之助が音高く閉まった腰高障子に目をやり、身を窄《すぼ》める。

「内儀《おかみ》さんを怒らせてしまいました。申し訳ありません」

「いやいや、謝《あやま》ることなんかない、ない。義姉さんは怒ってるか、笑ってるか、食ってるか、嫌《いや》みを言ってるかの四通りしかないんだから。いや、単純明快な人で一緒にいると実に愉快な気分になれるんでねえ」

「はあ、それは傍《はた》で見ていてもわかります。みなさん、ほんとうに楽しそうで……羨《うらや》ましいです」

庄之助が項垂《うなだ》れる。

それだけで、部屋の空気が変化した。

暗く、重く、冷えていく。

おうたがいたときは、あんなに賑やかで明るく軽《かろ》やかだった部屋が、陰気で寒々《さむざむ》としたものに変わってしまう。

伯母さんて、お陽《ひ》さまみたいなんだ。

夏場の熱には辟易《へきえき》するけれど、地に光と温かさを与えてくれる。陰《いん》の気を取り払ってくれる。

ふっ。

血が臭った。

思わず鼻を押さえていた。

それは風に運ばれ、風にさらわれる花の香《か》のように淡《あわ》く、束《つか》の間《ま》漂《ただよ》ったに過ぎない。けれど確かに臭った。

微かではあっても花の香りと血の臭いは、まるで違う。花が心腑《しんぷ》に染みてくるのに対し、血は禍々《まがまが》しく心を揺さぶる。

おいちの心も揺れた。

この男《ひと》は、血の臭いを纏《まと》っている。

「わたしは……ずっと、苦しんでおります。誰かに縋《すが》りたい、助けてもらいたいと、そればかりを念じている毎日で……」

ぼそり、ぼそりと、庄之助が語り始める。言葉が口から零《こぼ》れる度に、その眼の中に影が差した。

「神にも仏にも縋れません。なぜなら……」

「しっ」

松庵が指を一本、口の前に立てた。

「おいち」

「ええ」

おいちは立ち上がり、腰高障子に近づくと勢いよく戸を開けた。

「伯母さん！」

「あら？　あらあら、おほほほ。空模様《そらもよう》がこんなだからさ、洗濯物《せんたくもの》が気になって、おほほほ」

「もう伯母さんたら、立ち聞きなんかして。はしたないでしょ」

「おいち、へんな言い掛かりをつけないでおくれ。嫌《いや》だよ、この娘《こ》は。洗濯物、お気をつけよ。じゃあね。おかつ、帰るよ。ぼーっとしてたら日が暮れちまう」

おうたの姿が木戸の外に消えるのを見届け、戸を閉める。ついでに心張《しんば》り棒《ぼう》をして外から戸が開かないようにした。

「もうだいじょうぶみたい」

「そうか。庄之助さん、ごたごたして申し訳ないです。これで、ゆっくり話を伺うことができます。ただし」

松庵は薬草《やくそう》の匂《にお》いの染み込んだ上っ張《うわぱ》りを、軽く叩《たた》いた。

「わたしは医者だ。身体の病や怪我を治すのが仕事だが、それさえ、まあ、なかなか上手《うま》くいかないことが多い。そんな有り様です。あなたの話を聞いても、効のある忠告や助言ができるかどうか心許《こころもと》なくはありますよ」

庄之助は暫く松庵を見詰め、ゆっくりとかぶりを振った。

「聞いていただけるだけで、いいのです。十分です。わたしは、ずっと……この胸の内にあるものを一人で抱えてまいりました。長い、長い間……子どものころからずっとです。誰にも話せない、話してはいけない秘《ひ》め事《ごと》として、一生隠し通しておくつもりでした。いえ、隠し通さねばならないのです。でも……それは、あまりに重過ぎて……このままでは気が変になりそうで……、わたしは、命を絶つことさえ考えるようになり……」

庄之助は途切《とぎ》れ途切れ、言葉を絞《しぼ》り出すように語った。

これは、尋常《じんじょう》じゃないわ。

おいちは膝の上でこぶしを握る。たくさんの人を見てきた。たくさんの話を聞いてきた。患者の語る言葉に耳を傾《かたむ》けるのが、治療の一歩だと父から教わったからだ。人の病や傷は、身体を蝕《むしば》むものだけではない。心を冒《おか》し、蝕み、ぼろぼろにしてしまうものもある。存外多くあるのだ。

愚痴《ぐち》、文句、苦労話、自慢話、嘘、讒言《ざんげん》、苦情、思い込み、思い付き、軽口《かるくち》、冗談、温かな心のこもった台詞《せりふ》、陰湿で敵意に満ちた呪詛《じゅそ》——さまざまな人たちのさまざまな話を、おいちなりに耳で捉《とら》え、頭で考え、心で感じてきた。

どうでもいいような、とりとめのないおしゃべりの中に、露骨《ろこつ》な自慢話の内に、治療の手掛かりがある。人の心は人の身体と繋がっている。心が病《や》めば身体も弱り、身体の不調のときは心も萎《な》える。気持ちを楽にし、迷いや悩みを取り除くことで、驚くほど速《すみ》やかに癒《い》えた病人もいた。

庄之助の口調《くちょう》は重い。暗い。ただ耳を傾けているだけで、ずるずると底無しの沼に吸い込まれる心地《ここち》がする。

おいちは居住《いず》まいを正し、息を整えた。

「そんなとき、新吉さんから先生のことを聞きました。先生に話を聞いていただくだけで、心が晴れやかになると」

「新吉には、その秘め事とやらは明かしていないわけですか」

「はい。うち明けられるような類《たぐい》のものではありませんので」

出入りの職人に明かせられるようなら、こんなにも苦しみはしない。庄之助の眼《まな》差《ざ》しが暗《あん》にそう語っていた。

「先生はお医者さまです。病人を治す。ならば、わたしの病んだ心も診《み》ていただけるのではないかと思い至りました。治してくださいとまでは申しません。ただ、この苦しみの出口をつくっていただきたいのです。このままでは、わたしは身の内に溜《た》まった悪い気《き》によって、押し潰《つぶ》されてしまいます。そう考えると、怖《おそ》ろしくて怖ろしくて夜は眠れず、昼間は心ここに在《あ》らずといった有り様で……周りからも、このところ、訝《いぶか》しがられることが多くなりました。それで余計《よけい》に……切羽《せっぱ》詰まってしまって……」

松庵とおいちは顔を見合わせ、どちらからともなく逸《そ》らした。

「話してみてください」

松庵が胡坐《あぐら》をくみ、やや前屈《まえかが》みになる。くつろいではいるが、いいかげんではない。畏《かしこ》まらず、けれど本気であなたの話に耳を傾ける。言葉にはしない心構えが伝わったのか、庄之助の眼《まなこ》に生気《せいき》が戻った。僅かだが口元が緩む。

「先生」

緩んだ口元はすぐに引き締まり、追い詰められた者の怯《おび》えが声音に滲《にじ》み出す。

「わたしの内に、姉がいるのです」

「姉？」

松庵の眉が持ち上がった。動いたのは眉だけだ。表情も眼《め》つきもほとんど変わらない。

「はい、同い年の姉がわたしの中で生きているのです」

どういうこと？

おいちは戸惑う。

庄之助の一言がまるで解《げ》せない。

戸惑いが顔に出たのか、おいちに眼を向け庄之助が苦く笑った。

「戯言《ざれごと》のようにお感じでしょうが、真《まこと》なのです。姉は、わたしと共にこの世に生まれました」

「ということは……双子《ふたご》？」

おいちを見詰めたまま、庄之助がうなずく。

「ええ。わたしと姉は双子でした。同じ母から、同じ日に生まれたのです。わたしの父も祖父もたいそう旧弊《きゆうへい》な性質《たち》で、二人同時に生まれた赤子《あかご》を快《こころよ》くは思わなかったようです。母を罵《ののし》り、けがらわしいと詰《なじ》りました。それは、産後の母には耐《た》え難《がた》かったようで一月《ひとつき》もせぬまに亡くなりました……。自害であったそうです」

「まあ、そんな、酷《ひど》い」

思わず腰を浮かせていた。

「赤ちゃんを産むのが、どれほど大変なことか知りもしないで。酷過ぎる。許せないわ」

おいちはむろん、赤ん坊を孕《はら》んだことも、産んだこともない。けれど、何度かお産の手伝いをした。女はいつも、命懸《いのちが》けで子を産むのだ。その闘いに、ときに敗れ去りもする。

おふねの面影が過《よぎ》る。

大切な友だちだった。腹に宿《やど》った子が流れ、それが因《もと》で亡くなった。男にはできぬ仕事を女は成し遂《と》げるのだ。男の分際《ぶんざい》で女の腹を罵るなど、以《もっ》ての外《ほか》だ。

庄之助が微笑《ほほえ》んだ。

「なるほど、新吉さんの言う通りだ」

「え？」

「いえ、お嬢さんは天女のように優しいから、本気で他人のために怒ったり泣いたりできる。ただ、怒ったらものすごく怖《こわ》くて、天女というより悪鬼《あっき》と闘う阿修羅《あしゅら》みたいだと」

「言ったんですか」

「はい。凛々《りり》しくて、愛らしい阿修羅ですけどね、とも付け加えてましたが」

「阿修羅だなんて、あたし、そんなに怒りん坊じゃないです。気は長い方なんですよ。でも、あまりに女を蔑《ないがし》ろにする所業《しょぎょう》なんで、つい……」

「ええ。父も祖父も女人の身につける小間物で商いをしているくせに、女を見下《みくだ》すところがありました。母は悲憤《ひふん》の内に喉《のど》に刃《やいば》を突き立てたそうです。どれほどの悲しみ、どれほどの悔《く》やしさであったか……。心を馳《は》せれば、哀《あわ》れでなりません」

庄之助によく似た美しい女が自《みずか》ら喉を突き、血の中に横たわる。

禍々しい場面を見せられたように感じた。

この男にまとわりついていた血の臭いは、実母の最期《さいご》と関わりがあるのだろうか。

「しかし、もっと哀れなのは姉でした。わたしは、男。『いさご屋』の跡取りとしてそれなりに大切に育てられました。しかし、姉は双子であることの穢《けが》れを全《すべ》て引き受けた者として扱われたのです。父も祖父も姉を抱き上げたことなど一度もなかったのではないでしょうか。運の悪いことに、姉の胸には生まれながらに青い痣《あざ》があったのです。それが、般若《はんにゃ》の形をしていたとか……。いえ、わたしが実際に見たわけではありません。姉は裏の離れで乳母《うば》と暮らしていましたから」

「痣なんてのは、見ようでどんな形にも見えちまうものさ。それに、子どもの痣は二十歳《はたち》ぐらいまでには、ほとんど消えちまうことが多いものだ」

独り言のように、松庵が呟く。

「そうですね。けれど父たちは、その痣こそが姉が忌《い》み子の証《あかし》であると信じ込み、姉をますます疎《うと》んじてしまったのです。母の惨《むご》い亡くなり方まで姉のせいにするようになって……。まあ、父とすれば誰かのせいにしておけば、気は楽ですからね」

「そんな、そんなのってあんまりじゃないですか」

「ええ、あんまりです。今振り返っても、姉が哀れでなりません。けれど、もっと哀れな運命《さだめ》が姉を待っておりました。わたしたちが七つの年、わたしと姉は同時に赤疱瘡《あかもがさ》に罹《かか》ってしまったのです。江戸で赤疱瘡が大流行した年でした」

「ああ……覚えている。酷い流行だった。症状も重くて、子どもや年寄りがずいぶん分、亡くなった」

松庵は視線を指先に落とした。

「姉も亡くなりました。わたしは医者にもかかり、薬を飲むことも滋養《じよう》のあるものを口にすることもできました。でも姉は……放っておかれたのです。姉を育てた乳母が一人、付き添っていただけで、医者どころか薬も与えられず、そのまま……」

庄之助が大きく息を吐き出した。

「それ、子殺しですよ」

思わず口走ってしまった。

病に罹っても医者に診てもらえず薬も飲めず、あたら幼い命を散らしてしまう子どもは大勢《おおぜい》いる。

子どもは儚《はかな》い。

子どもは脆《もろ》い。

だからこそ大人たちは、全身全霊で子どもたちを守ろうとする。守らなければならない。貧しい親たちは、貧しさ故《ゆえ》に子どもを救えなかった親たちは、だから、小さな亡骸《なきがら》を掻き抱《いだ》いて泣きながら詫《わ》びるのだ。「お花、不甲斐《ふがい》ない父ちゃんを許してくれ」「三吉《さんきち》、ごめんよう。おっかあを堪忍《かんにん》してな」と。金の有る無し、貧富の差で人の命が選《よ》り分けられてしまう。その現《うつつ》に、おいちは煮えるような憤《いきどお》りを覚えたりする。おいちがどれほど憤っても、地団太《じだんだ》を踏《ふ》んでも、何も変わらない。

松庵は患者を財力で選ばない。病の重さ、傷の深さ、どれだけ血を流しているか、どれほど苦しんでいるか、容態《ようだい》のみで順をつける。どれほど金を積まれても、鼻水程度のお大尽《だいじん》を大怪我をした日傭取《ひようと》りの大工より先に診たりはしないのだ。そんな父といると、惨い現に細《ささ》やかな、細やかな手向かいをしている気になる。気分が晴れるわけではないが、闘志《とうし》は湧く。一つでも、二つでも救える命を救いたいと強く願う。

それなのに、放っておいた？『いさご屋』は、かなり名の通った小間物問屋だ。子どもの薬礼、医者に払う金が捻出《ねんしゅつ》できないわけがない。それなのに、見捨てた。生きる命から目を逸らし、手を差し伸べなかった。

殺したも同然ではないか。

酷い、酷い、酷い、酷い、酷い。

「おいち、落ち着け。ちゃんと話を聞くんだ」

松庵が厳しい眼差《まなざ》しを向けてきた。

感情を抑《おさ》え、事にあたる。

医者としての心得《こころえ》の一つだ。

おいちは座り直し、胸の上に手のひらを滑らせた。着物の皺《しわ》を直す。心の波立ちを静める。

「わたしは姉が好きでした。惨い仕打ちを受けているのに、いつも優しくてもの静かで……。わたしたちは父や祖父の目を盗《ぬす》んで、よく、一緒に遊んだものです。ええ、わたしは姉が大好きでした。だからでしょうか。姉はこの世に留まるために、わたしの中に入ってきたのです。わたしの中で、わたしと同じように生きようとしたのです。いや、今も生きています。わたしの身体はわたしのものであると同時に、姉のものともなったのです」

もう一度、松庵とおいちは顔を見合わせた。

「夢を見たのです」

庄之助の眼差しが宙《ちゅう》を彷徨《さまよ》う。

「姉の亡くなった夜、わたしは赤疱瘡が治りかけで、うとうと眠っておりました。なぜ泣くのかとわたしが尋ねると、この世を離れるのが辛いと答えたのです。もっと、もっと生きたかった。わたしは、姉が可哀《かわい》そうで、姉がいなくなってしまうのが嫌で、ここにいてくれと頼みました。いつまでも、わたしと一緒にいてくれと。姉は、涙で濡《ぬ》れた顔を上げ、いつまでもわたしたちは一緒だと手を差し伸べてきたのです。忘れようとしても忘れられない夢です。いつまでも鮮《あざ》やかな、消えることのない……」

そこまで語り、庄之助は静かに笑《え》んだ。ぞくりと背中が震《ふる》えるほど、艶《えん》な笑みだった。

「その夜からずっと、わたしの中には姉が、お京《きょう》という女がおります」

薄暗い板の間に、吐息《といき》の音が響《ひび》く。

それが自分のものなのか、父のものなのか、庄之助のものなのか、おいちには判別できない。

吐息は枯れ葉の舞う音によく似ていた。

三

松庵が身じろぎする。

唇が歪《ゆが》み、眉間《みけん》に深い皺が寄った。患者の前ではめったに見せない渋面《じゅうめん》だ。しかし、それは、束の間で消え、いつもの穏やかな相貌《そうぼう》が現れる。

父さん、戸惑っているんだ。

父の面《おもて》を通り過ぎる様々《ようよう》な表情を見やりながら、おいちは胸の中で独り言《ご》ちる。

おいち自身もひどくまごついていた。

——その夜からずっと、わたしの中には姉が、お京という女がおります。

目の前に座る男の口にした台詞《せりふ》をどう解釈すればいいのか、見当がつかないのだ。この人は心を病んでいるのだろうか。それとも、亡くなった姉への思慕《しぼ》にどうしようもなく想い乱れているのだろうか。さっきの一言を聞く限り、庄之助はこの世ならぬ者に深く囚《とら》われているようだ。なんだか背筋のあたりが、うそ寒くなる。

たまに、狐《きつね》に憑《つ》かれた、狸に祟《たた》られたと駆け込んでくる患者がいる。でも、それらはたいてい思い込み、思い過ごしの類だ。気鬱《きうつ》や優《すぐ》れない体調を狐狸妖怪《こりようかい》のせいにしてごまかしているに過ぎない。他に因があることを考えたくないばかりに、現《うつつ》から目を逸らしているのだ。

現を見ようとしない心そのものが病なのだと、松庵は言う。

去年の暮れ、大晦日《おおみそか》も間近にせまった夕暮れ時、さる商家の内儀《おかみ》が訪ねてきた。ここ数年、動悸《どうき》や目眩《めまい》、発汗に悩まされ続けてきたという。加賀染《かがぞめ》の小袖《こそで》に黒っぽい羽織を身につけている。上物《じようもの》だと一目で知れるが、襟元《えりもと》も裾もどことなく崩《くず》れていた。聞けば、おうたと同じ年の頃なのだが、おうたの半分の勢いも、艶《つや》も、潑《はつ》剌《らつ》とした輝きも見られなかった。もっとも、松庵に言わせると、「義姉《ねえ》さんは、普通の人の倍は勢いがあるからなあ。腹いっぱい鮭《さけ》を喰《く》らった熊《くま》みたいなもんさ」なのだそうだが。

その内儀は白髪《しらが》の目立つ鬢《びん》のほつれを搔き上げ、搔き上げ、松庵に己の不調と不安と不運を訴えた。よほど苦しみ、悩んだ末のことだったのだろう、ときに涙を浮かべ、ときに嗚咽《おえつ》を漏らす。

「亭主が殺生《せつしよう》をしたんです。庭に迷い込んだ狐を殺して……。ええ、その祟りだと思います。もう、苦しくて苦しくて、夜もろくに眠れなくて、物を食べる気も失《う》せて、髪結《かみゆ》いも化粧も億劫《おっくう》でしかたないんです。手も足も重くて、肩も凝《こ》って……。祈禱《きとう》していただきましたら、やっぱり狐が憑いてるって言うんです。あたしの肩に亭主の殺した雌狐《めぎつね》がべったり張り付いてるって」

「ほう、狐が。その祈禱師の力で、張り付いている狐を追い払ってもらうってわけにはいかなかったんですかな」

松庵が遠慮がちに問う。

「……それが、ご祈禱を受けたあと数日は楽になるのですが……すぐに、また同じようなことで……。祈禱師さまによりますと、亭主の殺した狐というのがただの狐じゃなくて、稲荷《いなり》の神さまのお使いだったそうです。念が強くて、いっとき追い払うぐらいしかできないと言われて。さらに、霊力の高い祈禱師さまに引き合わせていただいたのですが、祈禱料があまりに高くて……」

「ほう。どのくらいふんだくられ……いや、求められたんですか」

「一度の祈禱料が十両と言われました」

「十両！」

松庵の眉毛がひくひくと動いた。

「祈禱師ってのは、そんなに儲《もう》かるのか。おれも、そっちに鞍替《くらが》えした方がいいかもしれんな」

真顔《まがお》で呟く。その肘《ひじ》のあたりをおいちは軽くつねった。

「庭に祠《ほこら》もつくりまして、朝夕、欠かさずお参りもしております。それなのに一向によくならず、むしろ、どんどん酷くなっていくようで……このところ、息が止まるほど動悸が激しくなって……。これも、亭主が少しも改心するところがないのが因《もと》ではないかと思うのですが、わたしの言うことになど少しも耳を傾けてくれません。狐の祟りなど馬鹿馬鹿しいと一笑《いっしょう》に付して終わりです。おまえは病なのだから必要なのは祈禱師ではなく医者だと言うばかりで……。昔から、頑固《がんこ》で気難しくて、そのくせ浮気性で……わたしはずっと泣かされてきたんです……。ほんとに、わたしの長年の苦労はなんだったのかと考えると、情けないやら、悔しいやらで……」

ここで嗚咽が激しくなる。

嗚咽交じりの、ややもすると途切れがちになる話を辛抱強く聞き終えた後、松庵は幾包みかの薬を内儀《おかみ》に渡した。

「これは狐より効力のある薬です。飲み続ければ、狐よりあなたの力の方が優《まさ》ってきますから」

「まあ……ほんとに」

「むろん、ほんとうです。あなたの不調は狐のせいではなく、病です。人の病なんですよ。だから治ります。時をかけて、じっくりと治療すればよくなりますよ。ええ、必ず治ります。安心なさい」

こういうときの松庵の声は深く、豊かになる。いつもの軽妙さは影をひそめ、重々しくさえ感じる声音になるのだ。その声は、慈雨《じう》のように染みてくる。

内儀の頰が仄《ほの》かに染まった。眼の中に小さな明かりが点《とも》る。

「先生、ありがとうございます」

「いやいや、礼ならわたしにではなくご亭主に言うべきでしょう」

「亭主に？」

「そうです。お話を伺った限りでは、祈禱師ではなく医者にかかれと勧《すす》めてくれたのはご亭主のように思えましたが」

「は？　あ……ええ、亭主です。先生の評判をどこぞで耳にして、一度、行ってみろと……」

「ほうほう、わたしのことがそんなにあちこちで評判になっておりますか。いやあ、これは困ったな、ははは」

「はあ、あの、あちこちかどうかはわかりかねますが、たまたまかもしれませんし……。あ、申し訳ございません」

「あ、いやいや、まあ、わたしのことはおいといて。ご亭主、あなたの身を案じてあれこれ気を配《くば》っているではありませんか。そこのところ、気が付いておられますかな」

「あ……いえ、そう言われれば……」

「ご亭主は口下手《くちべた》なのです。巧言《こうげん》が使えない、実直な性質《たち》ではないですかなあ。女房のことを案じていても、素直に優しい言葉が出てこないんですよ。わたしも覚えがありますが、えてして男とはそういうものですからなあ」

「……そうかしら。でも……ええ、そうかもしれません。いささか短気なところはありますけれど、でも……」

内儀は首を傾《かし》げ、しばらくの間、考え込んでいた。

「調子の悪さを狐や狸のせいにするなんて、馬鹿馬鹿しいわ。狐だって狸だって、いい迷惑よね」

内儀が帰った後、おいちはつい苦笑してしまった。

「馬鹿馬鹿しいか」

「そうでしょ。あの内儀さん、結局、ご亭主との間が上手《うま》くいってなくてそれで調子を悪くしたわけなんだから、本物の病人じゃないわけでしょ。なんだか、愚痴話に付き合った気分だな」

茶化《ちゃか》した物言《ものい》いをしたけれど、本心は少し苛立《いらだ》っていた。松庵はむろんだが、おいちも忙しい。やるべきこと、やらねばならない仕事は山ほどあるのだ。

「本物の病人だ」

薬研《やげん》を使いながら、松庵が言う。強い口調だった。

「え、でも……」

「あの内儀は本物の病人だ。実際に身体のあちこちに痛みが出ているわけだからな」

「でも、それって気の持ちようで治るものなんでしょ」

「おいち、気持ち、心と身体ってのは密に繋がっているもんだ。気持ちが萎《な》えれば病に罹《かか》り易《やす》くなる。身体が弱れば心も弱まる。逆にどんな病を背負《しょ》い込もうと、気力があり心が晴れやかなら、病に勝てる見込みは大きくなる。そんなもんだ」

内儀は去り際、微かに笑んだ。目元の隈《くま》やこけた頬はそのままだが、訪れたときの切羽詰まった顔様《かおざま》からすれば見違えるほどに柔《やわ》らかい笑顔だった。松庵からの言葉で、松庵へ思いの丈《たけ》をしゃべったことで、幾分なりと心の憂《うれ》いを散じたらしい。

「おいち、人の心を軽んじるんじゃないぞ。その病も傷も眼では見えん。見えぬから、つい、軽んじてしまう。そこに病の因を探ろうとしないのだ。あの内儀は、女人の病を背負い込んでいる。月のものの訪れがなくなると、女人の身体はあれこれ変調をきたすようになるもんだ。うちの義姉《ねえ》さんみたいに、まったく変わらない剛《ごう》たっての者もいるがな」

「伯母さんのこと、あまり年寄り扱いしない方がいいわよ。また、怒られるから。で、父さん、あの内儀さんの病は心と身体が結び付いているからこそ、こじれたってわけね」

「そうだな。ご亭主に不平、不満があるからこそ身体の不調が治らない。身体が苦しいから、心がさらに頑《かたく》なになってご亭主の言うこと、やることの一つ一つが突き刺さってくる。それが、さらに身体を病ませてしまう。まあ、悪い方へ悪い方へと転《ころ》がり出した毬《まり》をどう止めるかは、なかなか難しいもんだ」

「うん。身体と心と両方からの治療が入《い》り用《よう》なわけね」

思わず、前のめりになっていた。

聞きたい、知りたい、覚えたい。

父ではなく、医師藍野松庵の一言一言を胸に刻《きざ》みつけたい。医師の途《みち》を半歩でも前に進みたい。

強く望む。

「そうだ。両方の症状を見極《みきわ》めることが肝要《かんよう》になる」

「はい」

うなずき、そして、考える。

人とは、なんと難しい、悲しい、面白い生き物なのだろうかと。身体を引き摺《ひず》り、心を持て余す。肉体は心に支えられ、心は肉体なしではいられない。二つを両天秤《てんびん》にかけながら日々を生きている。

人は難しく、悲しく、面白い。

この人はどうなのだろう。

おいちは、庄之助の美しい横顔を見詰める。姉への思慕、父に対する憤懣《ふんまん》、祖父に向けた怨《うら》み……心に幾つもの傷をつくり、その痛みゆえに病み人になっているのだろうか。現《うつつ》から目を逸らし、逃れようとしているのだろうか。

この人は何から救われたいと足掻《あが》いているのか。

「わたしのことを気がふれたとお思いでしょうか」

庄之助の物言いが硬《かた》くなる。語尾が微かだが震えている。

「いや、まったく思いませんな。むしろ、もっと詳《くわ》しく教えていただきたいほどです。庄之助さん、こちらからお願いいたします。じっくりとあなたの話を聞かせてください」

「先生……ありがとうございます」

庄之助が大きく息を吐いた。

「いや、お礼などとんでもない。こちらこそ、えらく面白い話を持ち込んでくれたと喜んで……いや、その、ごほごほ」

松庵が空咳《からぜき》でごまかす。

「で、お姉さん、お京さんがあなたの内にいるというところをもう少し順序立てて、話してもらえますかな」

はいとうなずいたものの、庄之助は暫《しばら》くの間、黙《もく》したままだった。松庵もそれ以上、無理押ししない。相手が話しあぐねているとき、できることは一つ、待つだけだ。

「姉の夢を見た後、わたしは再び高い熱を出しました。自分ではよく覚えていないのですが三日三晩、眠りこけたそうです。そして、やっと熱が下がり起き上がれるようになったとき、わたしは……わたしは無性に鏡を見たくなったのです」

「鏡を？」

庄之助がおいちに顔を向けた。目の周りが上気《じようき》して、それこそ熱でも出ているようだ。

「はい、鏡です。どうしても、自分の顔を鏡に映《うつ》したくて堪《たま》らなくなったのです。ええ……今でも、はっきりと覚えています。まるで、まるで胸の中が……粟立《あわだ》つような、居《い》ても立ってもいられないような思いに急《せ》かされて、わたしは姉の暮らしていた離れに走りました。なぜこんなにも心が急くのか、なぜ離れに行かねばならないのか、自分でも合点《がてん》がいきませんでした。合点がいかぬまま、離れにあるはずの鏡を覗き込まねばと、一心に思い詰めて……思い詰めるとしか言いようのない心持ちで走ったのです」

松庵が唾《つば》を呑《の》み込む。庄之助の喉も上下に動いた。

「今でもはっきりと思い出せます。姉の葬儀は既《すで》に終わり、部屋はがらんと寂しいほど片付いておりました。葬儀は……それは葬儀とも呼べない簡素なものだったそうです。野辺《のべ》送りにつきそったのは、母の亡くなった後もずっと乳母として姉の面倒をみてきたお久《ひさ》という女一人だったとか……。読経《どきょう》すら、ろくにしてもらえなかったと、ずっと後になって、お久から聞きました」

「お姉さんは、仏になってまで邪険《じゃけん》に扱われたわけですか。うーん、こう言っちゃあなんだが、あなたの親父《おやじ》さんも祖父《じい》さんも冷た過ぎますなあ。どこか、人として歪《ゆが》んでいるようだ」

松庵が腐臭《ふしゅう》を嗅いだように、顔を顰《しか》めた。

「いや、つまらぬ口を挟《はさ》んで申し訳ない。庄之助さん、どうぞ、続けてください」

「はい……部屋は片付き、お久がぽつんと一人、座っておりました。ええ、ええ、思い出せるのです。お久の着物の柄《がら》から帯の色まで思い出せます。古い畳の色も、一輪だけ飾られた白い椿《つばき》も、壁《かべ》の染みも……。そして、朱色の地に梅を描いた合わせ鏡の鮮やかさも、今でも、目の前にあるように思い出せます」

遥《はる》か昔の光景を追うのか、庄之助の視線が天井《てんじよう》あたりを漂う。おいちは胸に手を置き、気息《きそく》を整える。頭の隅が微かに疼《うず》いた。背筋がますます冷えていく。悪寒《おかん》がする。

これは、違う。

これは、ただの身の上話でも愚痴でも嘆きでもない。あの内儀《おかみ》の話のように吐露《とろ》して楽になる類のものではないのだ。違う、明らかに違う。

だとしたら、何？　この人の語っているものは、何？

頭の疼きも悪寒も徐々に強くなる。

気分が悪い。でも、聞かなければ。最後まで聞き届けなければならない。どうしてだかわからない。でも、感じる。感じてしまう。

「わたしを見て、お久が大きく目を瞠《みは》りました。血の気のない真《ま》っ青《さお》な顔をしていたのだとか。わたしは鏡を手に取りました。鏡は母の形見《かたみ》です。質素な部屋の中で、唯一《ゆいいつ》、華やかで高価な品でした。わたしは……鏡をそっと覗き込みました。七歳のわたしの顔が映っておりました。指で頬を、額を、顎《あご》をゆっくりと撫《な》でてみて……」

庄之助が手のひらを上に向けて、自分の前にかざす。男にしては細い美しい指だった。

「わたしは呟きました。いえ、わたしではありません。わたしは、そんなこと欠片《かけら》も思っていなかったのですから……」

「そんなことと言いますと」

松庵が問う。いつもより少し掠《かす》れて低い声音だった。庄之助は手のひらに視線を落としたまま、答える。

「わたしは……呟いたのです。『ああ、よかった。痕《あと》は残ってないわ』と。それから、お久に向かってにっこり笑い……、とても面妖《めんよう》ではあるのですが、わたしにはわたしの顔が見えるのです。いえ、鏡を覗いたとかではなく……少し離れて、他人が見ているように……。ええ、外側から己が見えるのです。だから、わたしがにっこり笑うのもわかりました。わたしは笑いながらお久に語りかけたのです……『ねえ、お久、あたし痘痕《あばた》になってないよね』と。お久が悲鳴をあげました。その悲鳴に引っ張られるように、わたしは、ほんとうのわたしは、わたしの内側に戻ってきたのです。わたしも叫びそうになりました。髪が逆立《さかだ》つような恐れ心が突き上げてきたのです。大きくのけぞった拍子《ひょうし》に尻もちをつき、鏡を放り投げました。ええ、あの音、銅製の鏡が落ちる重い音が耳底《じてい》にへばりついていますよ。忘れようったって、忘れられるものじゃありません。お久が這《は》うようにわたしのところにやってきて、喘《あえ》ぎながら『あなたは……お嬢さま、お嬢さまなんですか』と尋ねたところまでは覚えています。それから後は、何ひとつ覚えておりません。気が付くと、わたしの部屋のわたしの夜具に寝かされておりました。気を失い、白目《しろめ》を剝《む》いてお久の胸に倒れ込んだのだと、お久が教えてくれました」

庄之助は冷えてしまった茶を一息に飲んだ。

おいちと松庵は顔を見合わせる。

松庵も湯呑《ゆの》み茶碗に手を伸ばし、茶をすすった。

新しい茶をいれなくては。そうわかっているのに手が動かない。頭痛と悪寒はまだ続いていた。

「つまり、それはその……あなたがお姉さんに変わったと、そういうことですか」

「はい……いや、どうなのでしょうか。そのときは、その……なんというか、徐々に姉が湧き出してきたと……そんな感じでした」

「徐々に湧き出す、か」

「姉が湧き出し、わたしは外へと追い出される。あえて言えば、そういう風ではありますが……、それだけではなくて……。やはり、上手《うま》く申し上げられません」

庄之助の視線がまた、天井に向けられる。

「あのとき、わたしはたいそう仰天《ぎょうてん》いたしました。何が起こったのか、まるで見当がつかず、ただおろおろと狼狽《うろた》えるばかりだったのでございます」

「無理もない」

松庵が腕を組み、大きくうなずいてみせた。

「七歳の童《わらべ》がそんな目に遭《あ》ったら、そりゃあ仰天もするだろうし、狼狽えもするだろう」

「ええ、ほんとに」

おいちは心からの相槌《あいづち》を打った。

おいちも見る。聞く。

この世のものならぬ人々の声を聞き、姿を見る。しかし、それはあくまで、おいちの耳に目に届いてくるものだ。おいちはおいちとして立っている。庄之助のように、誰かと入れ替わるという感じがどんなものなのか、まるで思い描けない。とてつもなく怖ろしいのか、夢の中にいる如《ごと》く朦朧《もうろう》としているのか。どちらにしても、七歳の子が背負《せお》うには重過ぎる荷だろう。

「ずい分と辛《つら》かったろうな」

松庵の一言に、庄之助が顔を上げる。

「先生、今、なんとおっしゃいました」

「うん？　いや、七歳の子にはあまりに酷《こく》な出来事だ。さぞや辛かっただろうと思ったのだが、気に障《さわ》りましたかな」

「信じてくれるのですか」

庄之助がにじり寄る。松庵は顎を引いた。

「わたしの話を信じてくださるのですか。虚言《きょげん》だ、気がふれた者の戯言《ざれごと》だとお嗤《わら》いにはならないのですか」

「嗤いませんな」

この上なくあっさりと、松庵は言い切った。

「わたしも仕事柄、たくさんの患者と接してきましたから、まあ、本人が言うのもなんですが、人を見る目は確かなはずです。あなたが嘘をついていないことも、気がふれているわけではないこともわかります。あなたは正気で真実を語っている」

長い長い吐息が、庄之助の唇から漏れた。

「よかった」

吐息の後に、吐息と変わらぬ細い声が続いた。

「信じていただけて、よかった。こんな話、とうてい受け入れてもらえない、もらえるわけがないと恐れておりましたのに……」

「信じます」

おいちは身を乗り出す。逸《はや》る気持ちを抑え、できる限りゆっくりとしゃべる。

「人の心は摩訶不思議《まかふしぎ》なものです。何が起こったっておかしくありません。あたしも父も、そのことはよく存じております」

庄之助はもう一度、よかったと呟いた。

「藍野先生をお訪ねして、ほんとうによかったです。わたしの話を信じてくれたのは、お久を除けば、藍野先生とお嬢さまだけです」

お嬢さまという呼び方がいささか引っ掛かりはするが、そんな細かいところに拘《こだわ》っている場合ではなかった。

「お久さんは、お姉さんが亡くなられた後もずっと、『いさご屋』で奉公をしているのですか？」

「はい。わたし付きの女中として残りました」

「そうですか」

ほっとした。まだ会ったこともない、先刻名前を聞いたばかりの女人にどこか好《この》ましい気持ちを抱いている。

きっと、お久さんがこの人を支えてくれたんだわ。

「わたしが父に頼み込んだのです。どうあっても、お久でなければ嫌《いや》だと言い張って、お久を奉公人として残してもらいました。お久がいなければ独りぼっちになる。姉とのことを信じてくれる者がいなくなると、子ども心にも怖ろしかったのでしょう」

「お姉さんはそれからも度々《たびたび》、現れるようになったのですか」

「いえ……度々というわけではありませんでした。だいたい、わたしが一人か、お久といるときだけです。双六《すごろく》で遊んだり、わたしが竹籤《たけひご》に南天《なんてん》の実を差して戯《たわむ》れに作った簪《かんざし》を喜んでみたり、飽きもせず鏡に見入っていたり、姉は生前と同じように……生きているかの如く振る舞いました。わたしの身体を使って、ですが」

「でも、あの、それって……不便じゃありません？」

口にしてから赤面する。なんと稚拙《ちせつ》な問い掛けだろう。しかし、庄之助は真顔でかぶりを振った。

「最初は戸惑いました。櫛《くし》や簪を自分の髪に挿《さ》すのも、母の遺した着物を羽織《はお》るのも、姉としては当たり前であっても男のわたしには、どうにも気恥ずかしい、躊躇《ためら》わざるをえない振る舞いですから。しかし、慣れてくるのです。いつの間にか、わたしはわたしの中に姉がいることにも、姉がわたしの身体で生きていることにも慣れてしまいました。姉を怖いとも思わなくなりました。むしろ、待っていた……ええ、大好きな姉と一緒に遊べるのを心待ちにするようになったのです。父は母が亡くなった翌年、後妻を迎えていました。その継母《はは》やら父やら祖父やらに見つからぬよう用心しながら、姉と戯れる面白さは格別でした。お久が心を配り、わたしたちを守ってくれたのです。ええ、楽しかったですよ、確かに」

おいちの胸がざわめいた。

これから耳にする話が尋常でないとは感じている。尋常でないだけではなく、それは血の臭いを嗅いだのだ。

れは血の臭いを染み込ませているのだ。

庄之助がやや早口になる。その口振りのまま、続ける。

「しかし、わたしたちが十《とお》になったころから、姉は変わり始めました。無邪気《むじゃき》なだけの子どもではなく、子どもではなく……怨みを秘めた女の顔を見せるようになったのです。よく泣くようになりました。悔しい、悔しい、おとっつぁんさえお祖父さまさえ、死なずにすんだものをと言って泣くのです。僅かでもあたしのことを心に掛けてくれたら、死なずにすんだものをと言って泣くのです。いつまでも庄ちゃんと一緒にいるわけにはいかない。いつか、あたしは消えてしまう。それが口惜しいと……。そして、前にもまして度々、現れるようになったのです。それは、わたしたちが年を重ねるごとに、頻繁《ひんぱん》になっていきました。わたしがちょっとでもぼんやりしていると、すぐに現れ、わたしを引っ張り回すのです。あんたが羨《うらや》ましい。同じ血を分けた姉と弟なのに、どうしてあんただけが生き残って良い目《い》を見ているの。あたしは、死ぬとき苦しかった。苦しんで苦しんで死んでいったのに、あんたは今もあのときもぬくぬくと生きていると、怨みがましい眼をしてわたしを睨《にら》むのです」

一息にしゃべり、庄之助は膝の上でこぶしを握った。そのこぶしが震えている。

「姉は、わたしをも含めた『いさご屋』の者をみな憎むようになっていたのです。わたしは、そのとき初めて心底《しんてい》から姉を怖ろしいと思ったのです。わたしの怯えを察した姉はけたけたと嗤《わら》い、どうかしようとしたって駄目よ、あんたはあたしのものなんだから。逃げられやしないんだからねと……。わたしは、大袈裟《おおげさ》でなく身の毛がよだちました。目眩《めまい》がするほど怖ろしかったのです」

「お久さんに助けを求めなかったのですか」

庄之助の頭が左右に振られる。

「お久は駄目です。あれは、姉を溺愛《できあい》しておりました。わたしではなく、姉をです。事の次第を話せば、必ず姉に与《くみ》するでしょう。できれば、わたしの全てが姉に変わってくれればと願っているはずです。姉が怖ろしいなどと口が裂けても言えません」

「まあ……」

唯一の味方であったはずの女中も、実は油断ならない相手だったわけか。

「わたしは己を保ち、姉が顔を出すのを抑えるように心して生きてきました。それでどうにかここまでやってきたのです。ところが、このところ……ここ数カ月、姉の力が増したのか、わたしの気力が衰《おとろ》えたのか、気が飛ぶことが起こるようになったのです」

「気が飛ぶ？」

「はい。突然に、目の前が暗くなって、何もわからなくなるのです。ただし、気絶とは違います。傍目《はため》にはわたしは普段通りに動いているようなのですから」

松庵が小さく唸《うな》った。

「つまり、あなたの身体はそのままだが、中身は完全にお姉さんのものになっているということですか」

「……としか考えられません。わたしは、まるで覚えがなくなり、ふっと我に返ったとき、思いもしない場所に立っていたり、歩き回っていたりするのです」

「まあ……」

おいちは絶句してしまった。

不意に何もわからなくなり、どこで気が付くかわからない。そんな、心許《こころもと》ない話があるだろうか。下手《へた》をすれば命にも関わるではないか。

「姉に殺されることはないはずです」

黙り込んだおいちの胸中を見透《みす》かすように、庄之助が呟いた。

「わたしが死ねば姉も死にます。この身体が生きていなければ、姉はこの世にいられないのです」

「うむ。なるほど」

松庵も低く呟いた。一言呟いたきり、口を一文字《いちもんじ》に結ぶ。

「姉はわたしを殺しはしません。しかし、わたしを使って人を殺《あや》めることはできます」

おいちの背筋に氷の刃《やいば》が突き刺さった。凍《い》てついた刃だ。悲鳴をあげそうになった。幻覚だとわかっているのに、大声で叫びそうになる。唇を噛み締め、辛《かろ》うじて堪《こら》えた。

「そうです。わたしは、わたしたちは人を殺めました。祖父を……殺したのです」

血の臭いが濃くなる。

背中が痛い。

おいちは目を閉じた。

見えた。朧《おぼろ》だが、見えた。

女が老人を押さえつけている。

女は黒い影に塗《ぬ》り込められている。老人はもがいていた。

細い手を空《くう》に伸ばし、必死に動かしている。

助けて……くれ。助けて……。

駄目だよ、許さない。絶対に許さない。

老人の命乞《いのちご》いと、それを拒《こば》む女の声が重なり、もつれ、風の音に呑み込まれていく。

助けて……助けてくれ。お京……許して……。

何を今さら、今さら、もう遅い。

「……わたしたちは、人を殺しました」

目を開ける。

庄之助の顔を真正面から見詰める。

風が吹き過ぎる音がやけに大きく響いてきた。

四

静寂《しじま》が、肩に重いと感じるほどの静寂が六畳の部屋を覆う。

「こらっ、いつまで外にいるんだよ。子盗《こと》りにさらわれちまうよ」

「おい、帰ったぞ。ぼうずに土産だ」

「おっかさん、おっかさん、芳坊《よしぼう》がお漏らししたよ」

「あら、お時《とき》さん、また肥えたんじゃないかい」

風音《かざおと》と一緒に雑多な音が流れ込んでくる。薄い壁も障子戸もそれを阻《はば》むことはできない。

あけすけな大声や笑声《しょうせい》、子どもの泣き声、大人の怒鳴《どな》り声、忙《せわ》しない足音、戸の開《あ》け閉《た》ての音……。おいちには耳慣れた暮らしの音だ。この音に囲まれて、ずっと生きてきた。

息がすっと喉を通った。

肩が軽くなる。重石《おもし》が取れた気分だ。そして、根を感じる。現《うつつ》の暮らしに深く張った根だ。この根が枯《か》れない限り、どんな禍々《まがまが》しい話にも、どんな面妖な話にもちゃんと耳を傾けられる。本気で聞くことができる。胡散臭《うさんくさ》いと嘲《あざけ》ったり、無闇《むやみ》に怯えたりしない。むろん、闇雲《やみくも》に忌み嫌《きら》ったりなど絶対にしない。

ゆっくりと深く息を吸い、吐き出す。

「それはつまり、庄之助さんの身体を使って、お姉さんがお祖父さまの首を絞《し》めたということですね。庄之助さんの知らぬ間に」

「……はい」

「あなたは、そのことに、お祖父さまを殺したこと……お祖父さまが死んでいることに、いつ気が付いたんです？」

昨日《きのう》の夕餉《ゆうげ》の品数を問うような口調で、おいちは尋ねた。庄之助を見詰めたまま、だ。

「それは……」

　庄之助も息を吸い、吐く。その仕草が、眼差しが、僅かだが和らぐ。おいちを見返し、眩《まぶ》しそうに目を細め、庄之助は話を続けた。

「祖父の傍らで、でした。それまで、わたしは蔵《くら》の中で、入ってきたばかりの荷を検《あらた》めておりました。仕入れ帳と筆を持って……」

「お一人だったのですか」

「はい。いつもは番頭の弐助《にすけ》が一緒なのですが、あの日はわたし一人でした。弐助は確か、お得意さまから急な注文があってその算段に外出していたはずです。ええ……一人でした。姉が来るのは、たいてい、わたしが一人のときなんです。傍《そば》に誰もいないとき……。いえ、お久は、むろん別ですが……。わたしが一人でぼうっとしている隙というのか緩みというのか、そこを突くように姉は現れます」

「そのときも、荷を検めながらぼうっとしていらした？」

「……はい。とは申しましても我を忘れるほどぼんやりしていたわけではありません。ただ少し……疲れたなと感じておりました。三日前に祖父が脚《あし》の痺《しび》れを訴え、倒れたのです。中気《ちゅうき》だとお医者さまはおっしゃいました。けれど、祖父は毒を飲まされたのだと言い張りまして……」

「毒？」

松庵が目を細める。

「中気ではなく、毒を盛られて倒れたと？」

「はい。祖父は夕餉の後、倒れたのですが、そのとき食した汁物《しるもの》がやや苦かったそうで、あの汁に毒が入れられていたのだと、誰かが自分を殺そうとしているのだと、執拗《しつよう》に言い続けました。お医者さまは、あらぬ妄想《もうそう》を抱くのは病が頭にも及んでいる証《あかし》だとおっしゃり、父や継母《はは》は世間への聞こえを気にして苦り切っておりました。他の者、弐助をはじめ奉公人たちは、祖父の処《ところ》へはなるべく近寄らないようにして何も知らぬ振りをしていたようです。意固地《いこじ》で我儘《わがまま》な祖父は、もともと周りから煙たがられておりましたから、みな、近づきたくはなかったのでしょう」

「まあ……」

おいちはつい、声をあげてしまった。

束の間だが、どうにもやりきれない思いに囚《とら》われ、庄之助の話の面妖さを忘れていた。

庄之助の祖父の一生とはどういうものであったのだろう。おうたの言うところの〝大きな身代〟のお店《たな》を育て上げ、息子に譲り、隠居として安楽に余生を送ることができた。その日暮らし、明日の米さえ覚束《おぼつか》ない者たちからすれば雲上《うんじょう》の生涯、手を伸ばしても伸ばしても決して届かない贅沢《ぜいたく》な一生だ。羨ましいと皆が言うだろう。しかし、その実はあまりに淋《さび》しい。

丁重《ていちょう》に取り扱われはしても誰からも心を寄せられず、疎んじられ、遠ざけられ、ただ一人で喚《わめ》いている老人のなんという侘《わび》しさ、惨《みじ》めさ、哀れさであることか。その死に方はさておいて、老人が亡くなったとき、本心から悼《いた》みの涙を零した者はいたのだろうか。

荒涼《こうりょう》たる地が見える。冷え冷えとした風を感じる。何十年かを生きた果てにそんな光景が広がるとしたら、淋し過ぎる。

「しかし、庄之助さん、あなたは毒云々《うんぬん》の話を病人の妄想と切り捨てられなかった。そういうわけですな」

松庵の声が、おいちのとりとめない思いを断ち切った。見知らぬ老人から目の前の若い男へと、気が戻る。

「はい。わたしは……その……、わたしが毒を盛ったのではないかと、そればかりが気になってどうしようもありませんでした」

「あなたではなく、あなたに乗り移ったお姉さんが、ですね」

「……はい」

「そう考える根拠は？」

「台所に立っていたのです」

庄之助は目を伏《ふ》せ、膝の上できっちりと手を重ねた。指先が僅かに震えているようだ。

「夕餉の半刻《はんとき》（一時間）も前でしょうか、ふと気が付くと、わたしは台所の竈《かまど》の前に立っていました。いつもと同じで……わたしは、自分がなぜそこに立っているのかわからず、むろん、台所に来た覚えもないのです。台所には誰もいませんでした。釜《かま》から湯気が上がっていて、とても温かでした。姉がここで何をしたのか、わたしには見当もつかず、見当がつかないから怖くて怖くて、台所を飛び出していました。祖父が倒れ、毒を盛られたと叫《さけ》んだとき、ほんとうに、この心《しん》の臓《ぞう》が裂け散るんじゃないかと思いました」

「しかし、台所に立っていただけで毒を盛ったと考えるのは、いささか早急に過ぎるんじゃないですか。お祖父さんはほんとうに中気であったかもしれないですよ」

庄之助は顔を上げ、呟いた。

「ほんとに、そうであってくれたら……」

それから懐《ふところ》から紙入れを取り出した。さらに、中から小さく畳《たた》まれた紙を摘《つま》み出す。

「先生、これを……」

松庵に紙を手渡す指先の震えが、はっきりと見て取れた。

「うん、これは？」

「台所に立っていたとき着ていた着物の……袂に入っておりました。着替えの折、気が付いたのですが……」

松庵は手の中の紙を暫《しばら》く見詰めてから、指先で開いていった。

薬包紙《やくほうし》だ。

松庵にもおいちにも馴染《なじ》みの包み紙だった。

包みの中には、何もない。

松庵の眉間に皺が刻まれた。鼻を近づけ、匂いを嗅ぐ。そっと触れた指を凝視《ぎょうし》する。

「うーん、これだけではなんとも」

「毒です！」

不意に庄之助が叫んだ。腰を浮かし、松庵を見据える。

「そこに毒が入っていたのです。わたしは、それを祖父の汁物に混ぜて……。きっと、そうです」

庄之助は腰を落とし、くにゃりと背中を丸めた。重荷に耐えかねてへたり込んだ人足《にんそく》のようだ。

「でも、痺れたのはお祖父さま一人だったのでしょう。汁に毒を混ぜたのなら、その汁を口にした人たちみんながおかしくなるはずです。お祖父さまだけに効《き》く毒なんて、あるわけないもの」

おいちは心に浮かんだ疑念を素直に言葉にしてみた。

「椀《わん》に塗ったのです」

庄之助がぼそりと答える。喉が潰れたような掠《かす》れ声だった。

「茶碗も汁椀も、それぞれの箱膳《はこぜん》に仕舞《しま》われております。祖父の膳から汁椀を取り出し、薬を水に溶かして塗りつけておけば誰にも気付かれず、毒を盛ることはできます。祖父が、汁が苦かったと騒いだとき、誰も本気で取り合わなかったのは、家の者も同じ汁をすすっていたからです。自分たちはなんともないのに毒が混ざっているわけがないと思い込んでしまえば、祖父の言葉は老人の、あるいは病人の戯言《たわごと》に過ぎません」

おいちは松庵と目を合わせ、首を傾《かし》げた。

庄之助の言い分は、一応の筋《すじ》が通っている。

筋は通っているが、それこそ筋の通った妄想の類ともとれる。そして、筋の通らぬ目茶苦茶《めちゃくちゃ》なものより、一応辻褄《つじつま》の合う世迷い言《よまいごと》の方が往々にして厄介《やっかい》だった。

「おいち、もう一杯、茶をくれ。美味《うま》いやつをな」

松庵が湯呑みを持ち上げる。

のにも。

「あ、はい」

おいちは立ち上がり、台所に立った。『いさご屋』に比べれば、台所と呼ぶのも憚《はばか》られるほどに狭いだろう。それでも、そこにも竈があり、湯気をたてている釜がある。手を洗うのにも、器具を洗うのにも湯は入り用だ。もちろん、茶をいれるのにも。

貧乏所帯でろくな茶葉がないと、おうたは嘆いたけれど、とっておきの宇治《うじ》の茶が棚《たな》の奥にある。患者の一人が薬礼と共に置いていってくれた。上質の茶葉を急須《きゅうす》に入れ、ゆっくりと湯を注《そそ》ぐ。立ち昇る香りを胸深くまで吸い込む。

「父さん、せっかくだから大福もいただきましょうよ」

「おお、そうだな。いただこう、いただこう。さ、さ、さっ、庄之助さんもどうぞ……。と、こちらが勧めるのも変だが、まっ、細かいことはさておいて、美味い茶と大福にありつこう。うん、これぞ生きている愉《たの》しみだ」

芝居《しばい》ではなく、松庵は本気で楽しんでいるようだ。相好《そうごう》を崩し、大福にかぶりつく。おいちも、一口、食《は》んでみる。

「うわっ、美味《おい》しい」

「うん、美味いな。さすがに『三関屋』の大福だ。物が違う。庄之助さんもどうぞ。遠慮はいりませんよ。というのも、やっぱり変だが、ままっ、どうぞどうぞ。

それとも、甘い物はお嫌いかな」

「いえ。どちらかというと甘党でして。あ、ではいただきます」

庄之助は少し笑みながら、大福を口に運んだ。おいちよりよほど優雅な所作《しょさ》だった。おうたがこの場にいたら、ため息を吐いていただろう。それからおいちに咎《とが》めるような目を向けたに違いない。

松庵が満足気にうなずく。

「『三関屋』のこの餡《あん》は秘伝中の秘伝だと聞いたことがあるが、やはり先祖代々伝わっている作り方があるのかね」

「先祖代々って、父さん、三関屋さんは今のご主人が二代目よ。それほどの老舗《しにせ》じゃないわ」

「そうか。それにしちゃあ味に年季《ねんき》が入ってるぞ。やっぱり秘伝があるんじゃないのか」

「父さん、餡この年季までわかるの」

「わかるさ。人も餡こも同じだ。年季が入れば入るほど味にコクが出るもんだ」

「人と餡こが同じだなんて、初めて聞いたけど」

「ちゃんと、覚えておくんだな。おまえも、これからは『三関屋』の餡こを手本に己を磨くといい」

「えー、餡こがお師匠《ししょう》さまだなんて嫌《いや》よ。恥ずかしい」

庄之助が吹き出す。乾いた小気味《こきみ》の良い笑声が漏れる。

これが、この人の生来《せいらい》の笑い声なのかしら。

おいちはちらりと庄之助を見やる。視線がぶつかった。慌《あわ》てて、目を背《そむ》ける。無遠慮に見詰めるなど、はしたない真似をしてしまった。それこそ恥ずかしい。

「いや、失礼いたしました。お二人のやりとりがおかしくて、つい」

おいちの眼差しをどうとったのか、庄之助が肩を窄《すぼ》めた。

「いえ。こちらこそご無礼をいたしました。あ、もう一杯、お茶をおいれしますね。父さんもね」

おいちは空《から》になった二つの湯呑みを引き、新たな茶をいれ直した。

「あ、畏《おそ》れ入ります。申し訳ありません」

低頭《ていとう》する庄之助に松庵が声をかける。

「庄之助さんは、いつもそんな風なんですかな」

「は?」

「いや、不嗜《ぶたしな》みを承知で言わせてもらいますがね、どうにも、あなたのその丁寧《ていねい》さが気になって。あ、むろん、傲岸不遜《ごうがんふそん》な態度より、よほどましなのですが……。あなたは商人ですし腰が低いのは美点でこそあれ、決して悪目《あくめ》にはならんでしょうしね」

庄之助の眉が微かに顰《ひそ》められた。

「先生、何がおっしゃりたいのですか」

「うむ、いや……そうですな。有体《ありてい》に言っちまいますとね、あなたは家でもそんな風に周りに気を遣《つか》い、頭を下げて生きているのかとどうにも気になった次第でね。大きなお世話、差し出がましい真似だと重々《じゅうじゅう》わかった上で尋ねているんですが」

「それは……お医者さまとしてのお尋ねでしょうか」

「ですな。あなたが家でもそうやっていつもいつも気を遣い、心を配っているとしたら、疲れは、心の疲れは相当なものでしょう。人にとって、身体の疲れより心労の方が応《こた》える場合は多々ある。疲れが募《つの》れば、当然、病にも罹り易くなるものです。さらに言えば、生き死ににも関わってくる」

庄之助は息を吐き、手の中で湯呑みを回した。

「しかたないのです。気を遣うというより……周りに気を配っていないととんでもないことになる。万が一にも、姉のことを誰かに知られたら、わたしも店も破滅です。異形《いぎょう》の者、物《もの》の怪憑《けつ》きと騒《ば》がれ、謗《そし》られ、気味悪がられ、世間から弾《はじ》き出されます。いえ、もしかしたら、化け物《もの》扱いされ殺されてしまうかもしれません」

目の前に刃《やいば》を突きつけられたかのように、庄之助の身体が震えた。

「姉のことは誰にも決して覚《さと》られてはならないのです」

ああ、ここにも荒涼がある。

おいちは唇を嚙み締めた。

周りの誰にも心を開けず、ただ一人で生きねばならない荒涼をこの男《ひと》も背負っているのだ。

「しかし、それではあなたの身がもちますまい。繰り返しますが、心労はときに命を危《あや》うくもします。今のままでいいわけがない」

庄之助がゆるりとかぶりを振った。口元に薄い笑いが浮かぶ。

「この命が先細り消える運命《さだめ》なら、それでもいいのです。むしろ、わたしの秘め事を秘め事のまま墓場に持っていけるなら、それはそれで望むところなのかもしれません」

「馬鹿な」

松庵の表情が曇《くも》る。目の中で小さな光が弾ける。それが怒りの光だと、おいちには察せられた。

松庵は目の前の若い男に微かながら腹立ちを覚えたのだ。

松庵は医者だ。

病から怪我から、人の命を守るのが仕事だ。おそらく、天職だろうとおいちは思う。松庵は医者、優れた腕を持つ医者だ。しかし、どんなにがんばっても、どれほど必死に治療しても救えない命はある。貧しければ貧しいほど、その貧しさ故に命を縮《ちぢ》める人がいるのだ。もう少し滋養のあるものを口にできさえしたら、ここまで働き詰めに働かなくともよかったら、あの薬を買うことができていたら……たら……たら……たら。

——ちくしょう。

父の無念の呟きを何度、耳にしただろう。耳にするたびに、おいちの胸も悔しさに震える。

人は生きねばならない。生きて、老いて、天寿《てんじゅ》を全《まっと》うしなければならない。それを手助けするために医者という仕事はあるのだ。

おいちは父から教えられた。言葉ではなく、生き方から学んだのだ。松庵は、だから、命を軽《かろ》んじる者を嫌う。ときに、激しく怒る。どんな事情があろうとも肯《がえ》んじない。憤《いきどお》るのだ。

庄之助は己の命が消えてもかまわないと言い切った。それは、松庵にとって許し難い一言であっただろう。でも……。

今は腹を立てているときではない。

おいちは庄之助に向かって身を乗り出した。

「庄之助さんが、ついぼんやりしてしまうのは疲れが積もったせいではないのかしら。心に憂《うれ》いがあると、人はどうしても気が揺らぐでしょ」

庄之助は曖昧《あいまい》にうなずき、吐息を漏らした。

「けど、少しお話を戻してくださいな。お祖父さまが亡くなられた日のことをお聞きしたいのです。庄之助さんは、お祖父さまの汁に毒を盛ったのが自分、いえ、お姉さんではないかと考えていたわけですね。蔵の中で一人で」

「そうです。わたしが覚えているのは、仕入れ帳を手に簪《かんざし》の数を確かめていたところまでです。目の前がふうっと暗くなり、気が付いたときには……祖父の部屋におりました」

庄之助の頬から血の気が失《う》せる。唇も色を失い、白っぽく乾いていた。

「祖父は……死んでおりました。だらりと首を傾けて、口の端《はし》から舌を覗かせて……息絶えていたのです。傍らに、細紐《ほそひも》が落ちておりました。紅色の腰紐……姉の物でした。そして、祖父の首は血だらけで……血だらけで……」

「血？　お祖父さまは喉を切られていたのですか」

「掻き毟《むし》られていたのです。人の爪《つめ》で」

「まあ、それは、まさか……」

庄之助の目がおいちに向けられた。血の涙を滴《したた》らせるのではないかと怖《お》じけるほど赤い。

「はい。祖父の喉についた紐の痕《あと》を隠すため、祖父が息を詰まらせ、苦し紛《まぎ》れに掻き毟ったと見せ掛けるためです。それに、祖父は首を絞められたときにもがいて、ほんとうに首に爪を立てていたようです。爪先が血で汚《よご》れておりましたから。もっとも、それは姉の細工かもしれません。わざと、祖父の爪先に血を付けて、それらしく見せ掛けようとして……」

庄之助は指を揃えた両手を顔の前まで上げた。汚れも染みも傷もない指だ。

「……この指も血に塗《まみ》れていました。爪の間にはたぶん、祖父の肉まで挟まっていて……。わたしは、紐を拾い上げるとそのまま手水場《ちょうずば》に駆け込みました。力まかせに手を洗い、肌《はだ》がすりむけるほど擦《こす》りました。楊枝《ようじ》で爪の間を穿《ほじ》り、血の臭いを消すために香油《こうゆ》をつけました。わたしが、そうやって、必死になっている間中、姉は嬉しげに嗤《わら》っておりましたよ」

「嗤う？　お姉さんがですか？」

「そうです。とてもとても嬉しげに、けたけたと……。その声がわたしには聞こえたのです。わたしの中で姉は確かに嗤っていたのです。確かに……」

松庵が「うーむ」と唸りに近い声をあげた。腕組みをして目を閉じる。眉間にも口元にも皺が寄っていた。急に五つも六つも老け込《ふ》んだように見える。

庄之助は、力のこもらない、その分淡々《たんたん》とした声音で続けた。

「間もなく、女中が祖父の死体を見つけ、一時は大層な騒ぎになりました。祖父の形相《ぎょうそう》があまりに歪んでいたため、鬼にとり殺されたと言い出す者までいて……。鬼が殺してくれたのなら、わたしはどれほど救われたか……はは、そんなことまで考えてしまいましたよ。ただ、噂《うわさ》は噂として消え失せ、祖父は喉を詰まらせて亡くなったことになりました。医者がそのように診立《みた》てたのか、父が厄介事を嫌《きら》って穏《おん》便《びん》に事を収めたのか、わたしにはわかりません。どちらにしても、姉の思惑《おもわく》通りになったわけです」

「うーむ」

松庵がまた唸った。今度は目を開けている。

庄之助は長い息を吐いた。

吐いて、吐いて、吐き尽くして、そのまま萎《しぼ》んでしまうのではないかと危《あや》ぶむほど長い吐息だった。

「先生、お嬢さま。これが、わたしがお話しできる全てです。お二人がどうお考えになるかわかりませんが、わたしとしては、一言の嘘も作り話も加えておりません。全て事実です」

「わかっています」

腕を解き、松庵が首肯《しゅこう》する。

「嘘や作り話の類ではない。それは、よく、わかっています。ただ、俄《にわか》に信じ難い話であるのも確かです。いや」

何か言いかけた庄之助を手で制し、松庵は続けた。

「あなたがわたしたちを謀《たばか》ろうとしているなど、爪の先ほども考えちゃいませんよ。ただね、庄之助さん。あなたの知らないこと、見えていないことがあるかもしれないでしょう」

「は？　先生、それはどういう謂《いい》でございましょう」

「いや、わたしも上手《うま》くは言えないが……。あ、こういうことは娘の方が得意でしてな。おいち、わかり易く話してあげてくれ」

「父さん、急にこっちに振らないでよ。困るじゃない」

まだ、頭がぼわっと霞《かす》んでいる。

庄之助の話は、突飛《とっぴ》であるだけでなく禍々《まがまが》しく血の臭うものだった。正直、信じられないのではなく、信じたくない心持ちが強い。ただ、そういう情を取り除き、冷めた頭で考えれば松庵の言おうとしているところが、見えてくる。

「今のお話って、全て庄之助さんを中心にしてますよね。庄之助さんが感じたこと、見たこと、聞いたこと」

「はあ。でもそれは当たり前でしょう。わたしが話しているのですから、わたしの見聞が中心となるのは」

「そうです、当然です。でも、物事って見方を変えれば、違った姿が見えてきたりもするのです。例《たと》えば、ある子どもが、急に〝いやだ〟を言い出したとする。母親は当然、怒りますよね。我儘だ強情《ごうじょう》だと叱《しか》ります。叱って、我儘や強情さを窘《たしな》めるのも親の務めだと心得ているからです。あるいは、子どもの態度に腹を立てて、躾《しつけ》云々の前についつい怒鳴りつけちゃったりもするでしょ。そういう母親を見て、周りでは『あんなに怒鳴って、子どもがかわいそうだ』とか『日頃の躾がきちんとできていないからだ』とか『きつい母親に、聞きわけのない子どもか』なんて言ったりしますよね」

「は、はあ……。あの、お嬢さま、なんの話をしていらっしゃるんですか」

「ここからが肝心《かんじん》なんです。医者からすれば、子どもが〝いやだ〟を言うのは、身体の調子が悪くてそれをちゃんと伝えられないからかもしれない。母親がやたら怒鳴るのは、きつい性質《たち》故ではなく、心に憂《う》さを抱えてその捌《は》け口を求めているからかもしれないと、そんな風にも考えられるわけです。そう考えると、我儘な子、きつい母親って姿が揺らぐでしょう」

「……つまり、立場が違えば見えてくるものも違ってくる。そうおっしゃっているわけですか」

「そうそう、それそれ」

松庵が庄之助に向かって、手を打った。なんとも軽々しい。おうたなら、露骨《ろこつ》に眉を顰《ひそ》めていただろう。

「あなたと違う眼《まなこ》で見れば、この話、また別の様相《ようそう》が現れてくるやもしれません」

「別とは、どのようなものでしょうか」

「それは、かいもく見当がつきませんな」

実にあっさりと松庵は言い切った。

「それを探るのは、これからです」

庄之助の双眸《そうぼう》に光が点《とも》る。僅かだが、頬に血色が戻る。

「先生、それでは、わたしをお助けくださいますか」

「あなたを助けるということがどういうことなのか、まだ確《しか》とはわかりません。ただ、力にはなります。あなたがこれ以上苦しまなくてもすむように、一緒に手立てを考えましょう」

〝一緒に〟という一言に、松庵は力を込めた。

「一緒に……、一緒に」

庄之助が震える声で繰り返す。

一緒に。それは、庄之助が何より望んだ言葉だったのだろう。何が解決したわけでもない。菖蒲長屋の医師、藍野松庵をおとなう前と後と、庄之助の背負った奇怪《きっかい》な運命《さだめ》が変化したわけではないのだ。

それでも救われる。

一人ではないと告げられた言葉に救われる。蘇生《そせい》の思いがする。庄之助の内に生気が巡《めぐ》る。

おいちは安堵の息を吐いた。

ひとまず、この人はだいじょうぶだ。重荷に耐えかねて、潰れることはない。

むろん、ひとまずに過ぎない。この先、どうすればいいのか。手立てを考えると松庵は言ったが、その手立ての糸口さえ、おいちには、そして、おそらく松庵にも摑めていない。

「お祖父さまの件があってから、お姉さんはどんな様子ですか」

気になることを尋ねてみる。

「あれからは、一度も出てまいりません。祖父に仇《あだ》を討《う》ったことで満足しているのでしょう」

「それなら、このまま二度と現れないってことも」

口をつぐむ。それはあり得ない。お京の怨む相手はまだ、残っている。おいちの胸の内を見透かしたのか、庄之助がうなずいた。

「姉は必ず現れます。まだ……父が生きておりますからね」

「それは、いかん。もう二度と人を殺《あや》めてはいかん。実の祖父や父親を殺めて、お京さんの魂《たましい》が浮かばれるわけがないんだ」

「そのことをお京さんに伝えなくちゃならないわね」

おいちは、胸を反《そ》らす。

それなら、あたしの出番かもしれない。あたしなら、お京さんと話ができるかもしれない。

「庄之助さん、あたしをいさご屋さんに入らせてくださいな」

「え？　お嬢さまを？」

「そう。理由はなんとでもつけてください。お任《まか》せします。下働きの女中でも行儀見習いの娘でもかまいません。ただ、ある程度お家内《やうち》をうろつける立場にしてくださいね」

「ちょっ、ちょっと待て、おいち。おまえがいなくなったら、おれが困る。それでなくとも忙しいんだ。助手《すけて》がいないと、どうにも回らん」

「伯母さんに頼んで、おかつちゃんを寄越《よこ》してもらうわ。洗い物や身の周りの世話なら、おかつちゃん、きちんとやってくれるから」

「しかしなあ、おかつでは助手にはならんからなあ。それに、あの義姉《ねえ》さんが、また、おいちはどうしたと押し掛けてきて騒ぐぞ」

「先生、お願い申し上げます」

庄之助が両手をつき、頭を下げる。

「どうか、どうか、お助けください。わたしは怖くて……いつか、姉に操《あやつ》られ、父を手にかけるのではないかと怖くて、生きた心地もしない日々を送っておりました。今日、こちらに参り、お二人にお会いし、ようやっと、ようやっと……楽になって……」

庄之助はついに声をあげて泣き出した。

子どものようだった。

溜《た》まりに溜まっていた思いが、堪《こら》えに堪えていた涙が、堰《せき》を切ってほとばしる。それでいい。溜まっていた澱《おり》が押し流されれば、新たな水脈が現れる。我慢や忍耐も度を超すと、ときに人の心を蝕《むしば》んでしまう。

「……わかった」

松庵が膝を叩いた。

「おいち、いさご屋さんに行け。これは、おまえの仕事かもしれん」

「はい」

「ただし、剣呑《けんのん》な真似だけは絶対にするな。絶対にだぞ」

「はい」

庄之助の泣き声を聞きながら、おいちは膝の上でこぶしを握った。

用意が調《ととの》い次第、庄之助から連絡をする。それを待って、おいちは『いさご屋』に行く。

とりあえず、それだけを決め、庄之助は帰っていった。その背中が木戸《きど》を出ないうちに、患者がやってきた。高熱の少女、釘《くぎ》を踏み抜いた男の子、頭痛を訴えるおかみさん……。いつも通りの、慌《あわただ》しい刻《とき》が過ぎる。

最後の患者を診終えたころ、陽《ひ》はとっぷり暮れ、夜空一面に星が瞬《またた》いていた。

「おまえ、だいじょうぶか」

「父さん、だいじょうぶ」

遅い夕餉《ゆうげ》の膳を前にして、父と娘はほとんど同時に尋ね合った。

「だいじょうぶって、何がだ」

「この忙しさよ。あたしがいないと、ますます、すごいことになっちゃうわよね」

「まあな。正直、ぞっとする。しかし、おれのことより……。うーん、ああは言ったが、やはり少し心配でな。何が起こるか見当もつかん。おまえ一人で、だいじょうぶか」

「だいじょうぶよ。新吉さんも出入りしているみたいだし。いざとなったら力になってもらうわ」

松庵の箸《はし》が止まった。

「あー、新吉な。そうか、あいつがいたか。なるほどね、ふんふん、おいちは新吉をあてにしてるわけだ。あいつ、意外に頼りがいがありそうだからな。縫《ぬ》い易い身体をしているしな。金瘡《きんそう》の修錬を積むには格好《かっこう》の相手かもしれんぞ」

「新吉さんを修錬の道具になんか使いません。それに、もう一人、頼りにしたい人がいるの」

「うん？　もう一人……。ああ、あの人か」

「そう。明日、会いに行こうと思うの」

あの人、〝剃刀《かみそり》の仙《せん》〟こと、岡《おか》っ引《ぴき》の仙五朗《せんごろう》の鋭《するど》い眼差しや柔和《にゅうわ》な笑みを思い浮かべる。

仙五朗なら話を聞いて、嗤《わら》うことも、庄之助を下手人《げしゅにん》扱いすることもない。それは確かだ。

明日、親分さんに会いに行こう。

もう一度、心に決める。

しかし、おいちが訪ねるまでもなかった。翌日、仙五朗がひょっこり現れたのだ。

五

挨拶《あいさつ》もそこそこに、仙五朗は切り出した。

「藍野先生、ちょっと、殺しのことでお聞きしてえんで」

仙五朗の一言に、おいちと松庵は顔を見合わせた。声こそいつもよりやや低いものの、仙五朗は普段通りの真顔で、ふざけている風はまるでなかった。

申《さる》の刻《こく》、七つ時（午後四時）が過ぎたころだった。陽《ひ》の足は驚くほど速い。空は既《すで》に淡く赤みを帯びて、菖蒲長屋のあちらこちらには闇が薄《うす》く溜まり始めていた。患者が途切れるのを見計《みはか》らったかのように仙五朗は現れた。松庵の手が空《あ》くのを外で待っていたのかもしれない。

「親分、まあ、お上がりなさい」

松庵が手招きする。

おいちは茶の用意をするために腰を上げた。

「へぇ。お疲れのところを申し訳ありやせん」

仙五朗は懐から手拭《てぬぐ》いを取り出すと、足裏を丁重に拭った。〝剃刀の仙〟の異名《いみよう》を取り、どこか虎狼《ころう》の匂いを漂わすこの老岡っ引が、実は律儀《りちぎ》で細やかな心遣いのできる男だと、おいちは知っている。むろん、松庵も。

律儀なだけでなく、仙五朗は情や思い込みに囚われず物事を見、聞き、判断する業《わざ》に長《た》けていた。偏私《へんし》や迷妄《めいもう》がまるでないとは言い切れないが、事の核心にあるものを冷静に見極める力は並ではない。だからこそ、庄之助の件を相談しようと思ったのだ。他の者なら、面妖だ、気味《きみ》悪い、つまらぬ作り話じゃないのか、その男は頭がおかしくなっていると決めつけ、一笑に付すだろう。あるいは、忌《い》み嫌い、むやみに騒ぎ立てるかもしれない。

しかし、仙五朗ならだいじょうぶだ。

嗤《わら》いも嫌悪《けんお》も示さぬまま、耳を傾けてくれる。力になってくれる。

確かに信じられた。だからこそ、庄之助の話を聞き終えたとき、誰よりも先に仙五朗の顔が浮かんだのだ。

親分さんに相談してみよう、と。

まさか、当の仙五朗が計ったようにひょっこり顔を出すなんて思ってもいなかったから、おいちは少し慌て、少し可笑《おか》しくなった。

仙五朗とは縁がある。それは間違いない。しかも、その縁にはいつも事件が絡《から》まっている。

殺しだの、血だの、死体だの、毒だの、下手人だの……人の怨念《おんねん》や欲望、愚《おろ》かさや悲しみが絡みついているのだ。いつだって血生臭《ちなまぐさ》くておぞましい。

でも、おいちは仙五朗が好きだった。おいちなどには摑みきれない、その得体《えたい》の知れなさが人としての深みのようで面白い。

「先生、家移《やうつ》りをなさったそうで」

座るなり、仙五朗は口元をほころばせた。柔らかな顔つきだ。さっき、「殺し」などと剣呑《けんのん》な言葉を発した男とはとても思えない。

「なんだ、もう親分の耳に入ってるのか。人の口は速いな。いや、家移りといっても隣に一間を借りただけさ。こっちが、あまりに手狭《てぜま》になっちまったからな」

「へえ、手狭にねえ。そういうこってすか」

仙五朗が小指で耳を穿《ほじ》くる。

「あっしの聞いたとこじゃ、おいちさんが婿《むこ》取りをして、お隣に住むって話になってやしたが」

松庵が茶を吹き出す。飛沫《しぶき》が四方に散った。

「きゃっ。やだ、父さん。汚《きたな》い」

「ほんとうでやすよ。せっかくの美味《うま》い茶がもったいねえ」

「いや、しかし、ごほっごほっ……なんで、そんな根も葉もない、ごほっ、噂が……ごほごほ」

「根も葉もないんで？」

「ありませんよ。まったくの出鱈目《でたらめ》です」

咳《せ》き込んでいる松庵に代わって、おいちが答えた。

「天地神明《てんちしんめい》にかけて、婿取りなんてありません」

「いや、おいちさん。天地神明にかけてまで否《いな》まなくてもようござんすが……。そうでやすか、やっぱりねえ、ただの浮言《ふげん》でやしたか。あっしも、まさか、あのおいちさんが婿取りなんてと、首を傾《かし》げはしたんでやすがね」

「あら、親分さん」

松庵の茶をいれ直しながら、おいちは仙五朗を軽く睨んだ。

「まさかってどういうことです。あたしには、婿なんてこないとでも思ってるんですか」

「は？　あ、いやいや、とんでもねえ。おいちさんの婿になれるなら、火鼠《ひねずみ》の皮衣《かわごろも》や蓬萊《ほうらい》の枝《えだ》を提《さ》げてもくるって男はたんとおりますよ。新吉なんぞは、その一番手じゃねえですかい。もっとも、あいつなら蓬萊の枝を拵《こしら》えちまうかもしれやせんがね」

「まあ、親分さんたら」

「ちっと言い過ぎでやすかね」

目を細めて笑う仙五朗は人の好《い》い旦那そのものだ。けれど、むろん、この男は、巷《ちまた》の噂を確かめるためや、茶飲み話のために立ち寄ったわけではない。

「ところで、親分。さっき、殺しだのなんだのと物騒《ぶっそう》なことを言ってなかったか」

松庵が口元を懐紙で拭う。

「へぇ。実は先生に、是非《ぜひ》ともお尋ねしてえことができやして」

「殺しのことでかい」

「さいです」

仙五朗が松庵ににじり寄った。松庵の面《おもて》が俄《にわか》に引き締まる。仙五朗の口に耳を寄せるかのように、のめる。

おいちは身体をずらし、松庵の背後に回った。慎《つつ》ましやかに後ろに控えたわけではない。この方が話を聞き取り易いのだ。

「一昨日《おととい》の夜、一ッ目之橋《ひとつめのはし》のたもと近くで女が一人、殺されやした」

仙五朗の声が低くなる。おいちは精一杯、耳をそばだてた。

「三人目でやす」

低い声が告げた。松庵が顎を引く。

「三人目？」

「そうでやす。この三月《みつき》で三人、ざっと一月《ひとつき》に一人の割で女が殺されてるんで」

仙五朗が指を三本立て、それを一本ずつ折っていく。

「最初が御舟蔵《おふなぐら》の裏手、次が弥勒寺《みろくじ》近くの五間堀《ごけんぼり》のほとり、そして今回が一ッ目之橋のたもと……。殺《や》られたのは、三人とも夜、おそらく真夜中でやしょう」

「その場所、その刻からすると、殺された女たちってのは」

松庵に向かって、仙五朗がうなずく。

「そうでやす。女たちはみな、夜鷹《よたか》でやした。夜《よ》な夜《よ》な闇に紛《まぎ》れて春をひさいでたんで」

「殺されたのが全員夜鷹だったってわけか。三人の女たちに繋がりはないわけだろう」

「あっしの調べたところ、なんの繋がりもございんせんでした。まったくの赤の他人でやすよ。三人ともそれぞれ商売の河岸《かし》が違いやすから、おそらく、顔を合わせたことも口を利いたこともなかったんじゃねえでしょうか」

「顔立ちや身体つきはどうです？　三人に似通《にかよ》ったところ、通じるところはなかったんですか」

おいちは思わず問うていた。知らぬ間に身を乗り出している。さすがにはしたない振る舞いだと気付き、身を竦《すく》めた。頰が熱を持つ。

「……すみません。あたし、出過ぎた真似を……」

「ようがすよ」

あっさりと仙五朗は言い、仄《ほの》かに笑《え》んだ。

「夜鷹だの、殺しだのって剣呑な話、ほんとうなら娘さんに聞かせちゃならねえ筋のもんでしょうが、おいちさんならようござんしょう。いや、むしろ、先生と一緒にあっしの話を耳に入れていただきてぇんで。おいちさんは、あっしたちとは違うものの見方、感じ方、考え方ができるお人でやすからね。何か引っ掛かるところがあれば、その引っ掛かりを教えてくだせえ」

頼みますと頭を下げられ、おいちの頰はさらに熱くなった。自分が他人にはない力を持っているのは確かだ。人ならぬものの声を聞き、姿を見ることができる。人ならぬもの。それを幽霊《ゆうれい》とか物の怪とか呼ぶ気には、おいちはなれない。そう名付けて怖れるものでも忌み嫌うものでも遠ざけるものでもない。か細い声に耳を傾け、せつない想いを汲み取る。そういう相手だった。少なくとも、おいちにとってはそうだ。

その力が仙五朗の仕事に役立ったことはある。しかし、足を引っ張ったことも迷惑をかけたことも、また、あるのだ。本気で頭を下げられたりしたら、顔を赤くし

「今、おいちさんのおっしゃったこと、あっしなりに考え、比べちゃあみました」

そうだろう。おいちが考えつくことなど、仙五朗ならとっくに閃《ひらめ》いているはずだ。

仙五朗がゆるりとかぶりを振る。

「けど、いくら考えても繋がるもの、似通ったところなど、何ひとつねえんで。最初に殺されたのは、おつまって女でやした。年の頃は三十ぐれえでしょうか。この手の女にしちゃあ色白のそれなりの別嬪《べっぴん》でやしたよ。次に五間堀で殺られた女は、おそねって名でした。海辺大工町《うみべだいくちょう》の長屋に一人住まいをしていたようで。こっちは、年の頃は二十二、三、むっちりした肉《しし》おきで馴染みの客も何人かいたようです。そして三人目はお栄《えい》という三十がらみの女でやした。小太りで顔も身体も丸くて……まあ、醜女《しこめ》ってわけじゃねえですが、そうたいしたご面相《めんそう》でもありやせん。お栄には五つになる娘がいたそうでやす」

「まあ……」

母親を失った幼女《おさなご》が、この先どう生きていくのか。生きていけるのか。おいちの胸は騒ぐ。騒ぐだけで、どんな手立ても浮かばない。

「で、親分。おれに尋ねたいってのはどのあたりだ？　女が三人、続けて殺された。尋常じゃねえが、医者の出る幕でもないだろう。僅かでも息があるならおれの出番だが、仏とあっちゃあ、親分と坊主《ぼうず》の仕事になる」

「へぇ、そうなんで。ただね、先生。さっきのおいちさんの問いじゃねえですが、女たちに似通ったところはござんせんでした。でも、殺し方……女たちにとっちゃあ殺され方でやすが、それがみな同じなんで……」

おいちをちらりと見やり、仙五朗は自分の腹に手を置いた。

「三人ともここを裂かれて殺されてるんで。おつまとおそねは十文字《じゅうもんじ》に、お栄は縦《たて》に真《ま》っ直《す》ぐに腹を裂かれて転がっていやした。見つけたのは早出の職人たちや棒手《ぼ》振《てふ》りで、むろん、なんの繋がりもねえ連中でやした」

「腹を裂かれて……」

松庵が眉を顰《ひそ》めた。仙五朗は淡々とした口調で続けた。

「三件の下手人は同じとあっしらが考えたのは、殺し方がみな同じだからなんでやすよ。夜鷹を狙《ねら》い、腹を裂いて臓物《ぞうもつ》を引き摺り出す。ええ、みんな、同じなんで」

松庵は低く唸り、腕を組んだ。

「たった二十四文《もん》かそこらで身体を売ってる女たちでやす。殺されなきゃあならねえほどの怨みを買うとも、金や色恋沙汰《いろこいざた》のもつれに巻き込まれたともどうにも考え難《にく》いんで。一応調べはしやしたが、やはりなんにも出てきやしませんでした。とすれば、下手人は女たちを殺したいから殺しているとしか、思えねえ」

「……だな」

「それって、誰でもよかったってことですか」

おいちはさらに膝を進める。問い詰める口吻《こうふん》になっていた。

「下手人は、たまたま出会った女を殺したと」

「さいでやす」

おいちの眼を見返し、仙五朗は首肯した。

「下手人はこれと目星《めぼし》を付けた女を殺してるんじゃねえ。行き当たりばったり出くわした夜鷹の腹を裂いてるんでやすよ。夜鷹は闇に潜《ひそ》んで客をとる。切見世《きりみせ》の女郎《じょろう》のように部屋をあてがわれてるわけじゃねえ。柳の下、草かげに筵《むしろ》を敷いて男を呼び込む。よほどのことがねえ限り、下手人が姿を見られるこたぁありやせん。夜闇に紛れて現れ、女の腹を裂き、そのまま闇に消える。さほど難しくはありやせん」

「いや、そう上手《うま》くはいかんだろう」

松庵は腕を解き、膝の上に置いた。

「腹を裂くと一言で言うが、誰にでもできる芸当《ほど》じゃない。親分、女たちは他に傷なり、痕《あと》なり、変わった所見はなかったのかい。つまり、首を絞められた痕とか、一服《いっぷく》盛られた様子とかだが」

「首にはなんの痕もありやせんでした。毒については……正直、よくわからねえんで。なにしろ、みんなひでえ有り様でやして。身体中の血が流れ出ちまったようで、どこもかしこも血塗《ちまみ》れで、お栄なんかは野犬に臓物を引き摺り出され、食い散らかされて……、毒を盛られたかどうかなぞ調べようがありやせんが、野犬がお栄の近くで毒を食って死んでいたって話は、届いてやせん」

「うむ。毒と一口で言っても種々ある。みながみな臓腑《ぞうふ》にたまるわけじゃない」

「さいでやすか……」

仙五朗の表情が僅かだが曇った。

腹を裂かれた血塗れの死体。

おいちは唾を呑み込んだ。心の臓がいつもより大きく鼓動《こどう》を打っている。息が閊《つか》える。目を閉じ、胸を押さえる。

昨日、聞いたばかりの庄之助の話より、さらに血生臭い。おどろおどろしく、禍々《まがまが》しい。

昨日、聞いたばかり？

そうだ。昨日、同じ町内の小間物問屋の主人が訪ねてきた。話を聞いた。人の世の出来事とは俄《にわか》に信じ難い、奇妙で不気味《ぶきみ》な話だった。しかし、決して法螺話《ほらばなし》ではない。今、仙五朗が口にしているのも、むろん、現《うつつ》のことだ。

現に起こった血の臭いの漂う事件が二つ。

これは、たまたまなの？

もう一度、唾を呑み下す。喉の奥が鈍《にぶ》く疼《うず》いた。

たまたまに決まっている。繋がるわけがない。重なるわけがない。

考え過ぎだ。いくらなんでも……。

――このところ……ここ数カ月、姉の力が増したのか、わたしの気力が衰えたのか、気が飛ぶことが起こるようになったのです。

庄之助はそう言った。

ここ数カ月。

この三月《みつき》で三人。

たまたまなのか、ほんとうに……。

「親分から見て、傷はどんな風なんだ。無理やり引き裂いたって感じか、それとも」

「きれいなもんでやした。おつまとおそねは臍《へそ》の一寸《すん》ほど上を横にひと筋、みぞおちから臍を通って股《また》の間までを縦にすぱりと真っ直ぐに斬《き》られてやす。お栄だけは縦の傷のみでやしたが、これは犬のせいで、よくは見て取れやせんでした」

「うーん、すぱりと真っ直ぐに、か。生きている人間はむろんのこと、気を失っていたり、死体となっていたとしても人の腹はそうそう容易《たやす》く斬り裂けるもんじゃないが」

「へぇ。それはあっしも考えやした。この下手人、刃物の扱いに慣れていやすね。もっと言やあ、刃物で肉を斬ることに慣れている。でないと、ああも上手《うま》くはいかねえでしょう」

「じゃあ、下手人はお侍《さむらい》ってことですね」

おいちは小さく息を吐いた。それが安堵の吐息だと気が付き、なぜここで安堵するのかと慌てる。

「そうも言えやせん。刃物の使い方を心得ているやつは、侍ばかりじゃねえ。匕首《あいくち》を自在に使えるごろつきは、いくらでもおりやすからね。けど、まあ……あっしの知ったとこじゃあ、ごろつき野郎は女を食い物にはしても、殺すために殺すなんて真似はしねえものなんで」

「ですから、お侍が絡《から》んでるんじゃないんですか。それしか考えられないでしょ」

「いや、そう決めつけるわけにもいきやせんよ」

「でも……」

「蘭方医《らんぽうい》はどうだ」

おいちと仙五朗は同時に松庵に顔を向けた。

「蘭方……でやすか」

仙五朗の喉仏が上下する。

「そういやあ、先生も長崎で蘭方を学ばれたんでやすね」

「まあな。おいち、あれを」

「あ、はい」

おいちは立ち上がり、百味簞笥《ひゃくみだんす》の上の木箱を取った。それを松庵の前に置く。箱は横板の一方が開く仕組みになっており、中は四段に仕切られていた。

松庵がその一段を引き抜く。

「これがメスという外科の道具だ。銀でできている」

仙五朗は前のめりになり、本天鵞絨《ほんびろうど》の上に並んだ刃物を見詰める。その目がすっと細まった。

「えらくきれいな物でやすね。これを医者が使うんで？」

「そうだ。人の身体を切開するときに、な」

仙五朗は顔を上げ、瞬《まばた》きをした。

「人の身体の中で臓物のどこかが膿《う》むことも腫《は》れ物《もの》ができることもある。放っておくと命取りになるそういうものを生薬《きぐすり》で治すのではなく、病巣《びょうそう》を切除して取り除こうというのが蘭方の考えだ」

「そりゃあまた物騒な話でやすね」

「いや、腕のいい医者が優れた道具を使って行えば、生薬での治療よりずっと効果をあげられる。紀州《きしゅう》、西野山村《にしのやまむら》の華岡青洲《はなおかせいしゅう》先生はこのような外科道具や麻酔薬《ますいやく》通《つう》仙散《せんさん》を使って、この国で初めて乳岩《にゅうがん》の患者を施術《せじゅつ》した」

「へえ、さいですか。あっしには珍妙な小刀としか見えやせんが。けど先生、この刃、ひどく薄くはありやすが切れ味は相当なもののようでやすね」

「そりゃあそうだ。メスは切れ味が命さ。きれいに切れば傷の塞《ふさ》がりも早い。患者にかかる負担も少なくなる。血の出も格段に違ってくるからな」

「腕のいい医者がこれを使えば、人の身体もすぱりときれいに切れるわけでやすね」

「まあな……」

「そんな。医者は命を救うのが仕事よ。命を救うための道具で人殺しをするなんて、そんな……そんなこと、あるわけない」

松庵が静かにかぶりを振った。

「おれは医者が下手人だなんて言ってはないさ。侍、ごろつき、医者。あるいは、おれたちがまったく思いもよらない者かもしれない。魚屋だって料理人だって刃物の扱いに長《た》けちゃあいるんだ。そう考えれば怪《あや》しいやつは、このお江戸にごまんといる。今はまだ皆目《かいもく》、見当がつかないってのがほんとうのところだろ、親分」

「おっしゃる通りで。大きな声で言えるこっちゃありやせんが、下手人の目星はまるでついてやせん。あっしとしては、少々……いや、かなり焦《あせ》っておりやす」

「四人目か」

松庵の呟きに、仙五朗は身じろぎし、おいちは目を瞠《みは》った。

「父さん、また誰かが殺されるって、そう思ってるの」

「おまえは思わないのか。この下手人が何を考えて女を殺《あや》めているのか摑めない限り、三人で終わるって誓文《せいもん》立《だ》てはできないだろう。むしろ、下手人が四人目の獲物《えもの》を探してうろついている見込みの方が大きいんじゃないのか」

「そんなこたぁさせねえ」

仙五朗のこぶしが僅かに震えた。

「おれの縄張《シマ》でこれ以上、好き勝手をさせてたまるもんか」

老練な岡っ引がここまで己の情を露《あらわ》にするのは珍《めずら》しい。虫けらのように人を殺める者への怒りが、仙五朗からひしひしと伝わってくる。医者は命を救うのが仕事だ。その命を蔑《ないがし》ろにする者への怒りなら、おいちにだってある。さっきも言った。医者は命を救うのが仕事だ。その端《はし》くれに自分も連《つら》なっている。だとしたら、許せない。この下手人を絶対に許すことはできない。

あたしは医者なんだ。

「先生、あっしには、下手人が殺しを楽しんでいるとしか思えねえんです。殺す相手は誰でもいい。殺すその一時の手応《てごた》えとか、女の苦しむ様とかを楽しんでいやがるんだ」

「うむ。あまり考えたくはないが……それも十分にうなずけはする」

「そういう病のやつってのは、いるもんでやすか」

仙五朗がずいっと本題に踏み込んできたと、おいちは感じた。これを尋ねたくて仙五朗はここに来たのだ。

「殺しを楽しむ病か」

「そうでやす。女を殺して、えも言われぬ快を覚える。そいつにとっちゃあ、きっと、女と交《まじ》わるよりずっと楽しいんでしょうよ。そりゃあもう尋常な心じゃねえ。壊《こわ》れて、膿んで、腐り果てようとしてるんでやすよ。そういう心を腐らせる病ってのが、この世にはあるんでしょうかねえ」

「親分……人ってのはみんな、そういう病巣を抱えているもんだぜ」

仙五朗の眉がひくりと震えた。その口が動こうとするのを松庵が手で制する。

「あ、いや思い違いをせんでくれ。おれは、誰もがみんな殺人鬼《さつじんき》になるなんて言ってやしないんだ。ただ、人ってのは厄介でわけのわからない生き物でな。どこまでも優《やさ》しく、高潔にもなれるし底無しに非道にもなれる。子煩悩《こぼんのう》な父親が我が子と同じぐらいの子どもを容赦《ようしゃ》なく斬り捨てたり、近所でも評判の親孝行娘が恋仇《こいがたき》に油をぶっかけて焼き殺したりする。その娘、恋仇が悲鳴をあげて燃えるのを嗤《わら》って見ていたそうだぜ。病気の母親を懸命に世話していた娘が、だ。とうてい同じ者の所業とは思えないだろう」

「そういうことなら、あっしにもうなずけやす。人ってのは般若《はんにゃ》の面も菩薩《ぼさつ》の面も隠し持ってやすからね」

「そうさな。般若と菩薩と。たいていの者はほどほどにうまく釣《つ》り合《あ》いをとって生きている。その釣り合いをひょんなことで壊しちまうやつがいるのかもしれないな。そして釣り合いが壊れれば、現れるのは菩薩じゃない。十中八九《じっちゅうはっく》、般若だ」

「ひょんなことというのは、人、それぞれなんでやすかね」

「ああ、そうだ。肉親の死、代替わり、仕事の失敗、怨み、嘆き、これといったきっかけもなく突然に……人は般若になるんじゃないか。もっとも、その般若の大半はすぐに薄れ、己の内に埋《う》もれて消えてしまうものだが」

「それが稀《まれ》に、消えねえやつがいる」

「いるだろうな。子どもを斬り捨てた武士や、恋仇に火を点《つ》けた娘みたいにな」

松庵はそこまで言って、茶を一気に飲み干した。自分の言葉が苦味となって舌《した》を刺したのかもしれない。

「そんな手合いは、傍《はた》から見てわかるもんでやすか。眼つきがおかしいとか、どこか振る舞いが尋常でねえとか」

「難しいな。見分けなんぞつかないんじゃないか。少なくとも、おれには無理だな。親分の鼻になら臭うかもしれないが」

仙五朗が鼻を押さえる。

「そうだとようござんすがねえ。今のところ、この鼻、風邪《かぜ》をひいた婆さんほどにも働いてくれやせん。そうでやすか、先生にもおわかりにならねえんで……」

鼻を押さえたまま、仙五朗は黒眸《くろめ》を動かす。おいちと目が合った。

え？

「おいちさんなら、どうでやす？」

ややくぐもった声で問いかけられた。

「あたし、ですか」

「へぇ。おいちさんなら、その……尋常じゃねえ臭いを嗅ぎ取れるんじゃねえですかい」

息を呑む。

それから、頭を横にゆっくりと振った。

「無理でやすか」

「無理です」

おいちは確かに人ならぬ者の声を聞き、気配を感じることができる。しかし、それは……。

「どこかで、あたしと関わりがあるからなんです。患者さんとしてでもいい、知り合って話をしただけでもいい。どういう形でも、その人とあたしが関わり合って初めて感じられるものなんです」

「てことは、ただ、道ですれ違っただけでは……」

「何も感じ取れません。その人、下手人がぶつかってでもくれれば、また別でしょうが、ただすれ違っただけでは無理だと思います。そうじゃなければ、あたし、頭がおかしくなっちゃいます」

「そうでやすよね。他人の般若の面が全部見えちまったら、えらいこった。ちょっと考えりゃあわかることなのに、あっしも焼きが回っちまいましたかね。ついつい焦っちまって、じっくりお頭《つむ》が使えなくなってるようで」

「親分、疲れているんじゃないのか。顔色が優れないぞ」

松庵が立ち上がり、百味簞笥の引き出しを開ける。そこから、黒い丸薬《がんやく》を三粒、摘《つま》み出した。おいちは素早く湯吞みに湯を注《つ》ぎ差し出す。そこに丸薬を落とし、松庵は仙五朗に手渡した。

「先生……これは」

「疲れと身体の凝りを取る薬さ。ちっと苦いが我慢《がまん》して飲んでみなよ。それで、今夜はぐっすり寝るんだな。明日は気分も身体もすっきりしてるはずだ」

「……妙な臭いもしやすが」

「まあな。……の肝《きも》が入ってるから臭うのはしょうがない」

「へ？　なんの肝なんで」

「まあ、それはいいから。鼻を摘んでぐっとやりな」

顔を顰《しか》めながら、仙五朗は薬湯《やくとう》を飲み干した。

「うー、苦《にげ》え」

「良薬は口に苦しだ。少し包んでやるから明日も飲むといい。日本の生薬は天下一品だ。実によく効く」

「メスよりも生薬が勝《まさ》るってこともあるんでやすか」

「治療の方法に勝ち負けなんてないからな。『内外合一《ごういっ》、活物窮理《かつぶつきゆうり》』は華岡先生の言葉だそうだが、知識を一つにして物の原理を活《い》かした治療こそが必要なわけだ」

「なるほどね。あっしの中ではまだ、何もかもがばらばらで一つになっちゃあいねえ。だから道が見えねえのか」

「一つにするのは、これからだ。おいち、おまえからも親分に話があるんだろ」

「あ……ええ、でも……」

口ごもる。

どことなく憔悴《しょうすい》している仙五朗をこれ以上、煩《わずら》わせたくはない。

「どんな話でやす。お聞きしやすよ」

仙五朗が居住まいを正した。

「親分さん、……でも」

「お聞きしやす。おいちさんがあっしに話すと決めたことなら、おそらく、人の生き死にに関わったものでござんしょう。それも、病や怪我での死じゃあねえ」

仙五朗の眼《まなこ》に光が点《とも》る。

鋭く冷えた光だ。

おいちも座り直す。それから、庄之助の一件をできるだけ詳しく語った。仙五朗は黙って耳を傾けていた。息さえしていないように、静かだ。

菖蒲長屋の路地を子どもたちが駆けていく。それを叱るおかみさんたちの声がする。風の音がそこに交じる。

おいちが今しゃべっている話も仙五朗が先刻口にした話も、血に塗《まみ》れて禍々《まがまが》しい。障子の外の慎ましく穏やかな暮らしとは異質のものだ。慎ましく穏やかな暮らしの傍《かたわ》らに、こんなにも禍々しいものが潜んでいる。

人の世の明るさと暗み、人の心の菩薩と般若。

語り終えて、おいちはうっすらと汗をかいていた。

仙五朗は何も言わない。

腕を組み、眼を閉じている。

しばらくはそのままだった。

眠っている？　まさか。

「親分さん……あの」

「危《あぶ》ねえな」

「え？」

「その『いさご屋』においちさんが一人で乗り込むのは、どうにも危ねえ気がしやす。やめたが得策でやすよ」

おいちはかぶりを振り、きっぱり言い切った。

「いいえ、あたしは行きます。そうでないと『いさご屋』の中で、また人が死ぬかもしれません」

そうだ、これ以上、誰も殺してはいけない。殺させてはいけない。

おいちは奥歯を噛み締める。胸を張る。障子の外から伝わってくる、足音や人の声を全身で受け止める。

仙五朗が密《ひそ》やかに息を吐いた。

謎の中へ

一

手拭《てぬぐ》いの端《はし》をくわえ、およしは闇《やみ》の向こうを窺《うかが》った。

朝からどんよりと曇《くも》った一日だった。昼間は北からの風が吹き通り、骨身《ほねみ》に染《し》みる寒さだったが、夕刻、その風がぴたりとやむと、空を覆《おお》った雲が綿入《わたい》れの役目を果たすのか、江戸の町は気味悪いほど暖かくなった。

奇妙な夜だ。

こんな夜には人ならぬものが跋扈《ばっこ》する。だから、人は出歩いてはならぬのだ。迂《う》闊《かつ》にうろつけば、魑魅魍魎《ちみもうりょう》の類《たぐい》と出くわさないとも限らない。

闇の向こうには、さらに深い闇が広がり、一点の光も見えない。

およしの身体《からだ》が勝手に震《ふる》える。

わかっている。よく、わかっている。

ときに、およしたち夜の女を包み隠してくれる闇が、今夜は醜怪《しゆうかい》な何かを覆う帳《とばり》になっているのだと。

でも、銭《ぜに》を稼《かせ》がなくちゃ。

およしは唇《くちびる》を嚙《か》み締《し》めた。

細々《ほそぼそ》と貯《た》めていた銭も底をついた。客を取らなければ、乳飲《ちの》み児《ご》と共に飢《う》え死《じ》にしてしまう。おぞましいとか不気味《ぶきみ》だとか言っている余裕は、もうないのだ。

川岸のそこここに潜《ひそ》んでいる女たちは、みな、同じような境遇だろう。誰がどんな無残な死に方をしても、殺され方をしても筵《むしろ》を手に夜の闇に出ていくしかない。

ふっと、お栄《えい》の丸顔が浮かんだ。

あのとき、あの客を譲《ゆず》らなかったら、河原《かわら》に転《ころ》がっていたのは、あたしだった。

思わず、腹に手をやる。寒くはないのに、指先が凍《こご》えるような気がした。怖《こわ》い。

それでも、家で縮《ちぢ》こまっているわけにはいかない。

それに……と、およしはさらに唇を嚙む。

それに、あの人たちだって、魑魅魍魎と同じようなものじゃないか。そう、ほんとうに怖いのは物《もの》の怪《け》でも妖《あや》かしでもない。人だ。この世に、人ほど怖《おそ》ろしいものはない。

束《つか》の間《ま》、閉じた眼裏《まなうら》に人の顔が浮かぶ。

怖ろしい、怖ろしい、魑魅魍魎と同じほど怖ろしい人の顔だ。いや、人の振りをした物の怪だったのかもしれない。あの人は……あの人たちは……。

強く固く目を閉じ、およしは闇を吸い込んだ。

風呂敷《ふろしき》の端をきっちりと結《むす》ぶ。

これで荷物はできた。

「じゃあ、父さん、行ってきますね」

振り返り、診立《みた》て帳をつけていた松庵《しょうあん》に声をかける。

「うむ」

筆を置くと、松庵は口元を僅《わず》かに歪《ゆが》めた。

不機嫌《ふきげん》なようにも、考えあぐねているようにも見える。もっとも、松庵が不機嫌な顔を見せることはそうそうない。どんなに疲れていても、患者に悪態をつかれても、常に沈着で陽気な物言《ものい》いを忘れない人だ。それが生来《せいらい》の気質ではなく、医者としての心構えからの振る舞いだと、おいちは知っている。

医者が狼狽《ろうばい》すれば、不機嫌になれば、冷ややかな態度をとれば、患者は不安や不信に苛《さいな》まれることになる。それでなくとも、心身の不調、痛み、苦しみ、辛《つら》さを抱《かか》えて藍野《あいの》松庵の許《もと》を訪れた人々だ。的確な治療や助言が必要なのはむろんだが、それは安心や信頼の心があってこそ効《こう》がある。ために、医者は患者に好かれねばならないし、心底《しんてい》から信じてもらわねばならない。

松庵の持論だった。

その松庵が、露骨《ろこつ》に表情を曇らせている。患者の前では、めったに見せない面持《おもも》ちだ。

「おいち、今さらだが……やはり、やめといた方がよかぁないか」

おいちはわざと大きく、目を瞠《みは》った。

「ほんとうに今さら、だわ。そんなことできるわけないでしょ。庄之助《しょうのすけ》さんは全《すべ》ての用意を調《ととの》えて、あたしを『いさご屋』に呼んでくれたのよ。今さら、やめますなんて言ったら、どれほど庄之助さんに迷惑をかけると思うのよ。ううん、迷惑の前に、庄之助さんを死ぬほど落胆《らくたん》させてしまう。父さんだって百も承知じゃない」

「しかしなあ……、仙五朗《せんごろう》親分も危《あぶ》ねえと言ってたじゃないか。並の者じゃない、あの〝剃刀《かみそり》の仙《せん》〟が、だぞ。考えれば考えるほど、どうにも剣呑《けんのん》な気がして、おまえを行かせるわけには……」

「じゃあ、このまま、庄之助さんを放っておくの」

やや急《せ》いた口調《くちょう》で、父の言葉を遮《さえぎ》る。松庵の口元がさらに歪んだ。とびっきり苦《にが》い薬湯《やくとう》を飲まされたみたいだ。

「あの人、あたしたちの前で大声で泣いたのよ。全部しゃべって、全部さらけ出して、普通だったら口が裂《さ》けても言えないことを必死で話してくれたの。そこまでして、助けを求めたの。それを放っておける？　裏切れる？　父さんなら、あの人がもうぎりぎりだって、もう一歩進めば、心が砕《くだ》けてしまうってわかってるでしょう。あたしたちが約定《やくじょう》を破ってしまったら、庄之助さんどうにかなっちゃうかもしれない。ううん、絶対にどうにかなっちゃう。あたしたちが約定を反故《ほご》にしたせいで庄之助さんがさらに追い詰められてしまう。そんなの嫌《いや》よ。あたしがあたしを許せなくなる」

一気にしゃべる。松庵だけでなく、己《おのれ》に向けてしゃべる。

もう後戻りはできない。引き返してはならない。

正直、おいちも少しだが怯《おび》えていた。庄之助の話が現《うつつ》であるなら、あまりにおぞましい。壊《こわ》れかけた心が紡《つむ》いだ幻《まぼろし》の出来事なら、それはそれで厄介《やっかい》だ。どちらにしても、様子を見に行きました、何もありませんでした、でお終《しま》いになる話ではないだろう。

『いさご屋』で何があったのか、何が起ころうとしているのか、僅かも思いが及ばない。文目《あやめ》もわかぬ闇の道を提灯《ちょうちん》一つ持たず彷徨《さまよ》っているようなものだ。闇が明けれぱ、そこにどんな光景が現れるのか、皆目《かいもく》見当がつかない。

それはやはり、足が竦《すく》むような怖気《おぞけ》をおいちに与えた。だから、声を大きくして、己に言い聞かせているのだ。

行かなければならない。そこに、あたしのやるべきことが待っている。

「そうか……」

松庵が息を吐《は》いた。

「わかった。おまえの言う通りだ。おれたちは知ってしまったわけだ。このまま知らぬ振りをするわけにはいかん。しかしな、おいち、庄之助さんの話は、どこまでが真実でどこからが幻なのか、はっきりしない。有体《ありてい》に言ってしまうと、全てが庄之助さんの心の内の出来事かもしれないんだ」

「じゃあ、お祖父《じい》さまを殺したというのも……」

「ああ。庄之助さんの思い込み、心がつくった幻かもしれん。庄之助さんは父親や祖父のことを、よくは思っていなかった。むしろ、憎《にく》んでいたんじゃないか。お京《きょう》さんが乗り移ったからではなく、母親を自害にまで追い詰め、姉を見捨てた二人を許せない気持ち、さらに憎悪《ぞうお》までが庄之助さんの心の底で滾《たぎ》って《や》いたんだ。その憎い相手の一人、祖父が惨《むご》い死に方をした。庄之助さんの病んだ心は、それを自分のせいだと信じ込んでしまったんじゃないか。おれはたぶん、吐瀉物《としゃぶつ》か痰《たん》が喉《のど》に詰まっての悶死《もんし》だとみるがな。指に付いた血や肉だって、ほんの少し汚《よご》れていた程度じゃなかったのかな。それを大層《たいそう》なことに感じてしまう。嘘《うそ》ではなく、ほんとうに感じてしまったんだ」

病んだ心と、松庵は口にした。

庄之助を患者、心身のどこかに病《やまい》を抱えている者として、松庵はみているのだ。

「父さん」

「うん？」

「もし、そうだとしたら、とても哀《あわ》れで、やりきれない話ね」

「ああ……そうだな」

「でも、あたしの身だけを考えればそう心配はないわけでしょ。あたしが危害を加えられる見込みは、ほとんどないもの。あたしは赤の他人、庄之助さんの憎しみの外にいる他人なんだから」

「うむ……。まあ……そうかもしれん」

「それなのに、父さんは『いさご屋』に行くのはやめろって言った。あたしが行くことで患者さんの心が少しでも晴れるとしたら、父さんはそんなこと絶対に言わないはずよ」

おいちは真《ま》っ直《す》ぐに松庵を見詰《みつ》める。松庵は文机《ふづくえ》の上の診立て帳に視線を落とした。

「庄之助さんの語ったことが病んだ心が生み出した幻……庄之助さんだけの現《うつつ》だと、おれは思っている。だが、どうしてか、そう簡単に割り切れない気もするんだ。ほんとうにどうしてだか……庄之助さん一人の病ということで収まるのかどうか……なんだか胸騒《むなさわ》ぎがしてな。おいち、おれは医者だ。しかし、おまえの父親でもある。おれは、父親として……おまえを『いさご屋』に行かせたくないと思ってしまったんだ」

「……父さん」

「おまえに万一のことがあったら、おれは生きていく甲斐《かい》を失うことになる。それが、怖い。怖くてつい……な」

「だいじょうぶよ」

おいちは笑ってみせる。艶《つや》っぽさとも嫋々《じょうじょう》とした風情《ふぜい》とも無縁だ。しかし、自分の笑顔が別嬪《べっぴん》ではない。人にちょっとした励《はげ》ましや安心を与えられると、わかっている。

「なんでだろうね、おいちちゃんが笑ってくれるとほっとするよ」

「いいね。あんたの笑顔は天下一品だ。病が癒《い》えていく気がするぜ」

「おいち先生、ちょいと笑ってみせてくださいよ」

患者からそう言われる度《たび》に、おいちは胸を張りたい心持ちになる。むろん、いつかは笑みではなく医者としての手腕で、患者たちに向き合い、頼りとされる者になりたい、なってみせるとの思いは強く渦巻《うずま》くのだが。

ともかく、今は微笑《ほほえ》む。

だいじょうぶよ、父さん。心配しないで。

松庵がそうだなと呟《つぶや》いた。

「おれが何を言ったって、おまえは行くだろうな。一度決めたら、絶対にやり遂《と》げる。おまえはそういう娘《いと》だ、昔からな。うん……お里《さと》にそっくりだ」

亡《な》き妻の名を松庵は愛しむように柔《やわ》らかく口にした。

「母さんに？」

「ああ、お里はな、普段は優《やさ》しい控《ひか》えめな女だったが、一度こうと気持ちを定めたら、生半可《なまはんか》な翻意《ほんい》はしなかった」

「強情《ごうじょう》、だったの」

「いや、強情とは違うな。そうだな……上手《うま》く言えんが、己を信じることができたのかもしれん」

松庵の眼差《まなざ》しが空《くう》を漂《ただよ》った。

「お里には、さんざん苦労をかけた。切り詰めた暮らしをせざるをえなくて、簪《かんざし》の一本も買ってやれなかった。いや、簪どころか、米が底をついたことさえ何度もあったんだ。そのころ……おれと所帯《しょたい》をもったことを悔《く》いてないかと尋《たず》ねたことがある。お里に愛想《あいそ》を尽かされてもしかたないと覚悟してたからな。そのとき、お里が言ったんだ。笑いながらな、『あなたと一緒になったのは、わたしが決めたこと。わたしが決めたのなら間違いはないの』ってな。おれは、天下一の女房に恵まれたんだって、しみじみ思ったもんさ」

「やだ、父さんったら。それ、お惚気《のろけ》じゃない。はいはい、ご馳走《ちそう》さまでした」

わざと茶化《ちゃか》してみたが、胸の奥がほっこりと温《あたた》かくなる。

血の繋《つな》がりはない。

でも、松庵が父であり、お里が母だ。その母の矜持《きょうじ》と心映《こころば》えを確かに受け継ぎたい。自惚《うぬぼ》れでなく、思い込みでなく己を信じたい。

「おいち、ともかく用心だけは怠《おこた》るな。少しでも危ないと感じたら、すぐに退《ひ》くんだぞ。決して、無茶《むちゃ》をするな」

「はい」

「仙五朗親分が、できる限りの手は回すと約束してくれた。新吉《しんきち》もいる。おまえの言う通り、案じることはそうないのかもしれんが……。先がある程度見えたら、さっさと帰ってこいよ。深入りは禁物《きんもつ》だぞ。わかってるな」

「はい」

いつもと違いくどいほど念を押す松庵に、おいちは素直に首肯《しゅこう》で応《こた》えた。

「父さんこそ、あたしがいなくてもきちんと食べて、寝るのよ。板の間にごろ寝なんかしちゃ駄目《だめ》よ。お風呂《ふろ》にも行ってね。それから、おかつちゃんに、晒《さら》しの巻き方を教えてあげないと」

「わかった、わかった。まったく。お里はそんなに口うるさくなかったぞ。やれやれ、考えようによっては、しばらくやいのやいの言われず暮らせるってことだな。それはそれで安気《あんき》でいいな」

松庵が伸びをしたとき、忙《せわ》しない足音とともに障子戸《しょうじど》が開いた。

「おいち、いるかい。おいち」

おうたが飛び込んでくる。

「いるわよ。目の前に座ってるじゃない」

「おや、そうだね。一目で見渡せちまうね。狭《せま》い住まいってのも、なかなかにけっこうなこった」

「伯母《おば》さん、そんな嫌《いや》みを言いに、わざわざ来たわけ?」

「馬鹿《ばか》をお言いじゃないよ。鈍《にぶ》い義弟《おとうと》に嫌みも皮肉も通じないのは、先刻《せんこく》ご承知さ。相手にする気はさらさらないね」

松庵が肩を竦める。

「義姉《ねえ》さんのこと忘れてた。こりゃあ、安気どころじゃないな。かえって、騒々《そうぞう》しくなるんじゃないか。難儀《なんぎ》なこった。ほんとの話、相手にしてくれなきゃ御《おん》の字だが」

「松庵さん、何をぶつぶつ言ってるんです」

「え？　あ、いや別に。義姉さんはいつも騒がしくて……あ、いや元気で何よりですなあ。ところで、嫌み言いじゃなければ、今日は何用です？　太腿《ふともも》の肉《にく》擦《ず》れなら、痩《や》せないと治《なお》りませんよ」

「誰が太腿に肉擦れなんかつくりますか。よくも女に向かって、そうはしたない言い草ができること。感心しますよ」

「そりゃ、どうも」

鼻を鳴らし、おうたがそっぽを向く。しかし、すぐに、おいちに視線を戻し、妙に優しげな声で話しかけてくる。

「ねえ、おいち、おまえ『いさご屋』に呼ばれていくんだって。それ、ほんとうかい？」

「ほんとうよ。だから、あたしが帰るまでしばらくおかつちゃんにここの手伝いを頼みたいの。無理を言っちゃうけど、お願いね、伯母さん」

「おかつのことなんざ、どうでもいいよ。三日でも四日でも、一月《ひとつき》でも貸してやるからさ。好きにお使いな」

「一月もかからないと思うけど、二日、三日じゃ帰れないかもしれない」

「そりゃあそうだ。せっかく『いさご屋』に招《まね》かれたんだ、できるだけ長くいさせてもらいな。で、で、おいち」

おうたがにじり寄ってくる。

「おまえ、なんで『いさご屋』に招かれたんだい。なんのために行くんだよ」

「え……それは、いろいろと。庄之助さんに頼まれて……」

「へえ、そうかい。やっぱり旦那《だんな》さまのお招きなんだね。そうかい、そうかい」

「伯母さん、何を笑ってんの。気味《きみ》悪いんだけど」

「この美貌《びぼう》のどこが気味悪いんだよ。まったく父娘《おやこ》して失礼なんだから、嫌になっちまう。おいち、『いさご屋』では物言いに気をおつけよ。それから、立ち居振る舞いも淑《しと》やかに、上品に心がけるんだよ。間違っても、音を立てて走ったり、大声で笑ったりしちゃ駄目だからね。わかったかい。おまえは可愛《かわい》いし、あたしがしっかり躾《しつ》けてるから、『いさご屋』の皆さんに気に入ってはもらえるだろうけど、万が一ってこともあるんだからさ」

「どうして、あたしが気に入ってもらわなきゃならないのよ」

「当たり前だろ。気に入ってもらわなくちゃ、嫁入り話が上手《うま》く前に進まないじゃないか」

「嫁入り！　伯母さん、何を言ってんの。あたし、お嫁入りのために『いさご屋』に招かれたんじゃないわよ」

「じゃ、なんで招かれたんだよ」

返事に窮《きゅう》した。庄之助の話をおうたに伝えるわけにはいかない。曖昧《あいまい》にごまかすしかなかった。

「それは、その……庄之助さんが時々気が塞《ふさ》いで、身体の調子まで悪くなるって言うから……、日ごろ、どんな様子なのか見に行くだけで……」

「旦那さまが、おまえに来てくれって頼んだんだろ。おまえが勝手に押しかけるわけじゃないよね」

「うん……まあ。そりゃあそうだけど……」

「だったら、おまえのことを憎からず思ってる証《あかし》じゃないのかい。そうだよ、そうに決まってる。おいち、がんばるんだよ」

「もう、勝手に決めつけないの。お嫁入りなんて、まったく関《かか》わりないんだから」

「おいち、こんな玉の輿《こし》を逃《のが》しちゃ駄目だよ。まったく、おまえときたら……。ああ、いらいらする。こうなったら、あたしが『いさご屋』に出向いて、話をまとめようか」

「冗談《じょうだん》じゃありません。あたし、もう出掛けるから。じゃあね、伯母さん。帰ってきたら、また連絡します」

「ちょっと、お待ちよ、おいち」

「おいち、ちょっと待て」

おうたと松庵の声が重《かさ》なる。

とっさに顔を見合わせ、おうたは鼻の先に皺《しわ》を寄せ、松庵は苦笑《にがわら》いを浮かべる。

「ほら、これを持っておいき」

おうたが胸元から小さな蒔絵《まきえ》の櫛《くし》を取り出す。

「この櫛はね、あたしが娘のころ使っていたやつさ。おっかさんの形見《かたみ》なんだよ」

「え、お祖母《ばあ》ちゃんの」

「そうだよ。あたしたちは……、あたしとお里は二親《ふたおや》を早くに亡くして、苦労したからね。櫛や簪を買えるようになったのは、今の亭主と一緒になって、商売がなんとか上手く回るようになってからさ。それまでは、ずっとこの櫛を挿《さ》してた。なんだか、おっかさんが守ってくれるような気がしてね。これを、おまえにあげるよ」

「いいの、伯母さん」

「いいさ。どっちみちあたしには派手《はで》過ぎて、もう使えやしないんだから。それに、おまえが使ってくれるのなら、おっかさんだって大喜びさ。小綺麗《こぎれい》な櫛でも挿して、娘らしくなっておくれな。そしたら、いさご屋の旦那だっておまえに惚《ほ》れちまうよ」

「惚れられなくていいんだってば。でも、伯母さん、ありがとう。お祖母ちゃんの形見だなんて、すごく嬉《うれ》しい」

「義姉さんが櫛なら、おれは、これだな」

松庵が立ち上がり、おいちに薬包《やくほう》を幾《いく》つか手渡す。

「この白い包みが腹下《はらくだ》しの薬、こっちが熱冷《さ》ましと痛み止め、そして、これが……」

黒い薬包をおいちに握らせ、松庵はうなずいた。

毒消し。

おいちも何度か調合《ちょうごう》の手伝いをしたことがある。

「どれも、使わないですむだろうが、備えあれば患《うれ》いなし。万一に備えて薬は持っていた方がいいからな」

「おや、松庵さん、珍《めずら》しくまともなことをお言いじゃないか。明日あたり蟬《せみ》が鳴き出すんじゃないかい、ほほほ」

「わたしはいつでもまともですよ。まあ、義姉さんに比べたら、たいていの者はまともでしょうがね。ははは」

「ちょっと、松庵さん、おふざけでないよ」

おいちは薬包と櫛を、風呂敷包みの中に仕舞《しま》い込んだ。

「じゃあ、行ってきます」

「あ、おいち。やっぱり、あたしもついていこうか」

「一人で行きます」

障子戸を閉める。

それを待っていたかのように、風が吹き付けてきた。風呂敷包みを胸に抱え、おいちは足早に歩き出す。

木戸《きど》の陰《かげ》で人影が動いた。

「ま、親分さん」

仙五朗がひょこりと頭を下げる。

「やっぱり、行きなさるんで、おいちさん」

「はい。行きます。庄之助さんが待っていますから」

「まあ、おいちさんのご気性《きしょう》はわかってるつもりでやすからね。もう、止めやしやせん。ただ、あっしなりにちょいと、手を打たせてもらいやしたぜ」

「え？　手を打つって……」

「まあ、それは後々の楽しみってことで。ともかく、用心だけは怠らねえように」

「はい、父からも言われました。決して、無謀《むぼう》な真似《まね》はいたしません。でも親分さん、わざわざ、来てくださったんですか」

例の夜鷹《よたか》殺しの件がある。〝剃刀の仙〟とすれば、一寸《ちょっと》の暇《ひま》もあるまい。それなのに、時を割《さ》いて待っていてくれたのか。

「いや、あっしも気にかかるもんでね。一旦《いったん》、気にかかっちまうとどうにも落ち着かないのは、こりゃあ、あっしの性分《しょうぶん》でやすよ」

「すみません。親分にまでご心配をかけてしまって」

「いや、そういうわけじゃありやせん。『いさご屋』の中で、ほんとうに起こっているのはなんなのか。どうにも、無性《むしょう》に気になり始めやしてね。岡《おか》っ引《ぴき》の勘《かん》ってやつでしょうかね。あっしにも、よくわかんねえんですよ。ただ、おいちさんが絡《から》むと、事はたいてい、面白《おもしろ》い方に転がりやすからね。けど、立ち話をしている暇はお互い、ねえでしょう。『いさご屋』の近くまでお送りしやす」

仙五朗が促《うなが》すように、背を向けた。

おいちは一歩遅れて、歩き出す。

風がさらに、冷たさを増したようだ。

「おいちさん、よく来てくださいました」

暖簾《のれん》を撥《は》ねる勢いで、庄之助が飛び出してくる。

『いさご屋』の前に立ち、ここから入るべきか背戸《せど》に回るべきか迷い、やはり裏にしようと身体の向きを変えたときだった。

「ずっとお待ちしておりましたよ。ささっ、どうぞ、どうぞ、お入りください」

「あ、でも、あたし、背戸からの方がいいと……」

「背戸？　とんでもない。大切なお客さまを裏からお迎えしたりしたら罰《ばち》が当たります。さっ、お入りください。会わせたい人がいるんです」

「会わせたい人？」

まさか、いきなり『いさご屋』の大旦那や内儀に会わせるつもりではないだろう。庄之助がどういう理由をつけて、おいちを『いさご屋』の内に招き入れたのか、まだ聞いていない。それを聞いた上でないと他の者と顔を合わせられない。

庄之助は時折《ときおり》、振り返りながら、奥へと進んでいく。店内《たなうち》では、奉公人《ほうこうにん》たちが訝《いぶか》るような視線を向けてきた。

誰だ、この娘？

そんな眼つきだった。

「さっ、ここです」

廊下《ろうか》に沿って並んだ部屋の一番奥、その障子を庄之助が開ける。

人影が動いた。

部屋の中ではなく、おいちの視界の隅《すみ》を影が過《よぎ》ったのだ。過ったような気がしたのだ。小さな影が……。

「おいちさん？　どうしました？」

庄之助が、顔を覗《のぞ》き込んでくる。

「あ、いえ、別に……。まあっ」

目を座敷に移し、おいちは叫《さけ》んでいた。

「新吉さん」

「おいちさん、お久しぶりです」

飾《かざ》り職人の新吉が、笑《え》みを浮かべて座っていた。

二

新吉の顔を見た途端《とたん》、おいちの身体から力が抜けた。肩のあたりがすっと軽くもなった。それで、おいちは自分でもそれと気がつかぬまま、強く気を張っていたのだと思い至った。

仙五朗が打った手とは、新吉のことだったのか。だとしたら、少し面映《おもは》ゆい。むろん、深く安堵《あんど》もするけれど。

「新吉さんは、当分の間、うちのお抱えになってくださるんですよ」

庄之助が笑顔で告げる。心底《しんてい》からの楽しげな笑みだ。屈託《くったく》も翳《かげ》りも窶《やつ》れもない。

まあ、この人はこんな笑い方もできるんだわ。

眸《ひとみ》の中に、暗みと怯えを潜ませていた庄之助とは別人のように明るい。おいちも釣《つ》られて、ふっと微笑んでしまった。

「なんだか、庄之助さん嬉しそうですね」

「そりゃあ、嬉しいですよ。新吉さんとおいちさん。こうしてお二人が揃《そろ》ってくださったんですからね。まるで、七福神《しちふくじん》に囲まれている心持ちがします」

「旦那、二人しかいねえのに七福神でやすか」

新吉が苦笑する。

「ええ、ええ。わたしにとっては、お二人は七福神以上ですからね」

「あら、じゃあ、あたしは弁財天《べんざいてん》かな。で、新吉さんは……大黒《だいこく》さまあたり？」

「うへっ、じゃあ打ち出の小槌《こづち》を振り回さなきゃなんねえな」

「駄目よ。そんな物振り回したら、危ないでしょ」

庄之助が天井《てんじょう》を仰《あお》いで笑った。

笑い声が座敷に響《ひび》く。

束《つか》の間《ま》、おいちはまつげを伏せた。

庄之助の明るい表情が、せつなくてならない。庄之助は『いさご屋』の内でやっと、己の味方を、仲間を得たのだ。その安堵から子どものようにはしゃいでいる。せつない。そして、哀れだとも思う。

「新吉さんは、いさご屋さんの中でお仕事をするんですか」

新吉に話しかける。はしゃぐでなく、怖《お》じるでなく、新吉は畳《たたみ》の上にどしりと腰を据《す》えていた。しばらく逢《あ》わないでいるうちに、人としての厚みを増したようだ。それはつまり、職人としての誇負《こふ》を手に入れたということだろう。

少し、眩《まぶ》しいようにも感じてしまう。

「へぇ。あっしのような半端者《はんぱもん》にはもってぇねぇお話じゃあるんですが、旦那が仕事場まで用意してくださったんで」

「いやいや、新吉さんがうちのお抱えになってくれるなら、仕事場なんて幾らでも用意しますよ」

「いや、旦那。仕事場は一つで十分ですよ」

「ああ、ですよね。これはちょいと口が滑《すべ》りました。浮かれ過ぎですかね。おいちさん、わたしは新吉さんの作る簪《かんざし》に惚れ込んでしまいましてねぇ。どうしてもうちで働いてもらいたかったんですよ。夢が一つ叶《かな》って、やれやれです」

庄之助は、それほどまでに新吉の腕を買っているわけか。庄之助が切望したからこそ、新吉は『いさご屋』に来た。新吉の性分からすれば、そこまで望まれて否《いな》とは言えないはずだ。となると、仙五朗の意を受けて新吉が『いさご屋』に乗り込んできたという、おいちの推察は、いささか怪《あや》しくなる。

「あのう……旦那さま」

障子が五寸《すん》（約十五センチ）ほど開いて、丸い顔が覗いた。色黒だけれど愛らしい顔立ちの少女だ。『いさご屋』の小女《こおんな》だろう。

「うん？　お町《まち》、何事だ」

「はい。あの、大旦那さまが……」

「おとっつぁんが？　どうしたって？」

お町という小女が答える前に、足音が聞こえてきた。どすどすと、廊下を踏《ふ》み鳴らして近づいてくる。

庄之助の顔つきが曇る。満月が叢雲《むらくも》に隠れたようだ。さっきまでの輝きが消えていく。

お町が慌《あわ》てて身を引いた。障子が乱暴に開けられ、大柄《おおがら》な男が座敷に入ってくる。納戸色《なんどいろ》の小袖《こそで》に羽織《はおり》。背丈《せたけ》も横幅も人並み以上だ。髪には白髪《しらが》が目立つが、全身からは生気《せいき》がほとばしっていた。目も鼻も口も、造作《ぞうさく》が大きい。

その大きな目がおいちを見下ろしたまま、暫《しばら》く動かない。

「あ、わたしの父親です。先代の『いさご屋』の主《あるじ》で」

「いさご屋吉兵衛《きちべえ》と申します」

男は庄之助を遮《さえぎ》り、自《みずか》ら名乗った。軽く頭を下げると、当然のように上座《かみざ》に腰を下ろす。

「『いさご屋』の主人は代々、吉兵衛を名乗っておりましてな。つまり、まだ、わたしがこの店の主であるわけですよ」

「はあ……」

なんと答えていいかわからない。ひどく居心地《いごこち》の悪い気分だ。庄之助が眉間《みけん》に深く皺《きざ》を刻んだ。

「おとっつぁん、また、そんなことを。『いさご屋』の身代《しんだい》を譲って隠居すると言ったのは、おとっつぁんじゃないか。だから、わたしは」

「おまえは、まだ、半人前だ」

吉兵衛が吐き捨てる。

「もう少しましかと思って隠居の心積もりもしたが、おまえを見ていると危なっかしくて、とても、店は任《まか》せられん。吉兵衛の名は、まだまだ、渡せないね」

庄之助の頬《ほお》から血の気《け》が失《う》せていく。もともと白い肌《はだ》が、さらに白く透《す》けていく。その白さが唇の紅色《べにいろ》を際《きわ》だたせ、庄之助の面容《めんよう》は怖ろしいほど美しいものとなった。

「おまえは、役者の家にでも生まれればよかったのだな。商人《あきんど》としてやっていくより、よほど上手《うま》くいっただろうに」

吉兵衛が鼻を鳴らした。

「……おとっつぁん。わたしの代になって『いさご屋』の商《あきな》いが翳りでもしましたか。そんなことはないでしょう。わたしとしては、懸命に商いを回しているつもりですよ」

「馬鹿者《ばかもの》。何を生温《なまぬる》いことを言ってるんだ。代替わりをした当初は、ご祝儀《しゅうぎ》代わりに、取引先があれこれ注文をくださるものなんだ。つまり、商いが上向くのが当たり前ってことだ。それをおまえは翳らないからいいだろうなどと、どこまで世間知らずなんだ。一年も経《た》ってみろ。おまえの甘さにつけこまれ、足元を見られ、見切りをつけられて『いさご屋』の身代は傾《かたむ》いてしまうぞ」

庄之助が、唇を噛んで黙《だま》り込む。代わりのように新吉が声を大きくした。

「そりゃあ、いくらなんでも言い過ぎじゃねえですか」

吉兵衛の黒眸《くろめ》が横に動き、視線が新吉を睨《ね》める。

「おまえさんかい、庄之助に取り入って、うちのお抱えに潜《もぐ》り込もうとしている職人ってのは」

「なっ……」

新吉が絶句した。怒《いか》りのためか、目の縁《ふち》が朱《あけ》に染《そ》まる。吉兵衛は動じない。新吉の険《けわ》しい眼差《まなざ》しをさらりと受け流す。

「若いな。まだ、年季《ねんき》が明けたばかりじゃないのか」

「……だったら、どうだってんです」

「一人前《いちにんまえ》の職人として、ろくな仕事もしていないのに『いさご屋』の抱え職人が務まるわけがなかろう。うちはお旗本《はたもと》のお屋敷にも出入りが適《かな》うほどの店なんだ。おまえさんのような若造《わかぞう》の品を扱ったりするものか。格が違うんだ、格が。甘っちょろい庄之助なら言い包《くる》めもできようが、わたしは、そうはいかないからな」

「ふざけんな」

新吉が立ち上がる。こぶしが細かく震えていた。

「黙って聞いてりゃ、好き勝手なことほざきやがって。誰が言い包めたって？　はん、ちゃんちゃらおかしいや。こちとら、舌先三寸《したさきさんずん》で世間を渡っていこうなんてけちな料簡《りょうけん》、おぎゃあと生まれたときに臍《へそ》の緒《お》と一緒に捨てちまってんだ。この腕一本ありゃあ、それで十分なんだよ。舌に頼らなきゃならねえような生半可《なまはんか》な仕事は、死んだってするもんか」

「ふふん、言うじゃないか。威勢《いせい》だけは一人前ってわけか」

「おとっつぁん」

庄之助が叫んだ。

「新吉さんの腕は江戸でも五指《ごし》に入る。それは間違いないんです。だからこそ、わたしが拝《おが》み倒して、うちに来てもらったんだ」

「五指に入る？　はは、これはまた大きく出たな。しかし、おまえの目が信じられるか。節穴《ふしあな》同然じゃないか。どうせ今、流行《はやり》とやらの、ちゃらちゃらと派手な下品《げぼん》に飛び付いてるんだろう」

「下品だと。この野郎《やろう》」

「新吉さん、駄目」

おいちは腕に縋《すが》り、新吉を引きとめた。その腕が熱《あつ》い。新吉の怒りの強さが伝わってくる。

「おいちさん、放してくだせえ」

「駄目だったら。落ち着いて」

「下品呼ばわりされたんですぜ。落ち着いていられるもんか。この胸糞《むなくそ》悪い野郎をぶん殴《なぐ》ってやらなきゃ、気が収《おさ》まらねえ」

「そんなことしたら、指が泣きます」

新吉が「うっ」と低く呻《うめ》いた。

「あなたの指は人を殴るためにあるんじゃないでしょ。鏨《たがね》を握るためでしょ。それ張っている。
新吉がその場に膝《ひざ》をついた。奥歯を嚙み締めているのだろう、頰のあたりが強く
「く……ちきしょう」
を忘れないで」

おいちは風呂敷包みを手元に引き寄せた。

「ご隠居さま。ご自分の目で確かめてから、言いたいことを言えばどうです」

〝ご隠居さま〟のところに力を込める。吉兵衛の目がすっと細まった。値踏《ねぶ》みする
ように、ゆっくりとおいちを見詰める。

「あんたは？」

「お医者さまです」

おいちより先に、庄之助が答えた。

「医者だって？　この娘さんがか？」

吉兵衛の眉《まゆ》が僅かに釣り上がった。

「わたしがお願いして来ていただきました。このところ、身体の調子が思わしくな
いので……。暫く、うちに逗留《とうりゅう》してくださいます」

「そんな話は耳にしていないが」

「言いましたよ。お医者さまに住み込んでいただくつもりだって。おとっつぁん、

別に反対しなかったじゃないか」

「こんな娘さんだとは聞いてない。おまえ、そんなこと一言も言わなかったな」

「それは……商いとは無縁のことなのだし、いちいち、事細《こま》かに知らせなくてもいいかと思って……」

「馬鹿な。おまえは、まだ独り身《ひとみ》なんだぞ。世間からどう見られるか考えたのか。そこに、身内でも奉公人でもない若い女が住み込むなんて、怪しげな女に引っ掛かったと噂《うわさ》でもたてられてみろ、おまえだけでなく『いさご屋』の息子は、怪しげな女に引っ掛かったと噂でもたてられてみろ、おまえだけでなく『いさご屋』が笑いものになる。商いにだって差し障《さわ》りが出るかもしれん。それくらいのことも弁《わきま》えず、商家の主人が務まるか」

「ま、ま、あ、怪しげな女ですって。ちょっと、それはあんまりに無礼《ぶれい》ではありませんか」

「おいちさん、落ち着いて、落ち着いて」

新吉が後ろから袂《たもと》を引っ張ってきた。

そうだ、落ち着いて。心を静めて……。

おいちは深く息を吸い、吐き出した。それだけで、波立っていた感情が少し凪《な》いでくる。

吉兵衛に向かって、胸を張り、背筋《せすじ》を伸ばす。大ぶりな造作の顔を見据える。

「あたしは医者です。そして、新吉さんは、大層腕の良い職人です。それをどうぞ、お確かめくださいな」

素早く風呂敷包みを解《ほど》き、臙脂色《えんじいろ》の袱紗《ふくさ》を取り出す。それを吉兵衛の前に置き、おいちはもう一度、胸を張った。

吉兵衛の眉が寄る。袱紗とおいちを交互に見やり、軽く一つ空咳《からぜき》をして袱紗に手を伸ばした。

新吉が息を呑《の》み込む。

「うん……これは」

「新吉さんが、年季が明ける前に作った簪です。故《ゆえ》あって、あたしがいただきました。いいですか。年季が明ける前の品です。どうぞ、じっくりごらんください」

傷の手当ての礼にと、新吉がくれたぴらぴらだ。花簪に下《さ》げ物《もの》を付けた華《はな》やかな一品《ひとしな》だった。

銀を使い梅の枝を模《も》した先には、珊瑚玉《さんごだま》が連《つら》なり揺《ゆ》れている。枝先の梅花の中にも小さな珊瑚があしらわれていた。小ぶりだけれど、美しい。華やかさだけでなく、まさに、初春の朝に開いた梅に似た気品と愛らしさをも具《そな》えている。

新吉のくれたこの簪を挿すことは、ほとんどない。輝き揺れるぴらぴらは、おいちの忙しい日々にはあまりに不釣り合いなのだ。有体《ありてい》に言ってしまえば邪魔《じゃま》にはなっても役には立たない。それでも、時折手に取ると、ふるりと心が和《やわ》らぐ。おいちだって若い娘だ。美しい物、華やかな物、愛らしい物に惹《ひ》かれる。自分の持ち物の内に、こんな簪が一本交《ま》ざっていると思うと、思うだけで気持ちが浮き立つ。それに、ひどくぶっきらぼうに、もたもたとこれを手渡してくれた新吉の姿が思い起こされて、つい微笑んだりもしてしまうのだ。

今日はお守りのつもりで、携《たずさ》えてきた。まさか、こんな使い道があったなんて。

吉兵衛は無言のまま、ぴらぴらを見詰めていた。目の高さに持ち上げ、光にかざし、仔細《しさい》に眺《なが》めている。

商人の眼だった。氏素性《うじすじょう》にも外見にも家柄にも惑《まど》わされず、品の価値だけを見《み》極《きわ》めようとする眼だった。その人柄はともかく、いさご屋吉兵衛が芯《しん》からの商人であることは否めないようだ。

「あんた、これを作ったのはいつだね」

おいちの肩越しに、吉兵衛が新吉に問いかける。

「もう……二年前になりやす」

「二年前か。ふーん」

庄之助が父親ににじり寄った。

「どうです、おとっつぁん。新吉さんの簪、相当な物でしょう」

「どうだかな。いささか技巧《ぎこう》に走り過ぎて、使い勝手が悪そうだ。自分の腕を見せることばかりに気を取られて、使う者の具合まで考えなかったんじゃないのかね。ましてや、この娘さんに差し上げるのなら」

吉兵衛はおいちに向けて、顎《あご》をしゃくった。

「こんなぴらぴらより堆朱《ついしゅ》の玉《たま》簪の方がよほど映《は》えるだろうな。わたしなら、迷わずそっちを選ぶ」

あら、ほんとだわ。

思わず声をあげそうになった。堆朱の簪なら、普段でも挿せる。どちらかと言えば、おいちもそちらに手を伸ばすかも……。

「簪は、あくまで挿した女人《にょにん》を引き立たせるための物。簪が主になっては拙《まず》いだろう。この簪、どこぞの姫ぎみか大身《たいしん》のお嬢さまならいざしらず、町方《まちかた》の娘にはそぐわないんじゃないか」

新吉が頬を赤らめて俯《うつむ》いた。

「ただ、確かに腕はいい」

吉兵衛は静かに息を吐き出す。

「これを年季明け前に作ったというのなら、見事なものだ。新吉さんとやら」

「……へい」

「まさか、こういう凝《こ》った物しか作らないなんて、言うんじゃないだろうね」

「おとっつぁん、新吉さんの品なら今までに何本か仕入れているよ。どれも評判が良くて……。だから、無理を言って新吉さんにお抱えになってもらったんですよ」

「ふむ。その品々を後で見せてもらおうか。抱えるかどうかは、それから、わたしが決める」

束の間、座敷が静まりかえった。その静寂《せいじゃく》を破るために、おいちはひょいと肩を竦め、わざと嫌みを口にした。おうたのように、さらりと上手《うま》くはいかないが。

「ずい分、身勝手なおっしゃりようですこと。驚きだわ。まあ世間にはよくあることらしいですけど。身代が代わっても、頑固《がんこ》な親が息子のやること為《な》すことに何かと口を出して、息子を悩ませるって。ほんと、困ったもんですよねえ」

吉兵衛の口がへの字に歪んだ。

「やけに、ずけずけとものを言う娘さんだな。ほんとうに医者なのか」

「もちろん。あたしも証《あかし》をお見せしますわ。新吉さん」

「へ、へい」

「ちょいと立ってくださいな」

「あ……へい。こ、こうですか」

新吉が立ち上がる。

その小袖の裾《すそ》を、おいちはできる限りめくり上げた。

「う、うわっ、おいちさん。な、なにをするんで」

新吉が悲鳴をあげ、慌てて前を押さえる。

「ちょっと我慢《がまん》してください。ほらここです。ご隠居さん、ここ、見えるでしょう」

露《あらわ》になった太腿《ふともも》を指差す。

「うっすらと傷痕《きずあと》が見えますね。これ、新吉さんが怪我《けが》をしたとき、縫合《ほうごう》した痕なんです」

「縫合？　縫《ぬ》い合わせたってことかね」

「そうです。ほとんど消えかかっているでしょ。よほど手際《てぎわ》よく処置しないとこうはいかないんです。肉が盛り上がって、醜《みにく》い痕が残ってしまうんですよ」

「それをあんたがやったと？」

「え……あの、わたしは助手《すけて》で、縫ったのは父ですけど……。でも、同じように……は、ちょっと無理かもしれませんが……」

語尾が萎《しお》れていく。こういうとき方便《ほうべん》として、上手《じょうず》に嘘がつけるようなら苦労はないのだが。

「ふーん、あんたの父親は医者なのかね」

「そうです。申し遅れましたが、わたしは同じ町内の菖蒲長屋《しょうぶながや》で町医者をやっております、藍野松庵が娘、いちでございます」

「藍野松庵……うむ、どこぞで聞いたことのある名だが……。ああそうだ、寄り合いの席で小耳《こみみ》に挟《はさ》んだんだ。貧乏長屋に暮らしてはいるが、大層な名医だとか。『正徳屋《しょうとくや》』の大旦那も『伊万里屋《いまりや》』の手代《てだい》も命を救われたとか、かなりの評判でしたな」

「あら、そんな評判がたっておりますか。うふふ」

我ながら底が浅いかとも思うが、先ほどまでの腹立ちはどこへやら、素直に嬉しさが込み上げてくる。

「しかし、父親が名医だからといって、娘さんが医者として一人前とは言い切れまい」

吉兵衛の一言に、緩《ゆる》んでいた口元が強張《こわば》る。

「医者なんてのは本人が名乗れば、脈の一つも診《み》られなくても医者ってことになっちまうんだ。親の威《い》を借りて名医面《づら》をされては、こちらとしてはいい迷惑だが」

「おとっつぁん、いいかげんにしてください」

庄之助が、ほとんど叫びに近い調子で吉兵衛を詰《なじ》った。

「どうして、そこまで当て口を言わなくちゃ気がすまないんだ。新吉さんもおいちさんも、わたしの大切な方々だ。これ以上、侮辱《ぶじょく》するようなら……」

「するようなら、どうなんだ、庄之助？」

「くっ……」

庄之助の口が半開きになり、喘《あえ》ぎが零《こぼ》れる。黒眸《くろめ》が瞼《まぶた》の裏にするりと隠れた。

いけない。

おいちがとっさに差し出した腕の中に、庄之助が倒れ込む。

「誰か、濡《ぬ》れた手拭いとお水を持ってきてください」

「はい。ただいますぐに」

廊下から返事があった。小さな足音が遠ざかる。お町がずっと廊下に控えていたらしい。

庄之助の胸元を軽くはだけ、帯を緩める。

首元に指を添えると、庄之助が身じろぎをした。低く唸《うな》る。

「う……うん。おいちさん……すみません」

「あ……じっとしていてください。動かないで」

「……急に目の前が暗くなって……」

「ええ、少し気が絶えていたようです。気持ちが昂《たかぶ》り過ぎたのでしょう。でも、ほんの束の間ですよ。ええ、瞬《まばた》きする間ぐらい。だから、何も案じることはありませんからね」

──だいじょうぶです。お京さんはどこにもいませんよ。

言外《げんがい》に伝える。

庄之助は薄《うす》く目を開け、ほっと息を吐《は》いた。そろりと身体を起こす。血の気《け》は戻っていないが、気はしっかりしているようだ。

「まったく、この程度で気を失うとは……情けない。弟の乙松《おとまつ》の方がよほど、しっかりしているじゃないか。ほんとに、もう少しじゃんとしてもらわないと、とても身代は任せられないぞ」

言い捨てて、吉兵衛が廊下に出る。

「……おとっつぁん」

庄之助が弱々しく呼び止めた。

「おいちさんと新吉さんのこと……、わたしが決めたようにやらせて……もらいますから」

吉兵衛は振り向きもせず、返事もしなかった。そのまま、廊下を遠ざかっていく。入れ替わりに、お町が盆を手に入ってきた。

「こんなもので、よかったですか」

水の入った湯呑《ゆの》みと濡れ手拭いが盆に載《の》っている。

「ありがとう。十分だわ。庄之助さん、お水をどうぞ。首の後ろに手拭いをあてると、気持ちがいいですよ」

一礼し、お町が去っていった。

「ほんとに……ご迷惑をおかけして……。それに、お恥ずかしい次第です。父はいつもあの調子で……わたしのやることことごとくが気に染まないらしく、ああやって、何くれとなく文句をつけるのです。ほんとに、もう……いいかげんにしてもらいたいですが」

庄之助がため息を吐き出す。

吉兵衛はあまりに強引で、一方的だ。庄之助でなくともため息の一つや二つ、吐きたくもなるだろう。

「こう言っちゃあなんですが、とんでもねえ頑固親父でござんすね。あっしなら、大喧嘩《おおげんか》してとっくに家をおん出てまさぁ」

釣られたのか、新吉も長い息を吐いた。

「おいちさんだって、そうでやしょ」

「え？」

「あれ？　どうなさったんです、ぼんやりして。あっしの言ったこと聞いてなかったんで？」

「あ……はい、ごめんなさい。ちょっと考え事してたもので」

指先を軽く丸め、膝の上に置く。

小さな引っ掛かり。

この指が感じた、とても小さな引っ掛かりだ。それをどう考えたらいいのだろう。どう考えたら……。

「親父の態度にお腹立ちなのでしょう。まことに申し訳ありません」

「いえ、そんな。庄之助さんに謝《あやま》っていただくことじゃありません。それに、ご隠居さま、確かに口は悪いけれど的《まと》を射《い》たことをおっしゃっていました」

新吉が真顔《まがお》でうなずいた。

「うん、確かにな。ぴらぴらについて言われたときにゃ、ちょいとぐさっときたが、なるほどと納得《なっとく》もできやしたからね」

この真っ直ぐさが、新吉の美点だ。天へ天へと歪みなく伸びていく若竹の清々《すがすが》しさを感じる。

「そう言っていただけると、わたしも気が楽になります。どたばたしてしまいましたが、まずはお部屋にご案内しますよ。新吉さんは仕事場と一緒になっておりますが」

「それでけっこうでやす」

「庄之助さん、そのことなんですが、あたしのお部屋は裏の離れにしていただけませんか」

「裏の離れ……。え、まさか」

大きく一つ、うなずいてみせる。

「そうです。お京さんのお部屋です。そこをお借りできませんか」

庄之助が絶句した。言葉が、息が痞《つか》えるのか喉元がひくひくと震えている。

「しかし、それは……いくらなんでも……」

「お願いします。是非《ぜひ》、に」

「けれど、あそこはほんとうに粗末《そまつ》で、お客さまをお泊めできるような部屋ではありませんが」

「あら、粗末な部屋には慣《な》れっこです。むしろ、豪華絢爛《ごうかけんらん》な金ぴかのお部屋より、ずっと落ち着きますから」

「いや、豪華絢爛な部屋は用意できませんでしたが、離れに比べればよほどましです。やはり、そちらに」

「いえ。是非、離れにしてください。お願いいたします」

頭を下げる。頭上から小気味《こきみ》のいい笑い声が降ってきた。

「旦那、無駄《むだ》ですよ。おいちさんは、こう見えても、こちらの大旦那以上に強情なんですから。一度こうと決めたら、梃子《てこ》でも動きゃしませんよ。諦《あきら》めて、好きなようにさせておあげなさい」

「まっ、新吉さん。あたし、そんなに強情じゃないわよ。失礼ね」

「いやいや、相当なもんですよ」

「もう、意地悪《いじわる》なんだから。今度、怪我をしたら稲妻形《いなずまがた》に縫ってやるわ。覚悟しときなさいよ」

「うへっ、それだけはご勘弁《かんべん》を。旦那、おいちさんはあっしの身体がお気に入りなんですよ」

「は？　か、身体って……そ、それはあの」

「縫い易《やす》いんです。できたら、月に一度か二度、新吉さんの身体で縫合の稽古《けいこ》をしたいぐらい」

「ね、とんでもねえ、お嬢さんでやしょ」

庄之助が笑い出した。

おいちも新吉も笑声《しょうせい》をあげる。

三人の声が重なり、空へ響いた。

確かに何もない部屋だった。

畳は赤茶けて、けばだっている。襖《ふすま》はあちこちの色が変わっているし、北向きなので薄暗く、陰気《いんき》な空気が籠《こ》もっていた。ただ一つ、鏡だけはくすんでいない。鏡台に掛けられた合わせ鏡だ。外《はず》してみると、研《と》いだばかりなのか、滑《なめ》らかな面が艶々《つやつや》と輝いている。

そこに、そっと顔を映《うつ》してみる。

くりくりした大きな眼《まなこ》、ちょっとだけ上を向いた鼻、ほんのり赤い頰と唇。おいちの顔だった。他の誰でもない、おいちがおいちを見ている。

髷《まげ》の根元からそっと櫛《くし》を抜き取る。おうたから手渡された櫛だ。

「それ、いいなあ」

羨《うらや》ましげな声がした。

櫛を手に、あたりを見回す。

誰もいない。何も聞こえない。当たり前だ、ここにはおいち一人しかいないのだから。

空耳《そらみみ》？　それとも……。

おいちは鏡を戻し、鏡台に櫛を置いた。

何も起こらない。櫛も鏡も変わらない。部屋に差し込む陽差《ひざ》しが、ほんの少し明るくなっただけだ。廊下で何か物音がした。風が強くなってきたから、小枝でも飛んできたのだろうか。そういえば、建てつけが悪くて、襖がきっちりと閉まらなかった。そこから、風が吹き込んでくる。寒い。

力いっぱい押してみたが、上手く合わない。勢いよく敷居《しきい》を滑《すべ》らせてみようかと、一旦、大きく開け放ったとき、音がした。

カタッ。
振り向く。
櫛が落ちていた。
え？　どうして？
風はやんでいた。吹いていても櫛を落とすほどなら、かなりの強風のはずだ。
そんなもの吹いていなかった。滑り落ちるわけもない。
「いいなあ、これ」
耳の傍《そば》を子どもの声が掠《かす》めて通った。
背中がすうっと冷えていく。
「あなた、どなたです」
今度の声は現《うつつ》のものだ。
気息《きそく》を整え、身体を回す。
黒い影が、おいちの前を塞いでいた。

三

驚いた。

心《しん》の臓《ぞう》が縮む。息が痞《つか》えた。

いつものおいちなら、胸を押さえる程度でそれほど取り乱しはしなかっただろう。しかし、今は心底《しんそこ》驚いた。そして、怖かった。

「きゃあっ」

悲鳴をあげて、数歩退《しりぞ》いた。影から逃げたかったのだ。踵《かかと》が畳の縁《へり》に引っ掛かった。

「きゃあっ」

さっきより、さらに派手な悲鳴がほとばしった。おいちは畳の上に転がって、したたかに腰を打ちつけてしまった。

今度は、痛みに声を失う。涙が滲《にじ》んだ。

「ど、どうしました」

慌《あわただ》しい足音が近づいてくる。

「おいちさん、だいじょうぶですか」

涙に霞《かす》んだ視界の中に庄之助の端正《たんせい》な顔が浮かぶ。

「あ……いえ、あの、ちょっと……」

転んだ拍子《ひょうし》に裾を乱していた。ふくらはぎが覗いている。なんというみっともない格好《かっこう》だろう。全身が火照《ほて》った。

驚き、痛み、そして羞恥《しゅうち》に、おいちは何も言えなくなる。

恥ずかしい。恥ずかしい。恥ずかしい。

飛び起きると裾と胸元を手早く直す。俯《うつむ》いたのは、赤く染まった頬を晒したくなかったからだ。

「あたしを見るなり、この人、大声をあげて転んだんです」

抑揚《よくよう》のない、妙に平べったい声音《こわね》が頭上から降ってきた。おいちは、腰に手をやりながら顔を上げる。黒い小さな目が見えた。角張《かくば》った顎と、一文字《いちもんじ》に結ばれた唇が見えた。肩は幅が広く、少し怒っている。

一瞬、男かと思った。しかし、すぐに女だと気が付いた。逞《たくま》しいほどに体格のよい女だ。

「旦那さま。この粗忽《そこつ》なお人はどなたですかね」

「お久《ひさ》、失礼な物言いをするんじゃない」

庄之助が咎《とが》めるように、眉を寄せた。

お久……。ああ、この人がお京さんの乳母《うば》だったお久さんなんだ。

「失礼でしたか。すみませんね。あたしは口に遠慮がない性質《たち》なもんで。それにしても、えらく派手に転んだけど、娘さん、どこか打ったんじゃないんですか」

お久の物言いが、僅かだが柔らかくなった。気遣《きづか》うように、おいちの腰のあたりに視線を向ける。おいちは気息を整え、軽く手をついた。

「六間堀町の医師、藍野松庵が娘、いちと申します。大層な粗相《そそう》をいたしまして、恥ずかしゅうございます。どうか、ご放念《ほうねん》くださいませ」

ほんとに心にかけないでほしい。できるなら、全部忘れてもらいたいぐらいだ。

「おやまあ、ご丁寧《ていねい》に」

お久も膝をつき、軽く前屈《まえかが》みになった。

「『いさご屋』の奉公人で、旦那さまの身の周《まわ》りのお世話をしております、久でございます」

そう言ってお久は笑った。いかつい顔が緩み、優《やさ》しげな面容になる。お京の乳母だったのだから、もう四十《しじゅう》の坂を越えているだろう。無造作《むぞうさ》に結《ゆ》い上げた髪には白いものが目立つ。皺も深い。年の近いおうたに比べると、ずい分と老《ふ》けている。もう、老婆に近いとさえ見える。

もしかしたら髪を白く変えたのは、皺を無残に刻んだのは、年齢《とし》のせいばかりではなく、お久の潜《くぐ》ってきた年月の過酷さ故かもしれない。母を失い、父からも祖父からも疎《うと》まれたお京を、お久は懸命に育てた。不憫《ふびん》と思えば、愛《いと》しさはなお募《つの》っただろう。その娘が、手塩にかけて育てたお京が、病《やまい》で儚《はかな》く亡くなった。しかも、ろくに治療も受けられぬまま。

医者を呼べなかったわけではない。呼んでもらえなかったのだ。お久の苦悩、怒り、悲哀《ひあい》……それらは、巌《いわお》を砕く波のように、お久の若さを崩《くず》していったのではないだろうか。

「旦那さまから、女のお医者さまがいらっしゃると聞いてはおりましたが、それが、まあこんなに可愛い娘さんだとは、思ってもいませんでしたよ。びっくりしましたねえ」

お久の物言いには微《かす》かな訛《なま》りがあった。どこの国のものだろう。

「お久、これからは、おいちさんがわたしの力になってくれる」

「ええ……。ようございましたね、旦那さま」

庄之助を見上げ、お久は軽くうなずいた。

そうか、この人だけは庄之助さんのことを全て、知っているんだ。

お京が庄之助の中にいる。

お久もまた、そう信じているのだろうか。信じているなら、弟の身体を借りてとはいえ、お京が帰ってきたことを素直に喜んでいるだけなのか。何か危惧《きぐ》するものを抱えているのか……。

お久の表情からは何も窺えなかった。

「おいちさんが、この部屋に泊まりたいとおっしゃってね。暫《しば》く、ここを使わせてもらうよ」

「え、ここを」

お久の口調が初めて、乱れた。

「でも、旦那さま、この部屋は……」

庄之助がうなずく。

「おいちさんは、何もかも承知の上で泊まりたいとおっしゃってるんだ。おまえも、そのつもりでいなさい」

「……はい」

「おいちさんのお世話は、おまえにしてもらう。頼むよ」

「お世話だなんて、とんでもない」

腰を浮かし、おいちは首を振った。

「あたし、お世話なんかしていただかなくて、だいじょうぶです。むしろ、拭《ふ》き掃《そう》除《じ》でも水汲《く》みでも、お手伝いできることがあったらなんでもやります。あ、障子の張り替えとかも得意ですから、お任せください」

荷物から細紐《ほそひも》を取り出すと、袖を括《くく》る。

うん、働く気分になってきた。畏《かしこ》まって座っているより、忙しく動き回っている方が、やはり性《しょう》に合っている。

「いやいや、おいちさん。失礼ながら、それはいささか筋違《すじちが》いですよ」

庄之助が苦笑いする。

「おいちさんは、わたしの大切なお客さま。水汲みや拭き掃除をさせるわけにはいきません。それこそ、とんでもない話だ」

「でも」

「それに、おいちさんにはこれから助けていただかなくてはならないことが、出てまいりますから……」

庄之助の表情が硬《かた》くなる。語尾が曖昧にぼやけていく。

「ともかく、夕餉《ゆうげ》までは少しゆっくりしてください。もしよければその後……、わたしの話を聞いていただきたいんです」

「あ、はい。承知いたしました」

もとより、そのつもりだ。

庄之助の話にじっくり耳を傾けること。

当座はそれが自分の仕事になる。そう心得ている。

まずは、聞く。

庄之助は患者だ。己の内に双子《ふたご》の姉がいると怯え、その姉に操《あやつ》られ祖父を殺したのではないかと怖《おそ》れている。

その怯えを、怖れを、鬱屈《うつくつ》を、憂慮《ゆうりょ》を、漠《ばく》とした不安を、抑《おさ》え込んできた不満を、悲しみを、憤《いきどお》りを、全て吐き出してもらう。それらを治療の手掛かりともするけれど、患者の話に耳を傾けることそのものが、治療となりうる。

吐き出せば、楽になるのだ。現《うつつ》の何が変わるわけでもないけれど、心の内は幾分でも晴れる。土砂《どしゃ》降《ぶ》りの合間《あいま》に、青空が覗いたとき、人は晴れ晴れと天を見上げるではないか。足元の泥濘《ぬかるみ》ではなく、頭上の空を仰ぐ。顔を上に向けただけで、肺腑《はいふ》には涼《すず》やかな清気《せいき》が流れ込んでくる。清気は生気に繋がり、人を生きる方向に促すのだ。

だから、聞く。

今のところ、おいちにできるのはそれだけだった。

まずは、聞く。

もしかしたら、庄之助だけではなく他の、誰かの話も……。

そっと振り向いてみる。

赤茶けた畳、ぽつりと置かれた鏡台、落ちたままの櫛《くし》。

ほとんど家具のない、粗末な部屋。

あたしが耳を傾けるのは、庄之助さんの話だけじゃない。

確かに思う。

おいちは背筋を伸ばし、膝に重《かさ》ねた手に力を込めた。

「なんだか、がらんとしちまったね」

おうたが視線を巡《めぐ》らせる。それから、ため息を吐いた。これで、六度目だ。松庵の許《もと》を訪れ、いつものように上《あ》がり框《かまち》にどかりと座り込んだのが四半刻《しはんとき》（三十分）ほど前になる。

それから松庵が数えただけで六度、おうたはため息を吐いたのだ。しかも、一回一回が長い。よくも、あそこまで息が続くものだと、感心してしまう。

「そりゃあ、そうです。診療に関わらない荷物や道具は、隣に移しましたからね。おかげで、かなり広くなったでしょう」

「何言ってんですよ。誰も荷物の話なんてしてやしませんよ。あたしはね、おいちの話をしてるんです」

「はあ、おいちですか」

「おいちですよ。あの子がいないと、やけに殺風景《さつぷうけい》になるじゃありませんか。こんな汚《きたな》い、粗末な、薬臭《くさ》い部屋でもあの子がいたから、それなりに見られたわけなんだよねえ。はあっ」

七度目のため息。

「寡男《やもお》の松庵さん一人だと、ほんと、むさ苦しい、むさ苦しい。息が詰まるようですよ」

「義姉《ねえ》さん、前から言ってるけど、それは太り過ぎて心の臓に負担がかかっているからですよ。気を付けないと、ぽっくりいきますよ」

「あたしがぽっくりいったら、松庵さん大喜びしそうだね」

「わたしがぽっくりいったら、義姉さんは葬式じゃなくて、祝いの席を設けそうですけど」

「もちろんですよ。尾頭《おかしら》付きをどんと用意しての無礼講《ぶれいこう》だね」

「はは、賑《にぎ》やかでいいや」

百味簞笥《ひゃくみだんす》の中身を調べ上げ、帳面に記し、松庵は改めておうたと向かい合うように座り直した。

おかつが茶をいれてくれる。

「上手《うま》く、やってるかねえ」

おうたは気遣わしげに頰に指を添えた。本人がわかっているのかいないのか、そういう何気ない仕草《しぐさ》にほろりと艶《えん》が零《こぼ》れる。

黙っていれば、実に美しい人なのにな。つくづく、惜《お》しい。

茶をすする。味も香りもしなかった。

「よく、やってくれてます。おかつが手伝いに来てくれて、ほんとに助かっている。ありがたいと思ってますよ、義姉さん」

本音《ほんね》だった。要領が悪い、気働きができないとおうたは貶《けな》すけれど、おかつは陰《かげ》日向《ひなた》なく働く良い娘《こ》だった。むろん、おいちと同じようにはいかない。おいちがいないことで、松庵の仕事がずい分と増えた。今の百味簞笥の中身を調べるのも、ずっとおいちが引き受けてくれていたのだ。治療の助手《すけて》も、細々《こまごま》とした世話も、おかつにはとうてい無理だった。

それに、淋《さび》しい。

大の男が口にするのも憚《はばか》られるし、僅かでも漏《も》らしておうたの耳にでも入ろうものなら、どれほど笑われるかしれないから、口を閉じてはいる。閉じてはいるが、本心は淋しい。

さっき、おうたの一言をはぐらかしはしたけれど、松庵も感じていた。おいちがいないだけで、部屋の中が侘《わび》しく、暗く、くすんでいる。

おれも存外、子離れができていなかったってわけか。

身の内の物淋しさを持て余し、松庵は苦く笑う。

「松庵さん、あんたね、どこまで鈍いんだい。あたしは、おいちのことを案じているんですよ。おいち。あたしの、たった一人の姪《めい》っ子ですよ」

「ああ、おいちね。わたしの、たった一人の娘ですよ」

「ほんと残念なことにね。あんたの娘なんだよ。因果《いんが》なこった」

おうたが八度目のため息を吐き出した。

「ちゃんと、やってるかねえ、あの娘《こ》。庄之助さんに気に入られるといいけど」

「義姉さん、おいちは『いさご屋』に嫁入りしたわけじゃない。医者として出向いてるんですよ」

「わかってますよ、そんなこと。言われるまでもないさ。けどね、おいちみたいな良い娘だもの、一緒にいれば庄之助さん、つい惚れちまうんじゃないかねえ。いや、きっと惚れるよ」

「いや、それはちょっと身内の身贔屓《みびいき》ってもんでしょ」

「おや、松庵さん。あんたあたしの姪っ子にケチをつける気かい。だいたいね、あんたがしっかりしないから、おいちの縁談が纏《まと》まらないんじゃないか。あたしが、こんなにヤキモキしてるってのに、父親がしれっとしててどうするんですよ。ほんとに腹が立つ。今年中には縁談を纏めて、年明けの春にはお嫁入りって筋書きができてるんですからね」

「そりゃあ、義姉さんの書いた筋書きじゃないですか。役者がそう上手《うま》く動かんでしょう」

「松庵さん、他人事《ひとごと》みたいに」

おうたは最後まで言い切れなかった。

障子戸が音を立てたのだ。誰かが外から激しく叩《たた》いている。

「お願いします、松庵先生、お願いします。診《み》てやってください」

その音に叫び声が重なる。

患者だ。しかも急を要するらしい。

今日は珍しく早めに患者が途切《とぎ》れ、松庵は診察を仕舞いにしていた。おいちがいないことで、どうしても雑事が溜《た》まってしまう。せっかく早仕舞いできるなら、今夜の内に片付けてしまおうと勢い込んだとき、おうたが現れた。

おうたはほどほどに相手をしていればすむが、患者となるとそうはいかない。

おかつに向かってうなずく。おかつが、すぐに心張《しんば》り棒《ぼう》を外した。

夜の風がどっと吹き込んできた。身が縮むほどの寒風《かんぷう》だ。

「先生、子どもが急に動かなくなって。熱が、熱があるんです」

赤ん坊を抱いた女が転がり込んできた。すらりとした身体つきの、美しい女だ。どことなく崩れた色香《いろか》がある。もっとも、松庵が女をじっくり見たのは治療の後で、だったが。

手早く白い上《うわ》っ張《ば》りを着込み、ぐったりと生気のない赤ん坊に触れる。

「かなり熱があるな」

「前にもおなじことがあったんです。熱を出したときに、急にひきつけを起こして……。でも、でもそのときはすぐに治って……」

松庵は赤ん坊の顔を横に向けた。ごぼりと音がして小さな口から、乳《ちち》が流れ出た。喉に詰まった吐瀉物《としゃぶつ》が因《もと》で、命を落とす赤子《あかご》はかなりいる。

「おかつ、湯を沸《わ》かしてくれ。それから義姉さん、箪笥の右端《みぎはし》、上から三番目の引き出しに新しい手拭いが入っているから、それを出してきてください」

「は？　あたしが？」

「義姉さんですよ。他に使う人がいないんだから仕方ない」

「仕方ないって……えらい言われようだね。まったく、なんであたしが、医者の助手なんかしなくちゃならないんだよ。ここに来ると、ろくな目に遭《あ》わないんだから」

ぼやきながら、おうたはそれでも手拭いを引っ張り出した。

「喉の奥が腫《は》れているな。熱は数日前からあったんでしょう。どんな様子だった？　いつもと違うところがありましたか」

「あ……はい。お乳を含ませたとき口の中が少し熱いと感じました。お腹《なか》は空《す》いているようなのにぐずって飲まないこともあって、心配はしていたのですが」

「急にひきつけを起こしたわけか？」

「そうです。お乳を含ませていたら……震え出して。それからぐったりして……。

先生、だいじょうぶでしょうか」

「だいじょうぶ、だいじょうぶ。このくらいの赤ん坊はよくひきつけを起こすもんなんだ。熱があるときは特にね。昨日の夜はどうでした？　ぐずって寝なかったりとかしなかったかい」

それまで、きちんと受け答えしていた女が、不意に口を閉ざした。黒眸《くろめ》がうろつき、唇がきつく結ばれる。

「あの……、夜は子どもを預けて働きに出るもので……」

あっと思った。

女が夜、子どもを残して仕事に出ると言う。

どんな生業《なりわい》なのか、容易に思い描けるではないか。

「えっと、この子の名前は？　それと、生まれてからどのくらい経《た》つのか教えてもらおうか。それで、薬の量も違ってくる」

いささか慌てて話題を変える。

「正蔵《しょうぞう》といいます。間もなく六月《むつき》になります」

「六月か。じゃあ、そろそろ重湯《おもゆ》も食べられるな。で、朝方はどんな風でした」

「朝は……あまりお乳を飲まなくて、ぼんやりしていたような気がします。先生……正蔵はだいじょうぶでしょうか。このまま目を覚《さ》まさないなんてこと、ありませんよね」

「ありませんな。生まれて五、六カ月から六歳ぐらいまでの子どもは、高い熱が出たとき、こんな風にひきつけを起こすことがままあるもんなんだ。大概《たいがい》、たいしたことにならないまま終わる。ひきつけが癖《くせ》になることもない。おっ、ほら、もう気が付いた」

赤ん坊がうっすらと目を開けた。ここはどこだと問うように、松庵を見詰める。澄んだ黒い眸《ひとみ》が、息を呑むほどに美しかった。こんな美しいものに、人の世はどのように映るのか。問えるものなら問うてみたい。

赤ん坊の目が母を捉《とら》えた。泣き出すかと思ったが、赤ん坊は笑った。笑いながら、母へと手を伸ばす。

なるほど、これは堪《たま》らんな。

こんな無邪気《むじゃき》な愛《いと》おしい仕草をされたら、堪らない。愛し過ぎて、抱き締めてしまうだろう。なぜだか、胸が熱くなる。

ぐすっ。松庵の横でおうたが洟《はな》を啜《すす》った。おかつも涙ぐんでいる。

「正蔵」

女が赤ん坊の頰を撫《な》でた。

「先生、正蔵を抱いてやってもいいですか」

「もちろん。しっかり抱っこしてやりなさい。ついでに、熱冷ましを飲ませるかな。ほら、よしよし、ちゃんと飲み込んでくれよ」

聞き分けの良い性質《たち》なのか、正蔵は水薬を口に含ませると、上手《じょうず》に飲み下した。

「おお、良い子だ。これで、もう安心だぞ。おっかさんのおっぱいをもらって、寝んねするといい」

「先生、ありがとうございます。ありがとうございます」

女が涙を浮かべて頭を下げる。

身なりこそ質素で乱れてもいるが、所作《しょさ》も物言いもきちんとしている。それなりの商家の内儀《おかみ》だと言っても通るだろう。こんな女が夜毎《よごと》に、春をひさいでいるのだろうか。

「あんた、このあたりでは見かけない顔だが」

「あ、はい……。常盤町《ときわちょう》の裏店《うらだな》に住んでおりますもので……」

「常盤町？　常盤町から走ってきたのか。なんでまた。もっと近くに医者がいるだろうに」

女が俯《うつむ》いた。剝《む》き出しになった首筋が滑《なめ》らかで白い。

「あの……先生の評判を以前から耳にしておりましたから……」

「評判？」

「腕は確かだし、どんな患者も分け隔《へだ》てなく診《み》てくださる仏《ほとけ》さまのようなお医者さまだと」

「はあ、仏さまあ？」

松庵より先におうたが頓狂《とんきょう》な声をあげた。

「この人が仏さまで蓮華《れんげ》の台《うてな》に座ってたりしたら、あたしは金輪際《こんりんざい》、極楽《ごくらく》には足を踏み入れないね」

「義姉さんは、極楽は無理でしょう。地獄《じごく》の鬼を追い回してるのがお似合いですよ」

「まっ。鬼を追い回すなんて乱暴な真似、あたしがするわけないでしょ。言い寄ってきた閻魔《えんま》さまに肘鉄《ひじてつ》をくらわすってことは、あるかもしれないけどさ。ふふん」

「あの……先生」

女が遠慮がちに口を挟んできた。

「ほんとに、申し訳ないのですが、あの……薬礼《やくれい》は少し、待っていただくわけにはゆきませんか」

「ああ、薬礼ね。かまわんよ。懐《ふところ》に余裕ができたときに持ってきてくれたらそれでいい」

女の顔が明《あか》るむ。ほっと、安堵の息を漏らす。

「ありがとうございます。必ず、お支払いいたしますから。あたしは、常盤町の作《さく》兵衛店《べえだな》に住む、よいしと申します」

「およしさんだね。立ち入ったことを聞くが、あんた女手一つで正坊を育てているのか」

「……はい」

「ちゃんと食べてるのか。ずい分と顔色が悪いが」

「はい、なんとか……」

「子どもに乳をやっているときは、母親はいつにも増ししてしっかり食わなきゃいけない。でないと、身体の力が衰《おとろ》えて病に罹《かか》り易くなるんだ。一人で子を育てるってのは並大抵の苦労じゃないだろうが、己の身体のことも考えないと、あんたが倒れたりしたら、正坊が不憫だろう。薬礼なんかいいから、少しでも滋養《じよう》のあるものを口にしなさいよ」

およしは黙って、頭を下げた。薄い肩が震えている。

どんな来《こ》し方《かた》があったのか。

震える肩を見ながら、松庵は思う。

「まあ、松庵先生は、ほんと女の人には親切でございますねえ。お優しくて、仏さまみたいでございますよ」

おうたが肩を竦めて、嫌みをぶつけてきた。

「義姉さん以外の人にならら、優しい気持ちになれるんですよ」

「へえ、そうかい、そうかい。よくお言いだね。まったく、ただで扱《こ》き使われて、いい迷惑だよ。あーあ、こんな目に遭うぐらいなら、『いさご屋』においちの様子を見に行けばよかったよ」

おうたが、はすっぱに舌打ちをする。その音が消えない間に、およしが勢いよく立ち上がった。正蔵をひしと抱き締め、喘《あえ》いでいる。母の手が苦しいのか、正蔵が泣き始めた。

「およしさん？　どうした？　そんなに強く抱いたら、正坊が可哀《かわい》そうじゃないか」

「なんて……」

「うん？」

「今、なんて……言いました」

目はおうたに向いている。瞬《まばた》きを忘れたかのように、大きく見開かれたままだ。

「へ？　あたし？　あたしが何か気に障《さわ》ること、言いましたかね」

「どこに……どこに行くと言いました。お店《たな》の名を……」

「『いさご屋』のことかい。小間物問屋《こまものどんや》の『いさご屋』。名前ぐらい知ってるんじゃないのかい。けっこう大きなお店だからね。おいちっていうのは、この仏医者の娘であり、あたしの姪っ子なんだけど、その娘が今、『いさご屋』の若いご主人に招かれてねえ。ほほほ、まあ、ご縁があったってわけさ」

「義姉さん、だから違いますって。縁とか関係ないですから。勝手に話を広げないでください。いさご屋さんにも、おいちにも迷惑にしかならないんだから」

「だめーっ」

およしが金切《かなき》り声をあげる。正蔵が火の点《つ》いたように泣き出した。

持っていた水薬を松庵は落とし、畳に散らしてしまった。およしの大声に驚いたのだ。

「駄目、駄目です」

「およしさん、落ち着いて。正蔵を泣かせるな。あまり泣かせると、また、ひきつけるかもしれん」

およしは息を吸い、ゆっくりと吐き出した。

「……すみません。取り乱して。でも……『いさご屋』にお嬢さんが行っているなら、一日でも早く呼び戻してください。あそこは……『いさご屋』は……」

「『いさご屋』がどうだって?」

「怖ろしいところです」

「怖ろしいってのは、また物騒《ぶっそう》な話だな。およしさん、もう少し詳《くわ》しく話して聞かせてくれ」

「怖ろしいのです。それだけ。あそこには……人を喰《く》らう鬼がいるんです」

それだけ言うと、およしは身をひるがえし、外へと駆け出していった。

「なんなの、あの人」

おうたが首を傾《かし》げる。松庵は手のひらを広げてみた。じっとりと汗が滲んでいる。

――あそこには……。人を喰らう鬼がいるんです。

今しがた聞いたあの言葉たち。あれは、どういう意味だ。

背筋がすっと寒くなる。

おいち。

愛娘《まなむすめ》の名前を心内で呼んでみる。風になぶられる水面《みなも》に似て、胸が騒いでいる。

松庵はもう一度、今度は声に出して呼んだ。

「おいち」

四

――おいち。

呼ばれた。

「え？　父さん？」

夜具《やぐ》を敷いていた手を止め、おいちはあたりを見回した。

むろん、松庵の姿はどこにもない。

「空耳か。やだな、こんなところでまで、父さんの声を聞くなんて。そのうち、伯母さんのお説教が聞こえるようになっちゃうかも。うわっ、どうしよう」

わざと声に出してみる。そうすると、ほんの少し、心が晴れるような気がする。気がするだけに過ぎないのだが。

心が重い。重くて堪《たま》らない。

さっきから、何度、ため息を吐いたことだろう。ため息を吐いても何がどう変わるわけでもない。けれど、吐かなければ、胸の内に黒い塊《かたまり》ができてどんどん膨《ふく》れ上がりそうだ。

今、おいちは菖蒲長屋が恋しくてならない。できるものなら、このまま菖蒲長屋まで走って帰りたいとさえ思う。

あの長屋にだって、腹に一物《いちもつ》ある男も底意地《そこいじ》の悪い女もいた。半端者《はんぱもの》も自堕落《じだらく》な者も舌先三寸《したさきさんずん》で世を渡ろうとする者もいた。取っ組み合いの喧嘩や井戸端《いどばた》での罵《のの》り合いなどは、日常茶飯《さはん》だ。そう、決して、善男善女《ぜんなんぜんにょ》ばかりではなかった。

それでも、みんな正直だった。自分の欲とか憤《いきどお》りとか喜びを隠そうとしなかった。隠そうとしても、言葉の端々《はしばし》や眼つきにちらりと表れ、容易《たやす》く見抜かれてしまうのだ。

「おやえさん、あんた、どうかしたのかい。怖い顔してさ」

「おい、一助《いちすけ》のやつ、人相《にんそう》が変わってねえか。何かあったのかね」

「ちょいと、おまえさん。隣《となり》の爺《じい》さん、また何かよからぬことを考えてんじゃないかしらね。妙な眼つきをしてるよ」

「あら、おみっちゃん、やけに楽しそうだね。さては、いい男ができたね。図星《ずぼし》だろ」

そんな風に、心の一端《いったん》を見破られる。見破られた方は顔色を変えたり、そっぽを向いたり、頬を染《そ》めたり、あるいは涙ぐんだり、にんまり笑ったりするのだ。

わかり易かった。

わかり易くなければ、わかり合わなければ、生きていけない。裏長屋でかつかつの日々を送る人々は、自分を晒し、身を寄せ合うことで生き延びる智慧《ちえ》を持っていたのだ。

でも、『いさご屋』の人たちは……。

少しも正体《しょうたい》が知れない。

夕餉《ゆうげ》の前に、おいちは『いさご屋』の面々に引き合わされた。これから当分の間、同じ家内で暮らすのだから当たり前といえば当たり前なのだが。

庄之助の父、吉兵衛は昼間と同じ気難《きむずか》しげな顔つきをしていた。その後ろに、同じような渋面《じゅうめん》をした男が控えている。吉兵衛同様、恰幅《かっぷく》がよい。ただ目鼻の造作はちんまりとして、やけに眉が薄かった。番頭の弐助《にすけ》だと告げられた。

「おいちと申します。しばらくご厄介になりますが、どうぞよろしくお願いいたします」

作法《さほう》にのっとり、上体を真っ直ぐに伸ばして前傾し双手礼《そうしゅれい》をとる。しかし、吉兵衛も弐助も軽くうなずいただけだった。吉兵衛はまだしも、奉公人である弐助のとる態度ではない。おいちは、主人庄之助の客なのだ。

「弐助、おいちさんにきちんと頭を下げなさい。おまえは『いさご屋』の番頭でありながら礼儀も知《な》らないのか」

庄之助が色を作して、叱責《しっせき》する。弐助の薄い眉がひくりと動いた。

「まあまあ、庄之助さん。そんなお硬いこと言いっこなしにしましょうよ。肩が張ってしょうがないじゃない」

華やかで明るい声が響いた。

顔を上げる。

女が笑《え》みながら立っていた。

一分《いちぶ》の隙《すき》もないほどきっちりと丸髷《まるまげ》を結っている。眉を剃《そ》り、おはぐろをつけ、大小霰《だいしょうあられ》の小紋《こもん》を身につけた姿は、女のおいちでさえ見惚《みと》れるほどに艶《つや》っぽい。とびきりの美人というのではないが、白く滑《なめ》らかな肌と丸い頬に愛嬌《あいきょう》があって、それが女に一刷《は》けの清涼《せいりょう》な気を与えている。そのおかげなのか、艶っぽい女にありがちな、どこか自堕落な色というものがまるでない。

女は五歳ほどの男の子の手を引いていた。その子ともどもおいちの横をすり抜けると、吉兵衛の横に座り手をついた。

「吉兵衛の家内で、富《とみ》と申します。こちらは、息子の乙松。どうぞお見知りおきくださいませ」

美しい所作で、すっと身を屈《かが》める。

「あ……畏《おそ》れ入ります」

少し慌てて、おいちも礼を返す。

「さっ、乙松、おまえも先生にご挨拶《あいさつ》なさい」

「はい」

乙松と呼ばれた子どもは、その場に正座し頭を下げた。

「乙松と申します。よろしく……えっと、よろしく……」

「お願いいたします。でしょ」

お富がそっと耳打ちする。

「あっ、そうだ。よろしくお願いいたします」

乙松はにっこり笑うと勢いよく低頭《ていとう》した。勢いがよ過ぎて、額《ひたい》を畳に打ち付ける。

「あ、いたっ」

「まあ、この子ったら、とんだ粗忽者《そこつもの》だわ」

お富が口元を押さえる。吉兵衛が天井を仰ぎ大笑した。

「ははは、かまわんかまわん。乙松、おいで。上手にご挨拶ができたな。ほら、褒《ほう》美《び》をやろう」

と、袂《たもと》から紙包みを取り出す。

「うわっ。おとっさん、ありがとう」

乙松は駆け寄ると父親の膝に腰を下ろした。ごく自然な所作だ。

「これは下《くだ》り物の落雁《らくがん》だ。おまえの好物だろ」

「ほんとだ。すごい。おとっさん、今食べてもいいかい」

「いいとも、いいとも。おまえのために買っておいたんだ。たんと食べるがいい」

吉兵衛が目を細める。父と息子というより、孫を猫っ可愛がりしている祖父と甘え上手な孫のようだ。いや、そうとしか見えない。吉兵衛の年からすれば、乙松ぐらいの孫がいてもおかしくはないだろう。

「まあまあ、二人ともいいかげんにしてくださいよ。そんなにお菓子ばかり食べていたら身体に毒でしょう。ほんとに、うちの旦那は、乙松に甘くって困るんですよ」

お富が、おいちに向かってため息を吐く。少し、わざとらしい。

「ねえ、先生。先生からもちょいと意見してやってくださいよ。こんなに甘い父親だと、乙松の将来が思いやられますからねえ」

「おいら、そんなにお菓子ばっかり食べてないよ。おっかさんがうるさ過ぎるんだ」

おいちが答えるより先に、乙松が声を張り上げた。

「ほんと、おいらも苦労が多いや」

「まっ、この子ったら、どこでそんな台詞《せりふ》を覚えてきたの」

お富が目を剝く。その表情も得意《とくい》気《げ》な乙松の顔もおかしくて、おいちはつい、笑ってしまった。

吉兵衛もさっきよりさらに大きな笑声《しょうせい》をたてる。むっつりと押し黙ったままだった弐助さえも、口元をほころばせていた。

おいちは視線を僅かに動かし、庄之助を見る。

庄之助の面《おもて》には、何も浮かんでいなかった。

笑いも、涙も、喜びも、口惜《くちお》しさも。情と呼ばれるものは何ひとつ、読み取れない。魂《たましい》の抜けた者のように、そこに座っている。お富が身じろぎした。横目で庄之助を窺う。

その目をおいちは見てしまった。

さっきまでの艶やかで、さっぱりして、陽気でさえあった眼つきは一転して尖《とが》り、冷ややかなものになっている。

背中がうそ寒い。

ぞわぞわと気味悪い悪寒《おかん》が走った。

その悪寒に耐《た》えて、そっと視線を巡らせれば……。

落雁を口に運び満足そうな乙松は別にして、大人たちは誰も笑っていなかった。笑い声を響かせながら、目は少しも笑《え》んでいなかったのだ。

嫌だと、感じた。理屈でなく、嫌だ。誰もが奥深く本音を隠し、化《ば》けの皮を一枚被《かぶ》り澄《す》ましている。なんだかとても……とても、気持ちが悪い。吐き気さえ覚える。菖蒲長屋の人々の屈託《くったく》のない笑顔やあからさまな物言いが懐《なつ》かしかった。一寸《いっすん》遁《のが》れの嘘をつく姑息《こそく》さや他人の言に耳を貸さない意固地《いこじ》さまでが懐かしい。昨日《きのう》まで暮らしていた場所が遥《はる》か遠くに感じられてしまう。

新吉さんに逢いたいな。

胸に想《おも》いが突き上げてくる。

新吉の真っ直ぐな眼差しや物言いに触れたい。そうしたら、少しは気分も晴れるだろうに。新吉は、『いさご屋』の内にいる。どうしても逢いたいなら、逢えぬものではない。しかし、駄目だ。甘えてはならない。新吉には新吉の仕事がある。

おいちは下を向き、そっと唇を噛んだ。

夕餉は部屋で一人でとりたかった。しかし、あえて庄之助に勧《すす》められるままに、『いさご屋』の家族と一緒の席についた。

己の役目をきちんと果たさなければと言い聞かせ、台所に続いた板の間に座ったのだ。

物を食しているとき、人は案外、素顔を晒す。上品であったり下品であったり、おっとりしていたり苛立《いらだ》ち易かったり、思慮《しりょ》深げであったりあさはかであったり、と。ほんのちらりとだけ、隠していた正体をさらけ出したりするのだ。

ちゃんと見極《みきわ》めなくては。

庄之助の不安、怖れを取り除くためには、周りの人間を見極めることが肝心《かんじん》だ。それをちゃんと摑《つか》めれば、庄之助の苦しみや悩みを減らすための手立てになる。無にはできなくても、減らせるはずだ。父松庵からそう教えられた。

──おいち、目を開き、情に囚《とら》われず、できる限りまっさらな心で人を見ろ。それが、今のおまえの仕事だぞ。

──わかってる。よくわかってるわ、父さん。だいじょうぶ、あたし、臆《おく》したりしてないから。

菖蒲長屋の一間《ひとま》で患者と向き合いながら、おいちを案じてくれているだろう松庵に語りかける。それは、そのままおいち自身を鼓舞《こぶ》する言葉となって返ってきた。

――おいち、初日からへこたれていて、どうするの。もっとしゃんとして。今の自分の仕事、それを忘れないで。

おいちなりに気合いを込め臨《のぞ》んだ席だが、やはり少し、疲れた。

一汁一菜《いちじゆういつさい》と漬物《つけもの》。江戸の商家のご多分に漏れず、『いさご屋』の膳《ぜん》も質素ではあったが、たっぷりよそわれた白飯《しろめし》や具の多い味噌汁《みそしる》はそれだけで、おいちには十分なご馳走《ちそう》だった。

ちっとも美味《おい》しくはなかったけれど。

ここでも、みんな皮を被っていた。

上辺《うわべ》は穏《おだ》やかで何事もなく過ぎていく一時《いっとき》一時が、おいちには重く、息苦しい。正体の窺えない人たちに囲まれていては、その正体を窺い知ろうと気を尖らせていては、どんな珍味《ちんみ》、美味な品を並べられても味わえるわけがない。

砂を噛むような思いで、おいちは夕餉を終えた。

離れに帰り、そそくさと夜具を敷く。

一人になれて、ほっとした。身体の強張《こわば》りが少し緩んだ。

やれやれだ。大きく息を吐き出したとき、松庵の声を聞いたのだ。

――おいち。

おいちは泣きそうになった。

松庵が恋しい。菖蒲長屋が懐かしい。今なら、おうたのとりとめのない説教でさえ耳に心地《ここち》よいかもしれない。

「先生、失礼します」

障子戸が開き、お久が顔を覗かせる。

「旦那さまが、もしよろしければお部屋に来ていただきたいとのことですが」

え？　今から？

おいちは口を押さえる。

そうだ、庄之助さんの話を聞かなくちゃ。そのためにここに来たのに。それが一番肝心なのに。

自分に言い聞かせ、おいちは精一杯の笑顔をつくった。

「はい。すぐに参ります」

「お疲れになったでしょう」

庄之助から言われたとき、もう少しでうなずきそうになった。

ええ、とても疲れました。できるなら、今すぐにでも横になりたいです。

まさか、そこまでは口にできない。

「はい。やっぱり、気が張ってしまって。肩が凝りました」

と、曖昧に微笑んでみせるしかなかった。

吉兵衛たちの居室は二階となっていたから、庄之助は一階の一室を自分の部屋として使っていた。さして広くはないけれど、掃除の行き届いた気持ちの良い座敷だった。

そこで庄之助と向かい合う。

「無理をしないでください。おいちさんに苦労をかけているのは、重々《じゅうじゅう》わかっておりますからね」

庄之助が苦く笑った。

「苦労だなんて……」

確かに苦労だわ。こんな日が続いたら、ご飯が喉を通らなくなっちゃうかも。

おいちの中で、おいちがため息を吐いた。

「庄之助さんは、どうなんです」

「わたし、ですか」

「ええ。なんだかとても居心地が悪そうに見えましたけれど。そんなことは、ないですか」

家族の中にいて居心地が悪くはないかと尋ねる。その無礼を百も承知の問い掛けだった。

　遠慮しながらおそるおそる手探りしていては、間に合わない。何に間に合わないのか確《しか》とは答えられないが、おいちの内に小さな焦《あせ》りの火が燃えていた。

「悪いですよ、とても」

　庄之助が答えた。あまりに素直な答えであったものだから、一瞬、返す言葉を失った。

「おいちさんの感じられた通りです。居心地は……極めて悪いでしょう。毎日が針の筵《むしろ》に座っているが如《ごと》き……とまでは申しませんが、正直、わたしは『いさご屋』にいて心が晴れやかになったことなど一度もないと思いますよ」

　庄之助の口調は淡々《たんたん》として昂《たかぶ》ることも、途切れることもなかった。その調子が余《よ》計《けい》に、庄之助の抱えている闇の重さと暗さを際だたせるようで、おいちはまた、胸の内で小息《こいき》を漏らした。

「湯が沸きましたね。お茶をいれましょう」

　庄之助が火鉢《ひばち》にかかっていた鉄瓶《てつびん》を持ち上げる。

「あ、すみません。お茶ならあたしがいれます」

　腰を浮かせたおいちを手振りで制し、庄之助は手際よく急須《きゅうす》に茶葉を入れ、湯を注《そそ》いだ。

「これも落雁同様、下り物の茶です。疲れているときには、美味しい茶を飲むのが一番だと、わたしは信じているんですよ。昔から、茶は好きでしたしね。でも……」

おいちの前に湯呑みを置きながら、庄之助が微笑んだ。今度は苦笑ではなかったが、どこか淋しげな暗い笑みだった。

「今までで一番美味《うま》かったのは、松庵先生のところでおいちさんがいれてくれた、あのお茶でした」

「あら、そんなことあるわけないです」

冗談にしてもお世辞《せじ》にしても言い過ぎだ。

「どうしてですか」

庄之助が真顔で問うてくる。

「だって、あのお茶、確かにうちでは一番のお茶でした。患者さんがくださった宇《う》治《じ》の茶でしたから。でも」

庄之助がいれてくれた茶に比べれば、色合いも香りも薄かった。一口に下り物、宇治の茶とはいえ品の優劣《ゆうれつ》はちゃんとあるのだ。

「茶葉の良し悪《あ》しじゃなくて、どこでどんな心持ちで飲むか、それで違ってくるんじゃないでしょうか。わたしは、松庵先生とおいちさんとで飲んだ茶の美味さが忘れられません。すうっと、心身に染みてくる美味さでした。ああ、茶とはこんなに美味いものなのかって思いましたよ」

　庄之助が目を伏《ふ》せる。

　おいちも少し顔を伏せてしまった。

　部屋の中が静まりかえる。その静けさが肩に伸《の》し掛かってくる。

「あっ、つまらぬことを申し上げました。さっ、どうぞ。冷めぬうちに召し上がってください」

「あ、はい。いただきます」

　おいちは青磁《せいじ》の上品な湯呑みから、一口二口、茶をすすった。

「あらっ？」

「え？　どうかしましたか？」

「いえ……やっぱり美味《おい》しいです。これが宇治の茶なんですね。風味がまるで違うもの」

「気に入っていただけましたか。よかった」

　庄之助は菖蒲長屋のときと同じ優雅な仕草で、茶を飲み干した。おいちは、そっと唾《つば》を呑み込む。お世辞ではなく美味しかった。くどさはまるでなく、むしろさらりと軽やかなのに、上品な風味が口の中にいつまでも残る。茶葉は薬用としても重《ちょう》宝《ほう》されるけれど、確かに身体の内が浄化《じょうか》されるような清涼感が、この茶にはあった。

美味しい。本物のお茶だ。でも……。

舌先に苦味を感じた。ほんの僅か、ほんの一瞬だが、刺《さ》すような、不快な苦味だった。

これも上等のお茶だから……なのだろうか。あたしが上等の味を知らないだけ？

いや、お茶の味に拘《こだわ》っているときじゃない。

「庄之助さん、無礼を重ねるようですが、もう一つお訊《き》きします」

「なんなりと」

「『いさご屋』を出ようとお考えになったことは、ないですか」

庄之助の眉が、それとわかるほど持ち上がった。

「出過ぎたことを言いました。お許しください。でも、他人のあたしから見ても、庄之助さんはお辛そうでした」

余計者扱いされているように見えた。『いさご屋』の内は、吉兵衛《よぎ》、お富、乙松を中心に回り、番頭までもそこに与《くみ》していた。庄之助は空を過る月のように独り、ぽつりと浮かんでいる。

人は独りぼっちでいるときより、家族や仲間に囲まれながら、その者たちからよそよそしく扱われたときのほうがずっと、己を鰥寡孤独《かんかこどく》と感じるもの。これも松庵から教わったたし、そういう人たちを何人か自分の目で見てきた。

　庄之助もそういう類《たぐい》の人ではないだろうか。無礼を通り越して、庄之助の心を手酷《てひど》く傷付けてしまうかもしれない。

　さすがに、そこまでは口にできないのだ。

　ただ、庄之助は若く、姿よく、聡明でもある。思い切って、『いさご屋』を飛び出しても十分にやっていけるのではないか。その方がいっそ清々《せいせい》と、穏やかに、生きられるのではないか。

　おいちは、そう考えたのだ。

　暫《しばら》く黙り込み、庄之助は手の中の湯呑みをゆっくりと回した。

「それは、できません」

　湯呑みに目を落としたまま、ぽつりと言う。

「家を出る気はないと？」

「おいちさん、わたしもそのことは何度も考えました。ここにいるよりも、江戸の片隅で自分なりに小商《こあきな》いでもしながら生きるのはどうだろうかと。日々を慎《つつ》ましく暮らしながら、誰かと夫婦《めおと》になり子を育て、妻子を養うために懸命に働き、やがて静かに老いていく。そんな暮らしを求めたらどうだろうかと」

　庄之助の眼差しが何かを追うように、彷徨《さまよ》った。

「でも……駄目でした」

「踏ん切りがつかなかったのですか」

「わたし一人なら、おそらく、家を出ていたと思います。父がわたしを疎《うと》んでいるのも、継母《はは》が『いさご屋』の身代を全て乙松のものとしたいと望んでいるのも、弐助が乙松に肩入れしているのも、よくわかっていますから。ええ、わたし一人ならとっくに……」

庄之助の言わんとしていることが呑み込めた。おいちは、湯呑みを置き、庄之助を見詰める。

「お京さん、ですね」

「ええ、姉です。わたしが何もかもを捨てて『いさご屋』を出ることを、姉は許さないのです」

「お京さんがそうおっしゃったのですか」

「ええ。夢の中に出てきて……、どこまでが夢なのか現《うつつ》なのか、わたしには判じかねるのですが……、ときには怨《うら》みがましく泣き、ときには眦《まなじり》を釣り上げて睨《にら》み、ときには呪文《じゅもん》のように呟《つぶや》き続けるのです。『わたしは、ここにしかいられない。わたしを見捨てて逃げ出すつもりか』と。姉は、お京は、まだ怨みを浄化できずにいるのです。いえ、ますます募らせているのです。わたしがいなくなれば、姉は現の身体を失います。そうすればどうなるのか」

庄之助が深い深い息を吐いた。おいちは膝を進める。

「どうなるとお思いなのですか」

「悪鬼《あっき》に成り果てるのです」

庄之助の口調の重さ、凄《すご》みにおいちの膝が止まる。

「姉が自らそう言いました。わたしがいなくなれば、行き場を失った姉は悪鬼に変わり『いさご屋』の者を一人残らず、乙松や下働きの小女に至るまで取り殺してやると」

「まあ」

「姉は、普段は美しい女人《にょにん》の姿をしています。おそらく、あんな哀れな死に方さえしなければ、現でも美しい女人となっていたでしょう。そして、心優しい男と所帯をもち、幸せに生きられたのかもしれません。言うても言うても詮無《せんな》い、潰《つい》えてしまった幻《まぼろし》に過ぎないのですが。だからこそ、姉の怨念《おんねん》はすさまじいのです。こんなに美しくなれたのに、きっと幸せになれたのにと、憤怒《ふんぬ》を滾《たぎ》らせことごとくを呪《のろ》うのです」

美しい女が悪鬼となる。

よくある話ではある。ただのお話、読本《よみほん》や言い伝えの中では、女は悪鬼にも大蛇《だいじゃ》にも姿を変えるではないか。ただ、おいちは医者だ。患者の心身を診る。その立場からすれば、よくある話をうのみにして納得するわけにはいかない。

「だから……わたしは、ここを出ていくわけにはいかない。わたしも、また、姉と共に『いさご屋』に縛《しば》り付けられているのです」

庄之助の息遣いが荒くなる。唇が震える。おいちは身を屈《かが》め、声に力を込めた。

「庄之助さんが、そう思い込んでいるだけではないのでしょうか」

庄之助が顔を上げる。

「思い込んでいる？　わたしが？」

「はい」

居住《いず》まいを正し、膝の上に手を重ねる。

「お気を悪くなさらないでください。いえ、悪くされても仕方ないことを言わせていただきます。もしかして庄之助さんは、怖がっていらっしゃるのではありませんか」

「怖がる？　姉を、ですか」

「いえ、『いさご屋』を出ていくことを、です」

庄之助の口が丸く開いた。瞬《まばた》きの数が多くなる。

「『いさご屋』を出て一から暮らしをつくり上げる見込みがたてられない。世間がどれほど厳しいものか、商人として知っていらっしゃる。世間という荒波に向かって無手《むて》で飛び込んでいく怖さを知っていらっしゃるのです。『いさご屋』は確かに居心地が悪い。しかし、外に踏み出せば、それはそれで相当な苦労を余儀《よぎ》なくされる。残るも出ていくも、苦しい。庄之助さんは、二つの道の辻《つじ》で途方に暮れている。あたしには、そんな風に感じられるのです」

庄之助の喉仏《のどぼとけ》が上下に動いた。僅かに開いた口からは、細い息が零《こぼ》れただけだった。

「残るのか出ていくのか。右を選ぶのか左を進むのか。悩み、迷ったとき、人は心が二つに引き裂かれたように感じます。それは、身を裂かれるのと同じ苦痛を味わうことでもあります。身が裂ければ、血が出ます。すぐに治療しなければと、誰でもわかりますよね。でも、心はそうはいきません。どれほどの傷を負っていても外目からはまるで窺い知れないのです。本人でさえも気付かないことだってありますす。でも、傷は痛い。どくどくと血が噴《ふ》き出している。身体の傷のように治療できないとしたら、どうしたらいいか。わからなくて人は傷口から目を逸らすのです。悩むことや迷うことから、逃げようとするのです」

「おいちさん……」

庄之助が掠《かす》れた声でおいちを呼んだ。

「じゃあ……、わたしは己の行く末を決めかねて、決めるのが怖くて、姉を出しにして逃げていると……。そう、おっしゃるのですか」
「その疑いもある。そのことを頭に入れておいていただきたいのです。だからとい
って、庄之助さんが悪いわけではないのです。ちっとも悪くはないんです。お京さ
んがいなければ、庄之助さんは心の傷に耐えられなかったんです、きっと」
「姉は、わたしが己の心を守るためにつくりだした幻だと、おいちさんは思ってい
るわけですね」
庄之助の声がますます掠れていく。
「祖父を殺したのも、姉がわたしの中にいるのも、全て幻だと」
「いえ、それは違います。お京さんは、確かに庄之助さんの中にいるのです。で
も、ほんとうに悪鬼になるほど怨念を滾らせているのか、お祖父さまを殺せと命じ
ていたのか、庄之助さんが端《はな》からそう信じ込んでしまったのか、そこは落ち着いて
考えてください」
お京がいると信じている限り、庄之助は現《うつつ》に向かい合えない。厄介なことも、怖
れも、怯えもみんなお京のせいにして震えているだけだ。
お京がいるから、『いさご屋』から飛び出せない。全てをお京の為すがままに操
られている。お京が……。お京に押し付けて現から逃げていることを
庄之助に気付いてもらいたい。そこから、行く末を見据えてもらいたい。それがで

きてやっと、一歩前に進めるのではないか。

――おいち、焦り過ぎだ。医者が自分一人でしゃべってどうする。しゃべるより聞くんだ。まずは耳をそばだてろ。

眉を顰《ひそ》めた松庵の顔が浮かんだ。

おいちは口を閉じる。

しゃべり過ぎただろうか。性急過ぎただろうか。でも、でも、一刻でも早く、この人を楽にしてあげたい。自分の足で将来へと続く道を歩けるように、助けたい。本心から思う。偽《いつわ》りない気持ちだ。偽りはないけれど、その思いとは別に引っ掛かることがある。

うん？　どういうこと？　どうして？

小さな引っ掛かりかもしれないが、指先に刺さった棘《とげ》のようで、どうにも気になる。忘れることができない。

「……おいちさん」

「はい」

「わたしは姉の幻を勝手につくり上げたわけではありません。確かに、姉はいて、わたしに取り憑《つ》いているのです。これだけは申し上げたくなかったのですが……」

青白い顔のまま、庄之助は立ち上がり、長火鉢《ながひばち》の引き出しを開けた。紙包みを取り出す。

「これを……ごらんになってください」

手渡された包みは柔らかく、布が入っているようだ。

「開いてもよろしいのですか」

「ええ……」

包みを開く。やはり端切《はぎ》れが入っていた。

端切れ？　いいえこれは、無理やり引きちぎられたような……。

女の襦袢《じゅばん》の端切れのようだった。毒々しい赤色をしている。

「え？　これ……」

血だ。布の色に惑わされて見過ごしそうになったが、べっとりと血が付いている。

「庄之助さん、これは」

「殺された夜鷹のものです」

絶句する。息が詰まって、心の臓が大きく鼓動《こどう》を打った。

「殺された夜鷹って……。あの、そんな、まさか……」

「おいちさんは、ご存じなのですね。夜鷹たちが何人も無残に殺された事件を」

「……ええ、聞きはしました。でも、それと庄之助さんは、関わりないでしょ。なぜ、こんな襦袢を……」

「わたしが下手人《げしゅにん》だからです」

「は？　今、なんて」

「わたしが……夜鷹を殺したと申し上げました」

脳裡《のうり》に、仙五朗の引き締まった面《おもて》が過った。

親分さん。

おいちは、両手を胸の前で合わせた。祈りにも似た格好で、庄之助を見詰める。

この人は、何を言おうとしているの。

指先が震える。おいちはもう一度、胸の内で呟いた。

親分さん。

五

唾を呑み込む。

気息を整える。

背筋を伸ばし、おいちは庄之助と向き合った。

「お許しください。菖蒲長屋では全てをお話ししたと申し上げながら、重ねてこのような話を申し述べねばならず……」

「あのときには、話せなかったというわけですか」

「話せませんでした。松庵先生やおいちさんを信じなかったわけではないのです。むしろ、この方たちならと縋《すが》るような思いを抱き、久方《ひさかた》ぶりに心が晴れたのです。それでも……お話しできませんでした」

庄之助の声音がしだいに低くなる。自分の言葉に押し潰《つぶ》されそうになっている。そんな風に見えた。

「新吉さんから、お二人が相生町《あいおいちょう》の親分さんと顔馴染《かおなじ》みだと、聞いておりました。そこが引っ掛かってどうしても……言い出せなかったのです。親分さんの耳に入ればお縄《なわ》になって……、いずれ死罪になる。そういう類《たぐい》の話だったもので……。どうにも、踏ん切りがつきませんでした」

「でも今なら、話してくださるのですね」

庄之助が微《かす》かに、首を動かした。

「話さねばならないと心が決まったのです。何ひとつ、隠すことなくお伝えしなければ駄目だと」

「では、詳しくお話しください」

やや掠れてはいるけれど、平静な声が出た。出すことができた。

少し、気が楽になる。

「正直、庄之助さんのおっしゃってることがよくわからないのです。夜鷹たちが三人、続けて殺された。それも惨《むご》い殺され方をした。そのことは、あたしも耳にしております」

三人の女が殺された。三人とも腹を十文字に、あるいは一文字に裂かれていた。一ッ目之橋《ひとつめのはし》のたもとで殺されたお栄という女には五つになる娘がいたという。

それが、おいちの知っている全てだ。いや、もう一つあった。〝剃刀の仙〟こと仙五朗親分が必死で下手人を追っているのだ。

その下手人が自分だと庄之助は告げた。

ぞくり。

背筋が震えた。その震えが、おいちに思い出させる。

仙五朗から夜鷹殺しの話を聞いたとき、束の間ではあったが、自分の胸に宿った思いを。

庄之助と残忍な事件はどこかで繋がっているのではないかと、おいちは確かに考えたのだ。

「庄之助さん」

おいちは、庄之助ににじり寄った。

「話してください。なぜ、ご自分を下手人だとおっしゃるのですか。はっきりと覚のですか」

えがあるわけですか。それとも、お祖父さまのときと同じ、おぼろな覚えしかない

お京に取り憑かれているのだと、庄之助は言い切った。だとしたら、そこに庄之助自身の意は働いていないわけだ。

おいちの言わんとするところを察したのか、庄之助が首肯する。

「祖父のときと同じ、何もかもが霞《かす》んでおります。ただ……三度とも、床《とこ》につく前から軽い目眩《めまい》のようなものを感じておりました。胸の悪さも多少ございました」

「お身体の調子がよくなかったと？」

「はあ……。ただ、昼間は普段と変わらず目眩も悪心《おしん》もなかったのです。それが夜になると具合が悪くなって……、最初の夜は性質《たち》の悪い風邪《かぜ》でも引き込んだかと、早々に夜具に潜《もぐ》り込みました。そして、引き摺り込まれるように……、ええ、ほんとうに誰かの手で闇に引《ひ》き摺《ず》り込まれるように、わたしは眠りに落ちました」

そこで一息つき、庄之助は目を伏せた。茶をすすり、また、息を吐き出す。

「嫌な夢を見ました。とても怖ろしい嫌な夢を……。そのことだけははっきりとわかるのに、どんな夢だったかは、どうしても思い出せないのです。怖くて、怖くて、悲鳴をあげて目が覚《さ》めたにもかかわらず、汗をびっしょりかいていたにもかかわらず、覚えていないのです。ただ、何か異変が我が身に起こったことだけはわか

りました」

庄之助の声がくぐもり、聞き取りにくくなる。おいちは庄之助の目を見詰める。聞
急《せ》かしてはいけない。口を挟んではいけない。焦《じ》れてはいけない。ともかく、聞く。静かに、全てを受け入れる心構えで聞く。それが、今のおいちの役目だ。ここを違《たが》えれば、庄之助を救う道は遠のく。遠のいて二度と摑めないかもしれない。きちんと言葉にはできない。上手《うま》く説明もできない。でも、強くそう感じるのだ。

「嫌な臭いがしました」

ぼそり。庄之助が一言を口から押し出す。

「生臭《なまぐさ》くて……とても、生臭くて、不気味《ぶきみ》な……。おいちさん、それがなんの臭いかおわかりになりますね」

もう一度、唾を呑み込み、おいちはうなずいた。

「血、ですか」

「そうです。あれは……、血の臭いでした」

庄之助も首を深く縦《たて》に振った。

血の臭い。おいちには馴染みのものだ。それを生臭いとも不気味とも感じない。ただ、血は人の身の内に納まっているもの。その臭いを嗅《か》ぐのは、往々にして剣呑《けんのん》な、危急の場合が多い。臭うほど多量の血が身体の外に流れ出たのなら、流した者

の命に関わる。

「それに、足の裏が土で汚れておりました。それで、わたしは、自分が夜中に外を出歩いたのではないかと……。いえ、土などどうでもいいのです。土などではなく……ここに」

庄之助が胸を押さえる。そんな仕草でさえ、優雅だ。

「血が飛び散っておりました。ここにも」

庄之助の手のひらが差し出された。細く長い指、白い肌。力仕事とは無縁の手のひらだ。そこが細かく震えている。

「ここにも、べっとりとついて……。祖父のときと同じです。この手が、指が、血で汚れておりました」

震える指を握《にぎ》り締め、庄之助がおいちにまともに視線を向けた。思わず目を逸らしそうになる。おいちもこぶしを握り、庄之助を見詰め返した。首の付け根が重く疼《うず》く。

「わたしは悲鳴をあげました。てっきり、家の者、父か継母《はは》を手にかけたと思ったからです。しかし、家の内は静かでした。誰も殺されては、おりませんでした。一時、わたしは安堵いたしました。けれど、すぐにいいしれぬ不安に襲《おそ》われたのです。では、あの血は誰のものなんだと……。それがわかったのは、かなり後のことです。ええ、二人目の夜鷹が殺されたと知ったとき……です」

「そのときも、同じように目眩や悪心を覚えたのですか」

「はい。まったく同じです。夜、気分が悪くなり、ずるずると眠りに引き摺り込まれ、目が覚めると、血が……今度は両手と肩から胸にかけてべっとりと……。やはり、家の内には血を流した者はおりませんでした。二日後の昼さがりでした。継母がわたしに瓦版《かわらばん》を手に話しかけてきたのです。『なんだか、このところ気持ちの悪い事件が続いているみたいですよ』と。あのときの継母の顔つきも言葉つきも、よく覚えていますよ。瓦版の端が少し千切《ちぎ》れていたことまで目に焼き付いてしまって……」

その瓦版に二つ目の事件が書いてあった。庄之助は、それで夜鷹殺しと己の異変を結びつけたのだ。

そして、三度目の事件が起こった。

「一度目、二度目とまったく同じでした。違うのは、それを……」

庄之助の視線が、襦袢《じゅばん》の端切《はぎ》れに注がれる。

「握っていたことだけです。そのときは、わたしが己で読売《よみうり》から瓦版を買いました。買って、貪《むさぼ》るように読みましたよ。気が急《せ》いて指が震えて、文字が上手《うま》く追えなかったほどです。それでも、なんとか読み終えて……。それで……夜鷹がまた一人、殺されたと知りました。その下手人は、おそらくこのわたし、です」

「ちょっと待ってください。そう決めつけてしまうのは、あまりに早計《そうけい》です。早過ぎます」

思わず腰を浮かせていた。庄之助が瞬《まばた》きをする。

「そうでしょうか。しかし、おいちさん、それより他に考えようがないでしょう。わたしが夜鷹殺しの下手人であるなら、全て辻褄《つじつま》が合うのです」

「辻褄を無理やり合わせて、どうするんです」

ほとんど叫んでいた。声が裏返る。

唇を噛む。

落ち着かなければ。あたしが気を昂《たかぶ》らせていては駄目だ。落ち着いて、受け止めるべきものはしっかり受け止めなくちゃ。

「庄之助さん」

「はい」

「あたしと一緒に大きく息を吸い込んでください」

「は？」

「吸い込んで吐くんです。あたしの真似をして、はい」

おいちは両手を広げ胸を反《そ》らし、鼻から息を吸い込んだ。庄之助も戸惑《とまど》いながらも、同じように手を広げた。

「ゆっくり吐き出してください」

手を下ろし、胸の前で交差させながら、吸った息をゆっくり吐き出す。

「はい、もう一度」

庄之助は言われた通り、同じ動作を繰り返した。

「はい、けっこうです」

「おいちさん、これは……」

「深く呼吸を繰り返すと、頭と心が落ち着くんです。慌てふためく心を鎮《しず》めたり、凝り固まった考えをほぐすのにはけっこう効果があるんですよ」

「わたしの考えが凝り固まっているとおっしゃるんですか」

「ええ。少なくとも無理やり辻褄を合わせ、信じ込もうとしている。そう思えました」

「けどね、おいちさん」

「何を使われたのですか」

前のめりになる庄之助の言葉を遮る。普通なら許されない振る舞いだ。

——おいち、女ってのはね、万事控え目でなくちゃならないんだよ。お相手の話の腰を折るなんて真似、金輪際しちゃあならないよ。それが殿方《とのがた》の場合はとくにね。よく心しておおき。

おうたから何度となく言われていた。おうたが万事控え目だとは、どうにも思えないが、他人の話を遮るのは確かに無礼だ。女としてよりも医者として、まずは忌《い》むべき行いだと思う。

でもね、伯母さん、仕方ないの。この人をこれ以上、しゃべらせたくないのよ。しゃべることで、庄之助さんは自分をがんじがらめに縛《しば》っている。そんな気がするんだもの。大目にみてちょうだい。

――やれやれ、だから医者稼業なんかから早く足を洗えって、ずっと言ってきたんじゃないか。それをおまえったら……。

おうたの嘆《なげ》きが聞こえたけれど、すぐにどこかに消えてしまった。

「答えてください、庄之助さん。あなたが女たちを殺したと言うのなら、何を使ったのですか」

庄之助が顎を引く。

「……それは、刃物を……」

「刃物もいろいろあります。包丁《ほうちょう》なのか匕首《あいくち》なのか刀なのか。あるいは、もっと別の道具なのか。そのあたりを、ぼんやりとでも覚えていますか」

庄之助は、弱々しくかぶりを振った。

「覚えていません。まったく……。お話しした通り、わたしが覚えているのは眠りにつく直前と、目が覚めてからだけなのです。その間、何をしていたかまるでわかりません。だからこそ、怖いのです。ほとんど気を失っているようなわたしを操り、姉が夜鷹たちを殺したのではないかと……。怖くて堪《たま》らないのです」

「お京さんがそう言ったのですか」

「え？」

「お祖父さまのときは、声を聞いたのでしょう。お京さんの嗤《わら》う声を。だとしたら、今回はどうなのです」

「それは……」

庄之助の黒眸《くろめ》が左右に動いた。瞬《まばた》きが増える。

「……姉は何も……。嗤い声だけではなくて、姉の声はどこからも聞こえてきませんでした。気配《けはい》すらなかった」

「おかしくはありませんか。お京さんの仕業《しわざ》だとしたら、どうして今までのように現れてこないのです。思うように弟を操って愉快を感じているのなら、高らかに嗤ってもいいはずでしょう」

庄之助の眉が寄った。

「確かに……言われてみれば、そうですが……」

「それに、その刃物のこともあります。失礼ですが、あたしには庄之助さんが刃物の扱いに慣れていらっしゃるようには、どうしても見えないんです」

「見えなくて当然です。その通りですから。商売の上でも他のところでも、普段の暮らしで刃物を手にすることなんてめったにありません。よくて、鋏《はさみ》か剃刀ぐらいでしょうか」

そうだろう。あの指もあの手も刃物を振り回すには些《いささ》か不釣り合いだ。

「庄之助さん、余計なことははしょりますが、さっきお話に出た仙五朗親分さんと父の会話をあたしは傍《かたわ》らで聞いておりました。はい、夜鷹殺しの件で、親分さんが相談にいらしたのです」

強張るかとも思っていた庄之助の表情は、変わらぬままだった。いや、むしろ落ち着きを取り戻している。張り詰めてはいるが、けっして硬くはない。

「女たちがどのように殺されたのか、知っていらっしゃいますよね」

「はい。瓦版には三人とも腹を裂かれ、臓物《ぞうもつ》を引き摺り出されていたと書いてありました。その遺骸《いがい》を烏《からす》がついばみ、野犬が食い散らし、まさに地獄絵図であったと」

「烏はどうか知りませんが、野犬は集まっていたようです。臓物も引き摺り出されていたとか。ええ、お腹を裂かれていたのです。三人が三人とも、真っ直ぐに裂かれていた……。いいですか、真っ直ぐにですよ。これは父の言《げん》なのですが、人のお腹ってそうそう容易《たやす》く斬《き》り裂けるものじゃないのです。人間だけでなく、生き物の肉を真っ直ぐに斬るのって難しいんじゃないでしょうか。なんというか、コツみたいなものがいるんですよ。親分さんによれば、この下手人は刃物の扱いに長《た》けた者ではないかとのことです」

庄之助がゆっくりと、おいちの一言一言をなぞるように言った。

「それはつまり、素人《しろうと》にできる芸当ではないとおっしゃっているのですね」

「その通りです。素人に、まして、庄之助さんのような、刃物とはほとんど縁のない方には無理ではないでしょうか」

「しかし、あのときは、わたしであってわたしではないような状態なのです。わたしが刃物の扱いが不得手《ふえて》だからといっても……」

「お京さんは長けていらっしゃるのですか」

少し口調がきつくなる。

この人はどうして、こうも自分を下手人にしたがるのだろう。何もかもを背負い込もうとするのだろう。

おいちの胸の中で、庄之助への苛立ちがほんの少しだけ、頭をもたげてしまう。

「そんなわけないですね。女で、商人の家に生まれ、子どもの時分に亡くなったお京さんが、人のお腹を斬り裂けるほど刃物を使いこなせるわけがないでしょう。庄之助さん、違いますよ。下手人は、あなたでもお京さんでもありません」

悲鳴をあげそうになった。不意に腕を掴まれたからだ。庄之助がおいちの腕を鷲《わし》摑《づか》みにしている。指先が食い込んできた。

痛みよりも驚きと怖気《おぞけ》に、おいちは震えた。

「おいちさん……おいちさん、ありがとうございます」

「え？　あ……庄之助さん、いっ痛いです。手を……」

あっと小さく叫び、庄之助は手を放した。それから、その手を畳につき、頭を下げる。

「ありがとうございます。ありがとうございます」

「まっ、あの、そんな。庄之助さんやめてください。そんな真似、しないでください。困ります」

「いえ、どれほど頭を下げても足りません。おいちさんのおかげで……おかげで、重荷を下ろすことができます。なんの縁もない人を殺《あや》めたという重荷を……。ありがとうございます」

「まだ、これからですよ。まだ何もわかっていないのです。何ひとつ、片付いてはいないでしょう」

弟を叱《しか》る姉の如き物言いになっていた。

生まれながらの気性なのか、長年の辛苦《しんく》のせいなのか、庄之助の心の柱は心細いほど脆《もろ》くなっている。今にも折れてしまいそうだ。それならば、なんとか支え、少しでも太く確かなものにしていかねばならない。

「いいですね、庄之助さん。何もかもが、これからなんですよ」

「これから……」

「そうです。庄之助さんが下手人でないとしたら、なぜ、こんな物を握っていたのでしょう」

赤い端切れに指先を置く。一瞬、血の臭いを嗅いだと思った。

「なぜ、着物に血が付いていたのでしょう。足裏が土で汚れていたのでしょう。庄之助さん、どうしてだと思いますか」

「それは」

それはと言ったきり、庄之助は絶句した。唇の端が痙攣《けいれん》している。息が苦しいのか、口が半開きになる。そこから、荒い息が漏れた。

「誰かが……わたしを陥《おとしい》れようとしていると……」

うなずく。

「あたしは、そう考えています。お話を伺《うかが》っていると、そうとしか考えられないのです」

「では、では……姉がわたしの着物に血を付け、足を汚したと……」

「庄之助さん、お京さんから少し離れてお考えになってください。お京さんは関わりありません。お京さんには現《うつつ》の身体がないのですから、現の何物をも動かすことはできません。だから、あなたの身体が入り用だったのでしょう。とすれば、寝入ったあなたの着物や足を汚すことなど、お京さんにはできようはずがないのです。人に細工《さいく》できるのは、現に生きる人だけです」

「では……。わたしを陥れようとしているのは……」

「ええ。幽霊《ゆうれい》でも妖《あや》かしでもありません。現に生きている人です」

庄之助は大きく目を見開き、肩を揺らした。

「それにもう一つ。庄之助さんはどうして、そんなに深く眠っていたのでしょう。よほどの深い眠りでない限り、身体を触《さわ》られたら目が覚めるものですよね。まして庄之助さんは、どちらかというと眠りの浅い方ではありませんか」

こくり。庄之助が首肯する。

「……ぐっすりと眠り込んだ覚えはほとんどありません。按摩《あんま》の笛《ふえ》、犬の遠吠えにさえ、ふっと目覚めることが度々《たびたび》です」

「なのに、事件の夜に限って前後不覚になるほど眠りこけていた。おかしいとは思いませんか」

「わたしが眠り薬を盛られたと……おっしゃるのですか」

「わかりません。でも、その疑いはあると思っています」

「でも、それは……。まさか、そんな……」

おいちは黙っていた。答えられなかったのだ。

下手人の正体は摑めない。まだ、霧《きり》の中だ。ただ、見も知らぬ他人がわざわざ『いさご屋』の内に入り込み、眠っている庄之助を血や土で汚し、また去っていったとは、どうにも考え難《にく》い。庄之助にあらかじめ薬を盛ることができたとは、さらに考え難い。そうだ、外の者ではない。できるとしたら、この家の内にいる者だ。

それとも、あたしはとんでもない思い違いをしているのだろうか。しているのではないだろうか。

わからない。

庄之助に向けての言葉に嘘はない。この事件の芯にいるのは、人だ。人だけれど……。心に引っ掛かるものがある。どうにも落ち着かない。

「そんな……そんな……。まさか『いさご屋』の中に……」

庄之助が喘ぐ。

おいちはその手首を柔らかく、摑んだ。

「庄之助さん、ごめんなさい。許してください」

「え？　許せとは？」

「あたしは医者です。その本分《ほんぶん》を忘れていました。医者の本分とは、下手人捜《さが》しではなく患者さんの病や傷を癒《いや》すことのはず。なのに、あなたを動揺させ戸惑わせている。これでは、医者の役目を果たしているとは言えませんよね。ここに父がいたら、きっと、こっぴどく叱られているでしょう」

庄之助の手首を放し、おいちは微《かす》かに笑んだ。

「いや、それは違います」

庄之助はかぶりを振った。珍しくきっぱりとした物言いだった。

「おいちさんのおかげで、わたしは楽になりました。とても楽になりました。おいちさんは、りっぱにお医者さまの役目を果たしてくださったのです。むろん、驚きはしました。今も心の臓が苦しいほどです。家人《かじん》を疑わねばならないなんて……正直、信じ難《がた》くもあります。それでも楽になりました」

大きく息を吐き、庄之助は両手を広げた。もう、震えてはいない。

「わたしがこの手で、誰も殺《あや》めていないのなら……いないのなら、これほど安堵することはありません。わたしにとって人を殺す側より、殺される側に回る方がどれほどかましなのです。おいちさんは、わたしから重荷を一つ、取り除いてくださいました。それだけじゃない。わたしに心を定めることも促してくれたのです」

「心を定める……」

「はい。わたしを陥れようとする者と闘《たたか》う心です。わたしはずっと、姉の影に怯えておりました。姉は既《すで》にこの世の者ではありません。怯えることしか、できなかったのです。しかし、相手が人なら、現《うつつ》の身体をもった者なら闘えます」

庄之助の頬が強張った。奥歯を噛み締めたのだ。その表情を見やり、おいちは努めて平静な口調で告げた。

「庄之助さん、あたし、仙五郎親分に相談してみようと考えているのですが」

「えっ、親分さんに？」

「はい。闘うと庄之助さんはおっしゃいましたが、この件については、わからないことがまだまだ、たくさんあります。あたしにはどう闘えばいいのか見当がつきません」

うっ、と庄之助が唸る。頬の線が緩んだ。

「それは、わたしも同じですが……」

「有体に言って、あたしたちの手には負えない気がするのです。親分さんなら、あたしたちの気付かないものに気付き、手を打ち、事件を解決してくれるはずです。これまでも、そうでしたから」

「しかし、親分さんはお役人から手札《てふだ》を預かっている十手《じって》持ち……。ことが公《おおやけ》になると『いさご屋』の看板に大きな傷がつくことになりかねない。そればかりは避《さ》けないといけません」

「親分さんなら、きっと、上手くとりはからってくれます。自分の手柄《てがら》や儲《もう》けのために動くお人ではありませんから。それにね、庄之助さん、あなたはたぶん、夜鷹殺しの下手人に仕立て上げられようとしているのですよ。仕立て上げられてしまえば、あなたは死罪です。そういうときに、看板だの暖簾《のれん》だのと悠長《ゆうちょう》なことは言ってられないでしょう」

もう一声低く、庄之助が唸った。腕を組み、一点を見詰める。その腕を解《ほど》き、

「わかりました。おいちさんのおっしゃる通りです。どうか、仙五朗親分にお出ましをお願いしてみてください」

と、さらに低く告げた。

「よろしいのですね」

「はい。全てを話して、お力をお借りしたいと伝えてください」

「わかりました。明日にでも親分さんに会いに行ってきます」

「よろしくお願いいたします」

庄之助が頭を下げる前に、おいちは手燭《てしょく》を持ち、立ち上がった。

少し頭が重い。

「では、今夜のところはこれで。寝所《しんじょ》に引き取らせてもらいます」

「おいちさん。お顔の色が優《すぐ》れませんが、だいじょうぶですか」

「ええ、少し疲れただけです」

一礼し、部屋を出る。

ほっと息が吐けた。

頭の重さがひどくなる。動悸《どうき》までしてきた。

あら？

胸を押さえ、廊下の先に目を凝らす。

闇が溜《た》まっている。

そこで何かが動かなかったか。人の気配がしなかったか。

手燭を持ち上げてみたけれど、炎《ほのお》が僅かに揺れただけだった。

見張られていた？

それとも気のせい？

ああ、頭が重い。気分が悪い。

おいちは寝所に戻ると、すぐに帯を解《と》いた。

ふと思い、櫛《くし》を抜くと鏡台の前に置いた。風呂敷包みから新吉の簪を取り出し、それも並べる。とたんに、部屋の中が華やかになる。

ほんとうに美しい簪だ。

新吉さんの簪、挿してみようかな。

手を伸ばそうとしたとき、くらりと天井が回った。

え？　あ……、目が……回る。

目眩がする。くらくらと回り続ける。

おいちは必死で手燭の火を吹き消した。そのまま夜具の上に突《つ》っ伏《ぷ》す。覚えているのはそこまでだった。

暗くなる。全てが暗闇に呑み込まれていく。

いや、怖い。父さん、伯母さん……新吉さん、助けて。

助けて……。

母さん、母さん、どこ行った。

赤いきれいなべべ買いに
山の向こうに行きました。

唄《うた》が聞こえる。

澄んだ少女の声だ。

もうすぐお祭り、母さんは
赤いきれいなべべ買いに
おいちも子どものころ、よく口ずさんだ唄だ。友だちと歌いながら遊んだ。

赤いきれいなべべ買いに
おいちのべべ買いに

おいちのところが、おふねだったり、お松《まつ》だったり、それぞれが自分の名前に替えて歌うのだ。そして、顔を見合わせくすくすと笑った。

　もうすぐお祭り、母さんは
　赤いきれいなべべ買いに
お京のべべ買いに

お京さん？　お京さんが歌っている？

闇の向こうに鏡台が浮かび上がる。少女が座っていた。歌いながら、簪と櫛に触れている。

「いいなあ。いいなあ。きれいだなあ」

歌をやめ、少女が呟いた。

おいちは一足、一足、ゆっくりと少女に近づいた。驚かさないように。驚かさないように。

「ねえ、挿してみる」

静かに、声をかける。

少女が振り向いた。

見えてくるもの

一

「また、殺《や》られたって？」

松庵《しょうあん》は我知らず、腰を浮かせていた。

「さいでやす。また、女が殺されやした」

仙五朗《せんごろう》が、ほとんど唸《うな》るように答えた。

菖蒲長屋《しょうぶながや》の一軒、松庵の家に仙五朗がひょっこり顔を覗《のぞ》かせたのは、寸刻《すんこく》前だ。患者が途切《とぎ》れた午後の一刻《ひととき》だった。むろん、たまたまではない。松庵しかいないのを見計《みはか》らっての訪問だ。

仙五朗の面相《めんそう》を一目見て、松庵は眉《まゆ》を顰《ひそ》めた。

それとわかるほど窶《やつ》れている。目の下にくっきり隈《くま》ができ、頬《ほお》がこけていた。疲れ果てているようだ。

「親分、いったいどうしたんだ」

と、松庵が尋《たず》ねるより先に、仙五朗が口を開いた。

「先生、いけやせんや。もう一人、死人が出ちまいました」

死人が夜鷹《よたか》殺しの犠牲者であるとは、容易に察せられた。

つい、腰を浮かせ、生唾《なまつば》を呑《の》み込んでいた。

「今度は二ッ目之橋《ふたつめのはし》の近くで……。あっしの縄張《なわば》りのまん真ん中ってこってすよ、先生」

仙五朗の肩が心無しか落ちた。この老練《ろうれん》な岡《おか》っ引《ぴき》がここまで落胆《らくたん》の色を晒《さら》すのは、珍《めずら》しい。

「やはり、夜鷹か」

「へい。おこんという三十がらみの女で、あのあたりをシマにしている女の中では古株の方でやす。臆病《おくびょう》で用心深《ぶけ》え性質《たち》の女で、夜鷹殺しが続いていることを酷《ひど》く怖《こわ》がってやした。怖くて堪《たま》らない。早くなんとかしてくれと、あっしに縋《すが》ってきたぐれえです。お栄《えい》たち三人が殺されたこともむろん知ってやす」

「そんな女が、みすみす毒牙《どくが》にかかってしまったってわけか」

「へえ。おこんは勘《かん》もよくて、ちょっとでも危《あぶ》ねえと感じたら飛んでも逃げるはずなんでやすがねえ……」

「なのに、殺られた……」

「へえ。乳《ちち》のあたりから臍《へそ》の下まで斬《き》り裂《さ》かれて、竪川《たてかわ》に浮かんでおりやした。殺した後、投げ捨てたんでやしょうね」

「それは、また……」

松庵も唸っていた。

下手人《げしゅにん》は徐々にだが、大胆《だいたん》に、梟悪《きょうあく》になっていく。

「おこんには養《やしな》わなきゃあいけねえ子どもも、老親《ろうしん》もいやせんでした。己《おのれ》一人を養うだけでよかったんでやす」

「ふむ。つまり、怪《あや》しいと思いつつ、どうしても客の袖《そで》を引っ張らなくちゃならねえほど切羽《せっぱ》詰《つ》まっちゃいなかったはず……てわけか」

「へえ。子どもや病《やまい》の身内を抱《かか》えて、何があっても辻《つじ》に立たなくちゃならねえ女たちは、たんとおりやす。お栄もそうでやした。けど、おこんは違ってた。天涯孤独《てんがいこどく》な身の上だった分、気楽でもあったってわけでやす。最後にあっしが話をしたときには、小銭《こぜに》も貯《た》まっているし、下手人が捕《つか》まるまで商売は休みにしようかなんて真《ま》顔《がお》で言ってたぐれえなんで。むろんあっしは、そうしろ、できるならこのまま足を洗えって忠言《ちゆうげん》しやしたが……、些《いささ》か遅かったようで……」

ふっと閃《ひらめ》くものがあった。

仙五朗ににじり寄る。

「親分、それは、おこんって女が、下手人にあまり用心をしていなかったってことじゃないのか」

仙五朗はやや身を屈《かが》め、深くうなずいた。

「先生もそうお思いで。そうなんで、諸々《もろもろ》の事情から考えると、おこんは下手人に気を許していたとしか考えられねえんでやすよ。おこんの死顔《しにがお》も怖《おそ》ろしさに歪《ゆが》んでるって類《たぐい》じゃなくて……そうでやすね、あれは……吃驚《びっくり》したって、そんな風でやしたね。乳から腹まですっぱりやられてましたが、おこんとしちゃあ、わけのわからない内にあの世に送られたのかもしれやせん」

「てことは、やはり……。おこんは下手人を信用してたわけだ。目の前の男がわたしを殺すわけがないと」

「へえ……」

仙五朗が今度は、やや曖昧《あいまい》に首肯《しゆこう》した。松庵は勢い込んで続けた。

「じゃあ、下手人とおこんは顔馴染《かおなじ》みってことは十分、ありだよな。だからこそ、おこんも用心を疎《おろそ》かにした。てことは、おこんの周《まわ》りを洗えば下手人が見えてくるんじゃ」

松庵は口をつぐんだ。

言うまでもない。

仙五朗なら、とっくに思案《しあん》を巡《めぐ》らせ、手を打ったはずだ。闇《やみ》の中で蠢《うごめ》いていただけの夜鷹殺しの正体《しょうたい》に僅《わず》かでも光が当たった。〝剃刀《かみそり》の仙〟としては、獲物《えもの》の臭《にお》いを嗅《か》ぎあてた猟犬《りょうけん》よろしく逸《はや》り立っただろう。仙五朗が沈着《ちんちゃく》な性質《たち》であるとはよく承知している。その反面、人の命を殺《あや》めた者に対する仮借《かしゃく》ない憤《いきどお》りを滾《たぎ》らせていることも、松庵は知っているのだ。

「親分、手掛かりは摑《つか》めなかったのか」

「さっぱりでやす」

仙五朗はがりがりと首の後ろを搔《か》いた。

「あっしも先生と同じことを思いやした。やっと、下手人のしっぽを摑んだと。まあこう言っちゃあ、おこんに申し訳ねえが、喜び勇《いさ》んだわけなんで。すぐに手下《てか》を集めて、おこんの周りをとことん穿《ほじ》ってみやしたよ。馴染みの客は言うまでもなく、長屋の近所の者、ちょっとした顔見知り、長屋に出入りしていた棒手振《ぼてふ》りまで虱潰《しらみつぶ》しにあたりやしたよ。で、どうだったかというと、それこそ虱一匹出てきやせん。怪しげな野郎《やろう》も何人かはいたんでやすが、どいつも半端《はんぱ》なごろつきで、とうてい、何人もの女を殺せるような輩《やから》じゃねえんで」

「そうか……、何も出てこなかったのか」

「面目《めんぼく》ねえ話でさ。今夜あたりは夢枕《ゆめまくら》におこんが立って、さんざん怨《うら》み言《ごと》を並べそうな気がしやす」

「親分に非はないだろう。相手に摑みどころがなさ過ぎるんだ。そんなに自分を責めなくていいんじゃないか」

慰《なぐさ》め言葉を口にする。まさか、〝剃刀の仙〟を慰めることになろうとは思ってもいなかった。

「それがねえ、先生。手掛かりを摑めないどころか、身体《からだ》じゅうの力が抜けちまうような失計《しっけい》をやっちまったんで」

「失計？　親分がか？」

「あっしの手下の一人がでやす。すんでのところで、下手人らしき相手を取り逃がしたんで……」

「えっ」

叫《さけ》んでしまった。仙五朗が肩を窄《すぼ》める。

「夜鷹たちが商売する場所ってのは、だいたい決まってやす。助《すけ》っ人《と》まで借りて、本所《ほん》深川《じょふかがわ》でここはと思うところを、手下たちには夜《よ》っぴいて見回らせていやした。で、手下の一人、三介《さんすけ》って野郎なんですがね、そいつが竪川の土手《どて》を歩いている怪しいやつに気が付いて、後をつけようとしたんでやす。ところが、あっさり気付かれちまって……逃げられたってわけですよ。で、翌朝、おこんの死体が川に浮いていた」

ここで、仙五朗は唇《くちびる》の端《はし》を歪め、眉間《みけん》に皺《しわ》を寄せた。苦《にが》い思いが胸の内から滲《にじ》んだのだろう。

「三介ってのが助っ人で寄せ集めた半端野郎だったのが、つくづく惜《お》しまれやすよ。悔《く》やんでも悔やみきれやせん。まったく、千載一遇《せんざいいちぐう》の機会をみすみす逃《のが》しちまった」

身の内に湧《わ》いた苦味を拭《ぬぐ》うように、仙五朗は手の甲を唇に押し当てた。松庵は、もう一度膝《ひざ》を僅かに進めた。

「けど、その男が下手人だとは言い切れんだろう。夜鷹を買いに来る客なんざ、たいてい一人でぶらぶらしてるものじゃないのか」

「確かにそうなんでやすが、三介ってのは昔、吉原《よしわら》で幇間《たいこもち》をやってた男でね。吉原だろうが場末の切り見世《みせ》だろうが川土手だろうが、女を買いに来た男ってのは臭いでわかるってんです」

「臭い？　どんな？」

「三介に言わせれば、甘ったるくて生臭《なまぐさ》くて、小豆《あずき》の煮汁《にじる》に鰯《いわし》を突っ込んだらこんな臭いになるって代物《しろもの》だそうで」

　思わず鼻に手をやる。くしゃみが出そうになった。

「そいつからは、女を漁《あさ》る男の臭いはとんと漂《ただよ》ってこなかった。ただ白粉《おしろい》の匂《にお》いがしたそうです。女を漁ったわけでもないのに白粉が匂った。だから、怪しいと三介は睨《にら》んだんで」

「なかなか鼻が利《き》く手下だな」

「へえ。あっしも、そのおもしれえ鼻を買って助っ人に入れたんでやすが、役に立ったのは鼻だけでやした。人のつけ方も追いかけ方も、下《した》っ引《ぴき》としての心構えもまるでなっちゃいねえ。真っ暗な闇夜だ。相手の人相《にんそう》や姿形《すがたかたち》を見てねえのはしょうがねえ。けど、下手人かもしれねえやつを取り逃がしといて涼《すず》しい面《つら》をしてやがるんですぜ。どうにも腹立たしくて怒鳴《どな》りつけたら、どう言ったと思います」

「親分に怒鳴りつけられて言い返せるとは、度胸《どきょう》があるじゃないか」

「先生、からかわないでくだせえよ。三介のやつ下手人を見失って、あちこち捜し回っていたら、路地からひょっこり女が、しかも堅気《かたぎ》の女が出てきたんで『これこれこういうわけで怪しい男を追ってるところだ。このあたりを人殺しがうろついているかもしれねえ。それでなくとも夜道は物騒《ぶっそう》だから、早く帰んな』と忠告してやった。我ながら良《い》いことをしたと得意顔《とくいがお》で言いやがって。こちとら呆《あき》れて、怒鳴気も失《う》せやしたよ」

松庵は堪《こら》え切れず、吹き出してしまった。仙五朗は渋面《じゅうめん》をさらに深くする。

「笑い事じゃありやせんよ。まったく、だんだん手下の質が悪くなるようで、うんざりしまさあ」

「ははは。けど、親分。取り逃がしたとはいえ、今までちらりとも窺《うかが》えなかった下手人のしっぽなりとも見えたってわけだろう。一歩、進んだと思わなきゃあな」

「四半歩でやすね。ほんのちょっぴり、前に出たってとこでやす。けど、おっしゃる通りで事が少し動きやした。なんとしても五人目の女が殺されねえよう踏《ふ》ん張《ば》りやすよ。絶対に下手人をとっ捕まえてやりやす」

仙五朗は膝の上でこぶしを握《にぎ》った。

双眸《そうぼう》が熱を放つように、ぎらつく。さっきまで面《おもて》を覆《おお》っていた疲弊《ひへい》と落胆の霧《きり》が晴れていく。

松庵は僅かに肩を竦《すく》めた。

「どうやら、親分は隠し手の一つ、二つ持っているようだな」

「へ？」

「とぼけなさんな。長い付き合いだ。親分が手下の愚痴《ぐち》を零《こぼ》すためだけに、おれんとこに顔を出すなんて思っちゃいないよ。で、使えない手下にうんざりしてるだけとも、正体不明の下手人に振り回されて右往左往《うおうさおう》しているだけとも思えない。三介って手下の話から何かを摑んだんじゃないのか」

　今度は、仙五朗が肩を窄めた。

「先生、年々、お頭《つむ》が鋭《するど》くなってんじゃねえですかい」

「年々、巡りは悪くなってるな。けど、まあ、今日は当たりかい？」

「当たりやしたね。実は、もしかしたらって思いが浮かんできやしてね……。もしかしたら、あっしは方向違えの思案《ちげ》をしてたんじゃねえか、ってね」

「方向違い？　どういうことだ？」

　身を乗り出す。仙五朗が顔を覗かせる前まで使っていた薬研《やげん》が、膝にあたりゴッリと鈍《にぶ》い音を立てた。

「女、でやすよ」

「女……」

「あっしは、ずっと夜鷹殺しの下手人が男だと決めつけていやした。けど、もし、女が女を殺ったのだとしたら……」

「女が下手人、まさか」

　身を起こす。強く、かぶりを振る。

「ありえやせんかね」

仙五朗は両手を膝に置き、松庵の顔を覗き込んできた。

「実は、今日、おじゃました用件の一つはそれなんで。いや、ちょっとばかり愚痴を聞いてもらいてえって甘えもありやしたけどね。先生、どうでしょう。この殺し、女にできるもんですかね」

どうだろうか。

腕を組み考える。

仙五朗は視線を漂わせながら、ぼそぼそとしゃべり続けていた。松庵にというより、己自身に語っているようだ。

「おこんの周りの男をいくら探っても、何も出てこねえ。けど、あの用心深《ぶけ》えおこんが、お栄が殺されて間もないころに、まったく見知らぬ客を引っ張り込むとは考えられねえんで。あの夜、おこんが二ッ目之橋の近くに立っていたのも、顔馴染みの客との約束ができていたからでやした。おそらく、おこんはその男相手にさっさと商売をして、引き上げるつもりだったんでしょうよ。むろん、その客の男にもあたりやした。おこんと一勝負した後、風鈴蕎麦《ふうりんそば》の屋台で一杯ひっかけて真《ま》っ直《す》ぐに家に帰ったと言いやした。どうも嘘《うそ》じゃねえようで、蕎麦屋の親仁《おやじ》からも男の女房からも話を聞きやしたが、不審な点は一つもありやせんでしたからね。まあ、女房は、亭主の夜鷹買いを腹に据《す》えかねている風でしたが、そんなこたあ知ったこっちゃねえです。でね、先生、あっしはどうにも腑《ふ》に落ちなかったんでやすよ。おこんはなんでこうもあっさり殺られたんだと……。ここまで調べて、なんで何も出てこねえんだと。で、思ったんでやす。男ばかりをつついているからじゃないのかって。下手人が女なら、おこんだって油断しますさあ。いくら男を探っても手掛かりが摑めねえのも当たり前でやす。それに三介の嗅いだ白粉の匂いってのも、女に結び付きやしませんか」

視線を松庵に戻し、仙五朗は短く息を吐《は》いた。

「じゃあ親分は、手下が出会った女が怪しいと睨《み》んでいるのか」

仙五朗は否《いな》むでも首肯するでもなく、松庵を見詰めていた。

「なんとも言えやせんよ。女が下手人なんて突拍子《とっぴょうし》もねえとも思いながら、一方で、女なら幾《いく》つもの辻褄《つじつま》が合うようにも思いやす。あっしは、いや、この事件に関《かか》わった誰もが下手人は男と決めてかかっていた。女の姿を見ても疑う者はいねえでしょう。三介だって、路地から出てきたのが男だったら、その場で引っ捕まえて、自身番《じしんばん》まで引《ひ》き摺《ず》ってきたはずでやす」

「なるほど、女か……」

「先生、ありえやせんかねえ」

「うーん、刃物《はもの》で人の身体を斬り裂く……そんな荒業《あらわざ》が女にできるか……。親分、その女ってのはかなりの大柄《おおがら》だったのか」

刃物の扱いに慣《な》れていて、それなりの力があれば、女でも絶対に無理だとは言い切れない。

松庵はそう考えた。

仙五朗の口元が歪む。

「三介が言うに、女にしては大柄だったそうでやす。しかも、小股《こまた》が切れ上がったいい女だったそうです。御高祖頭巾《おこそずきん》を被《かぶ》っていたので顔は確《しか》とは見えなかったが、かなりのいい女に間違いないと……」

「小股が切れ上がったいい女か……。よほどの遣《つか》い手ならありえなくもないが……」

我ながら歯切れの悪い物言《ものい》いだ。

女が夜鷹を殺して回る。

どうにも考え難《にく》い。むろん、男であっても常軌《じょうき》を逸《いっ》した所業《しょぎょう》ではあるのだが、しかし、女が女を殺して回るとは……。そんな話を、松庵はこれまで一度も耳にした覚えがない。一方、覚えがないからといって、現《うつつ》に起きない証《あかし》はないのだとも迷う。

「親分、すまん。おれにはなんとも言えん。言えるのは、この殺しが四人で収まるとは思えないって、それだけだ」

「で、やすね。今度は男とか女とか分けては考えやせん。網《あみ》の目を細かくして、追ってみやすよ」

「今のところ、それしか手はないだろうな」

一息吐《つ》く。ひどく喉《のど》が渇《かわ》いていると気が付いた。

「おーい、おかつ。すまんが、茶をいれてくれ」

竈《かまど》の前で転寝《うたたね》をしていたおかつが、びくんと身体を揺《ゆ》らせた。揺らせたきり、また、舟を漕《こ》ぎ始めた。

おかつはよく働いてくれる。慣れない医者の仕事の手助けに、疲れ切っているのだろう。

自分で茶の用意をしようと立ち上がった松庵を、仙五朗が止めた。

「先生、茶はけっこうでやす。すぐにお暇《いとま》しやすんで。それより、ここに来たわけがもう一つ、ありやして」

腰を下ろす。

仙五朗は懐《ふところ》から、折り畳《たた》まれた半切紙《はんきりがみ》を取り出した。

「おいちさんからの文《ふみ》でやす」

「おいちから？　おいちが、親分に文を寄越《よこ》したのか」

「へえ、先刻、新吉《しんきち》が届けに来やした」

「おいちのやつ、親より先に親分に文を書くとは、娘の料簡《りょうけん》を取り違えているな」

冗談《じょうだん》を口にする。仙五朗はにこりともしなかった。

「読んでみてくだせえ。あっしが目を通した後は先生に見せるようにと、おいちさんからの言伝《ことづて》もござんした」

「うむ……」

文を広げていく。

闊達《かったつ》な筆跡が目に飛び込んできた。文字に釣《つ》られるように、娘の屈託《くったく》のない笑顔が浮かぶ。

おい、おいち。どうしているんだ。

墨《すみ》の香りが僅かに匂い立つ。

おまえがいなくて、淋《さび》しいぞ。どうやら、おれはずい分とおまえに慰められ、支えられていたらしいな。

文を読み進める。

娘への甘やかな情が消えていく。指が紙の端を強く握り込んだ。

これは……。

指先にさらに力がこもる。文が微《かす》かに震《ふる》えた。

少女が振り向く。

大きく目を見開いていた。

「驚かした？　ごめんね」

少女と目を合わせたまま、おいちは微笑《ほほえ》んだ。作り笑いではない。巧《たく》まずして笑ってしまった。

つい、微笑んでしまう。

少女はそれほどに愛らしかった。

丸い頬、黒眸《くろめ》がちの形の良い目、ぽってりした小さな唇。思わず、抱き締めたくなる。

「簪《かんざし》、つけてあげる」

おいちはぴらぴらを手に取り、少女の髷《まげ》にそっと挿《さ》した。少女は僅かに身を縮《ちぢ》めたが、動こうとはしなかった。おいちを払いのけようとも、逃げ出そうともしなかった。

「ほら、とってもきれいでしょ」

少女が鏡を覗き込む。

稚児髷《ちごまげ》に、新吉のぴらぴらは少し大き過ぎた。先が少女の頬にあたる。その頬が上気《じょうき》した。

「きれい。ほんとにぴらぴらしてる」

声音《こわね》も弾《はず》む。

「櫛《くし》も挿してみる？　お京《きょう》ちゃん」

少女がおいちを見上げ、二度、三度、瞬《まばた》きをした。

「おねえちゃん、あたしが見えるの？」

「もちろん」

「あたしの声が聞こえる？」

「ええ。ちゃんと聞こえてるよ」

「あたしの名前、知ってるの？」

うなずいてみせる。

お京の目がさらに見開かれた。

「どうして、どうして、おねえちゃんにはあたしが見えるの？　あたしの言うことがわかるの？　どうして、ねえ、どうして」

お京の顔の横でぴらぴらが揺れる。

夭折《ようせつ》しなければ、さぞかし美しい女人《にょにん》となっていただろう。豪奢《ごうしゃ》な簪が映《は》える佳《か》人《じん》に育っていたはずだ。

痛ましい思いが渦巻《うずま》く。

死は誰にとっても等しく訪れる。生まれてくる赤ん坊が全《すべ》て喜びで迎え入れられるとは限らない。同じように、人の臨終《りんじゅう》はどれもが嘆《なげ》きに彩《いろど》られてはいない。死が救いになることも、稀《まれ》にだがあるのだ。けれど、幼い者の死はどれも痛ましい。どんな男になれたのか、どんな女になれたのか、どんな大人になったのか、生きてさえいれば。

　僅かな年月で断ち切られた生に不憫《ふびん》が募《つの》り、募り、胸が痛む。

「おねえちゃん、泣いてるの？」

「え？　あ……ううん、泣いてなんかいないよ」

「うそ。泣いてるよ。涙が出てる。どうして泣くの？」

「それは……。お京ちゃんがあんまり、可愛《かわい》いからかな」

「可愛いと泣くの？」

「そうだね。どうしてだか涙が出てきて……ごめんね。さ、櫛を挿してあげる」

　お京は素直においちに身体を向けた。

　簪を抜き、紅《あか》い櫛を髷の根元に挿し込む。

「うわっ。とっても可愛いよ」

　紅色の櫛はお京によく似合った。ぴらぴらのように不釣り合いではなく、ぴたりと収まっている。

「お京ちゃんのために、拵《こしら》えたみたいだね」

お京はさらに頬を紅潮《こうちょう》させた。嬉《うれ》しげに笑う。

「この櫛、お京ちゃんにあげる」

「えっ？」

お京の口が丸く開いた。

「ほんとに、ほんとにくれるの？」

「うん。あげる。お京ちゃんなら大切にしてくれるでしょ」

櫛は女を災厄《さいやく》から守る。

守り神として、紅い小さな櫛でお京の髪を飾ってほしい。

〈いいでしょ、伯母《おば》さん〉

おうたに語り掛ける。

――もう、しょうがない娘《こ》だねえ。どこまで人が好《い》いのさ。ふん、一度はおまえにやった物だからね。おまえの好きにするがいいさ。

目の前におうたがいれば、必ずそう言ってくれるはずだ。

「ありがとう、おねえちゃん。嬉しい」

「そう、よかった。お京ちゃんが喜んでくれて、あたしも嬉しい」

お京の艶《つや》やかな髪をそっと撫《な》でる。

「おねえちゃん」

「なあに」

「おねえちゃんて、おっかさん？」

「えっ、おっかさん……」

「うん。おっかさんて優《やさ》しくて、きれいなんでしょ。おねえちゃんは、誰かのおっかさんなの」

「え、いや、それはまだ……」

もう十八だ。母親になっていても、おかしくない。おかしくないどころか、十八歳の母親なんてごろごろいる。独《ひと》り身《み》のおいちの方がむしろ、世間一般から外《はず》れぎみなのだ。

――わかっているなら、さっさと嫁にいきな。嫁にいって、母親になって、あたしに赤ん坊を抱っこさせておくれよ。

おうたの声がわんわん響《ひび》いてきた。

聞こえてない、聞こえてない。なんにも、聞こえてません。

「おっかさんじゃないの」

「うん。残念だけど、おっかさんにはなってないな」

お京がため息を吐いた。眼つきが翳《かげ》る。

「あたし、おっかさんのところに行きたいの」

おいちは息を呑み込んだ。

お京の母は彼岸《ひがん》にいる。お京は、この世を離れ、母親の許《もと》に行きたいと望んでいるのだ。

それは、お京の魂《たましい》が成仏《じょうぶつ》することなのか。

「あたし、おっかさんのことなんにも知らないけど……。でも、ときどき、呼ぶ声が聞こえるんだ。『お京、おっかさんのところにおいで』って……」

「そう。だけど、お京ちゃんは、まだ、ここにいるのね」

「わかんないの」

ふいに、お京の目に涙が盛り上がった。

白い頰を涙が滑《すべ》り落ちる。

おいちは指先で、そっと拭ってやった。

「どうしたらおっかさんのところに行けるか、わかんないの。おっかさんは、ふわっと浮くんだよって言うけど、あたし……身体が重くて、重石《おもし》を付けられてるみたいで……ふわっとしないの」

涙が次から次へと湧《わ》き上がり、零《こぼ》れていく。

お京がしゃくりあげる。

「重いの……、ふわっとしないの……。おっかさんのところに行きたいのに、駄目《だめ》なの……」

「お京ちゃん」

少女を抱き寄せていた。

愛《いと》しさと憐憫《れんびん》が胸を焦《こ》がす。いや、焦がしているのは炎《ほのお》だ。怒《いか》りが炎となり、燃え立つ。

こんな小さな少女に涙を流させるものに、苦しめるものに、熱《あつ》く焦げる怒りを覚えるのだ。

「お京ちゃん、もう少し待って。あたしが必ず、おっかさんのところに連れていってあげる。ううん、お京ちゃんが一人で行けるようにしてあげるからね」

「おねえちゃんが……」

「うん。おっかさんが待ってるところに行けるように、ふわりと浮かべるようにしてあげるから」

重石を取り除いてあげる。お京ちゃんを、無理やりこの世に繋《つな》ぎ止めている鎖《くさり》を解《ほど》いてあげる。

あたしが、この少女を解《と》き放つのだ。

「ほんとに、ほんとに、おねえちゃん、ほんとに……」

「ほんとだよ。あたしは、そのためにここに来たんだから」

言葉にして、少し驚《おどろ》いた。それまで、考えてもいなかったことだ。けれど、躊躇《ためら》わなかった。迷わなかった。確かにそうだと、己の言葉を信じることができた。

そう、あたしはそのためにここに来た。

「待ってる。おねえちゃん、待ってる……」

お京の姿が朧《おぼろ》になる。声が遠ざかる。

とっさに伸ばした指の先は既《すで》に漆黒《しっこく》の闇に閉ざされていた。

お京ちゃん……、待ってて。必ず、あたしが……必ず……。


「おいちさん、おいちさん」

呼んでいる。誰かが、おいちを呼んでいる。

お京ではない。もっと、掠《かす》れて低い。

大人の女の声だ。

「おいちさん、目を覚《さ》ましてください。起きてくださいよ」

声に哀願《あいがん》の響きがこもる。

「う……うん……」

頭は目覚《めざ》めようとしているのに、身体がついてこない。それこそ重くて、思うように動かせない。身体の中に鉛《なまり》を埋《う》め込まれているみたいだ。

おいちは必死に瞼《まぶた》を開けた。

周りがうっすらと白い。夜が明け始めていると気が付くのに、少し時が要《い》った。喉が異様に渇いている。

ゆっくりと息をすると、早朝の凍《い》てつく気が、胸の底まで染《し》みてきた。凍《こご》える。でも、そのおかげで身体の重さが徐々に薄《うす》らいでいく。

「……お久《ひさ》さん……」

お久のいかつい顔が目の前に見えた。ひどく慌《あわ》てた様子だ。

「おいちさん、起きてください。旦那《だんな》さまが、旦那さまが……」

「庄之助《しょうのすけ》さんが……どうかしま……した」

「くっ、首を吊《つ》ろうと」

「ええっ！」

飛び起きる。とたん、目眩《めまい》がした。膝をつく。喉が渇くはずだ。びっしょりと汗をかいていた。

「おいちさん、だいじょうぶですか」

お久が抱え起こしてくれた。がっしりとした、いかにも頼りになりそうな腕だ。

「だいじょうぶです。それより、まさか庄之助さんは、し、死んだりは」

お久が大きな身体を震わせた。

「首を吊ろうとなさって……。あたしがなんとかお止めしたのですが、喉のところに紐《ひも》がひっかかって、気を失われたようで……。おいちさん、早く、旦那さまのところへ、お願いします」

「わかりました」

薬箱《くすりばこ》を抱え、庄之助の部屋まで走る。

小僧《こぞう》たちが起きる時刻なのか、店《たな》の方から人声《じんせい》が伝わってくる。しかし、『いさご屋』の奥はまだ静まり返って、眠りの中に浸《つ》かっていた。誰も異変に気が付いていないのだ。

「庄之助さん」

障子戸《しょうじど》を開ける。

庄之助は夜具《やぐ》に横たわっていた。一見、静かに眠っているようだ。しかし、近づくと息は荒く、首に赤い条痕《じょうこん》がついていた。

「庄之助さん、庄之助さん、聞こえますか」

耳元で名前を呼ぶ。さっきお久がおいちにしたように、だ。

「いちです。わかりますね」

語りかけながら脈を測《はか》る。気息《きそく》の様子を探る。

どちらにも乱れはなかった。

紐の痕《あと》も薄《うっす》ら付いているだけだ。骨や筋《すじ》は傷《いた》めてないだろう。

「……おいちさん」

庄之助が身じろぎした。

「庄之助さん、気が付きましたか。どこか痛むところがありますか」

「おいちさん、また……また……」

庄之助の右手がゆっくりと夜具から出てくる。

おいちは喉元までせり上がってきた叫びを、なんとか抑《おさ》え込んだ。

庄之助の手は血に塗《まみ》れていた。血がこびりついている。既に乾いて変色していた。

「庄之助さん、これは……」

「昨夜、おいちさんが引き上げられた後、急に目眩《めまい》を覚えて……、そのまま……あの眠りに……」

目眩？　あたしと同じだ。

「明け方、目が覚めたら……こんなになっていました。これは、人の血です。誰の血かはわからない。わたしの血でないことだけは、確かです。おいちさん、またですよ。また、血が……。どこかで、また、女が殺されたんだ。殺したのは、殺したのは……」

「庄之助さん、落ち着いて。きゃっ」

今度は小さく悲鳴をあげてしまった。庄之助の血塗れの手が、おいちの腕を摑んだのだ。

怖ろしいほどの力だった。この優男《やさおとこ》のどこにこれだけの力が潜《ひそ》んでいたのか。

「痛い。庄之助さん、放して。腕が折れる」

「おいちさん、あなた昨夜、言いましたね。下手人はわたしではないと。はっきり言ってくれましたね」

「言いました。真《まこと》のことです。庄之助さん、手を放して」

「それなら、それなら、この血はなんです。わたしがほんとうに人を殺していないなら、その証を見せてください。確かな証を……」

庄之助は、夜具に突《つ》っ伏《ぷ》して呻《うめ》き声を漏《も》らした。

「もう、耐《た》えられない……。こんな、こんなことが続けば、気がふれてしまう。こんな思いをするくらいなら、ひと思いに死んだ方がましだ。ひと思いに……」

「それで首を吊ろうとしたのですか」

腕をさすりながら、おいちは己に言い聞かせていた。

落ち着け、落ち着け。闘《たたか》いはまだ、始まったばかりだ、と。

「死ねば楽になると思ったのですか、庄之助さん」

「逃げたかったのです。こんな、おぞましい日々から逃げ出したかったのです。死ぬことが一番近道のように思えて……」

「弱虫《よわむし》」

庄之助の頬を力まかせに打っていた。手のひらがじんと痺《しび》れた。

「あたしは医者です。命を粗末《そまつ》にするような人は許しません。庄之助さん、他人《ひと》を殺すのも己を殺すのも、同じくらい罪深いんです。お京さんのことを考えなさい。生きたくても生きられなかった人たちのことをちょっとは考えてみなさいな」

――まあ、おいち。女の分際《ぶんざい》で男に手を上げるなんて。ああ、なんて嘆かわしい。情けない。

おうたがいたら、頭を抱えて嘆くだろう。

知ったこっちゃない。

「弱虫。闘おうともしないで死に逃げるなんて、弱過ぎます」

庄之助が項垂《うなだ》れる。

庭で雀《すずめ》が囀《さえず》る。朝の光が障子を白く照らし出す。凍《い》てつく空気が身に染みる。

「まもなく決着がつきます」

おいちの一言に、庄之助の顔が上がる。

「決着をつけるんですよ。庄之助さん」

おいちは庄之助の目を見詰めたまま、低く告げた。

二

おいちの文を読み終わり、松庵は深く息を吐いていた。額《ひたい》に汗が滲《にじ》んでいる。火《ひ》鉢《ばち》が欠かせない時季であるのに。

剣呑《けんのん》だ。あまりに剣呑な場所においちはいる。

やるんじゃなかった。父親として、『いさご屋』に行くのを止めるべきだったんだ。それなのに、おれはあっさり許してしまった。娘をみすみす、魑魅魍魎《ちみもうりょう》の蠢《うごめ》く世界に送り出したんだ。

目を閉じる。

瞼《まぶた》の裏に浮かんだのは、おいちではなく亡《な》き妻、お里《さと》の顔だった。

――あなた、おいちのこと、頼みます。どうかお頼みします。

死の迫った床《とこ》で、お里は幼い娘の行く末だけを案じていた。そして、必死で松庵に縋《すが》ったのだ。既に指先は冷えて、生者《せいじゃ》の温《ぬく》もりを失いかけていた。

――だいじょうぶだ。おいちはおれが守る。何があっても守ってみせる。

冷たい指を握り、お里に誓った。

そのとき、お里は微笑んだ。頬に僅かだが血の色が上《のぼ》り、眸《ひとみ》が煌《きら》めいた。

安堵《あんど》したのだ。

死の間際《まぎわ》にお里は、安堵の笑《え》みを遺《のこ》した。

堅《かた》く誓ったのに、お里に約束したのに、おれはおいちをとんでもない危地にやって、のうのうとしていた。

立ち上がる。

動悸《どうき》がする。心《しん》の臓《ぞう》の鼓動《こどう》が響いてくる。

おいち、無事でいてくれ。早まった真似《まね》だけはしてくれるな。

「先生、あっしが行きやす」

落ち着いた低い声が聞こえた。

仙五朗が口を結《むす》び、見上げている。

「あっしが『いさご屋』に行きやすよ」

「しかし、親分……」

「先生がいなくちゃ、困る患者がたんとおりやす。それを忘れねえこと。おいちさんなら必ずそう言うと思いやすがね」

ゆっくりと腰を上げ、仙五朗は松庵の眼《まなこ》を覗き込んだ。

「それに、これはあっしの仕事なんで。どうか、お任《まか》せくだせえ」

そうだ、おれには患者がいる。ここを離れるわけにはいかない。しかし、おれは父親だ。医者である前に、父親だ。

「でえじょうぶでやすよ。先生、あっしを信じてくだせえ。あっしが、おいちさんには指一本、触れさせやしやせん。相手が誰であってもね。それに『いさご屋』には新吉たちがいる。おいちさんは、今でも一人じゃありやせんから」

仙五朗の深く豊かな声音を聞いていると、渦巻いていた不安や恐れが次第に引いていった。

「親分……頼む」

頭を下げる。

仙五朗は、いやいやをするように頭を振った。

「先生、あっしにそんな真似はしねえでくだせえ。おいちさんの文で、少しだけ光が見えた気がするんです。『いさご屋』の若旦那、いや、旦那が下手人かどうかは別にして、夜鷹殺しとなんらかの繋がりがあるのは確かなようで。旦那の周りを嗅ぎ回ってみれば、獲物の臭いに突き当たるかもしれねえって、ね」

「確かにな。庄之助さんの話は単なる妄想《もうそう》だけじゃないようだ」

「おいちさんの文によると、手のひらにべったり血糊《ちのり》がついていたってこってすからね。妄想じゃ血はつきやせん。ただ、この件は一筋縄《ひとすじなわ》ではいかねえ。さっきお話しした下手人が女って線も捨てるわけにはいきやせんし、旦那がどう関わってくるのか藪《やぶ》の中でやす。これから、じっくり炙《あぶ》り出すつもりです。そういうとき、おいちさんが傍《そば》にいてくれるのは、まことに心強いんで」

「おいちが頼りになるって？」

「へえ。間抜けな手下《てか》の百人分よりずっと頼りになりやすよ」

それは、おいちのあのちょっと不思議《ふしぎ》な力のことだろうか。

「おいちさんは澄《す》んだ水面《みなも》のようでやす」

仙五朗が視線を少しだけ漂わせた。

「おいちさんといると、目では見えない相手の姿が徐々に映《うつ》し出されていく。そんな気がするんですよ。少なくとも、あっしはおいちさんのおかげで、人の真実《まこと》の姿に気が付いた、気が付けたことが何度もありやした。あんな可愛い娘さんに、この古狸《ふるだぬき》が頼っちまうんです。そういう力をおいちさんは持ってる。大した《てえ》お方ですよ。こう言っちゃあ先生に渋《しぶ》い顔をされるでしょうが、あっしは時折《ときおり》、おいちさんを相棒《あいぼう》みてえに考えてるときがあるんですよ。この事件、おいちさんにはどう見えるんだ。おいちさんならどう思案《しあん》するんだなんて、つい、考えちまってね」

仙五朗が静かに笑む。

「先生、でえじょうぶでやす。大事な相棒だ。誰にも傷つけさせたりはしやせん」

そう言い切った仙五朗の面《おもて》からは、おこん殺しを告げたときの窶《やつ》れも焦燥《しょうそう》も消え失せていた。

松庵は低頭《ていとう》する代わりに、黙《だま》ってうなずく。老獪《ろうかい》な岡っ引の一言一言が胸に染みた。仙五朗は娘のように、孫のように、おいちを慈《いつく》しんでくれている。

「先生、おいちさんが託《ことづ》けてくれたのは文だけじゃねえ。これも」

白い包みが仙五朗から渡された。

「これは、茶葉《ちゃば》だな」

「へい。『いさご屋』の旦那がいつも使っている茶葉だそうです。おいちさんは、茶を飲んだとき苦味《にがみ》を感じたと文にもありやしたが、それで、もしや茶葉の中に……」

「毒を仕込まれたのではないかと疑っているわけだな」

「へぇ。先生、毒が混ざっているかどうか、わかりやすかね」

「それは、わかるだろうな。しかし、毒と一口で言っても様々だ。石見銀山《いわみぎんざん》、烏頭《うず》(トリカブト)、蝮《まむし》……。数多《あまた》ある毒薬のどれが使われたか見当をつけるのは、ちょいとおれの手に余るな」

「そこまで詳《くわ》しくなくてよござんす。その茶葉に毒が仕込まれていたかどうか、そこさえわかりゃあいいんで」

「わかった。早急に調べてみる」

「お願《ねげ》えしやす。じゃあ、あっしはこれで。『いさご屋』の件については、逐一《ちくいち》、連絡をしやす」

そう言いおいて、仙五朗が去っていった後、松庵は遅まきながら二つのことに思い至った。

一つは、仙五朗は夜鷹殺しの件に行き詰まって相談に来たわけではなく、茶葉の鑑定を頼むためだけでもなく、おいちの文を読んで松庵が取り乱すのを見越したうえで「でえじょうぶでやす」の一言を告げに来たのだということ。

もう一つは、『いさご屋』には新吉たちもいると言ったこと。新吉がいるではなく、新吉たちと。

新吉の他に誰か手下が潜《もぐ》り込んでいるわけか。

不安や心配が全て払拭《ふっしょく》されたわけではない。それでも、松庵の胸内《むねうち》は凪《な》ぎ始めていた。

仙五朗は稀代《きたい》の岡っ引だ。人の世の闇も光も、裏も表も知り抜いている。そういう男がおいちの安全を請《う》け合ってくれた。慌てることはないだろう。

「先生、患者さんが外で待ってますけど」

おかつが真新しい晒《さら》しを抱えて入ってくる。

「おっと、いけない。ぼんやりしてる暇《ひま》はないな。患者を呼び入れてくれ」

「はい」

患者が入ってくる。

おいちへの想《おも》いをひとまず脇《わき》にやり、松庵は医者としての仕事に向かい合った。


目の前に新吉が座っている。口元をきつく結び、ときどき、睨《ね》めるようにおいちを見てくる。おいちが頼み込み、住み処とした裏の離れ、かつてお京の部屋だった場所でのことだ。

庄之助は床に臥《ふ》したまま起き上がれないでいる。その診察を終え、おいちが部屋に戻るのを待っていたのか、新吉は急《せ》いた足取りで入ってきた。そのわりに、何を伝えるでも、告げるでもなく、ぶすりと押し黙ったまま座っていた。かれこれ、四半刻《はんとき》(三十分)になる。

「新吉さん」

「なんです」

「なんで、そんなに怖い顔をしてるの」

「怖い顔? そうですかね。生まれつき、こういう顔でやすけど」

「嘘おっしゃい。普段はもうちょっと柔《やわ》らかい顔つきをしてるわよ。ねえ、あたしに怒《おこ》ってるの？」

「おれが、なんでおいちさんに腹を立てなきゃならねえんです。おいちさん、何かおれを怒らすような真似をしたんですかね。心当たりがあるなら、聞かせてほしいもんだ」

おいちは顎《あご》を引き、新吉の仏頂面《ぶっちょうづら》を眺《なが》める。

「ほら、それよ。そんな木で鼻を括《くく》ったような物言い。怒ってる証《あかし》じゃない。新吉さん、もしかして、あたしが仙五朗親分への文の使いを頼んだの、あれ、気に障《さわ》った？」

新吉の下唇が心持ち突き出た。拗《す》ねた子どもの顔つきだ。

「反対ですよ」

「反対？」

「そうです。おいちさんはどうしてもう少し、おれを頼っちゃあくれねえんです」

拗ねた子どもの顔つきのまま、新吉が言う。

「え、頼るって？」

首を傾《かし》げると、新吉の渋面はますます強くなった。眉間の皺がはっきりと見て取れる。

「おれはね、おいちさん、仙五朗親分からおいちさんのことを頼まれて、この店に住み込もうって決めたんでやす」

おいちを眼差《まなざ》しで制して、新吉は言葉を続けた。

「いや、ちょっと待っておくんなさい。順を追って説明しやす。『いさご屋』の旦那から声をかけていただいたのは、ちょいと前のことになりやす。あっしの簪《かんざし》に目を留《と》めて、『いさご屋』で商《あきな》いたいと。できるなら、抱え職人にと誘ってもいただきやした」

返事の代わりに、おいちは深く首肯した。まだ若い新吉の腕のほどを見抜いたのはさすがと、庄之助を褒《ほ》めたいところだが、商人としての眼力《がんりき》をある程度具《そな》えた者なら、洞見《どうけん》するのはさほど難しくはないはずだ。むしろ、見抜いてすぐ、抱え職人の話を持ち掛けた庄之助の決断に感心する。

風の中の葦《あし》のように危なげで弱々しい庄之助の中に、決意し、即、動く強靭《きょうじん》な心があったのかと驚きもした。

新吉がすっと目を伏《ふ》せた。

「それはそれで嬉しくも得意でもありやしたが、正直、躊躇《ためら》う気持ちの方が強かったんで。いえ、旦那の示してくれた条件に不満があったわけじゃねえんで。むしろ、おれのような駆《か》け出しの職人にはもったいねえようなお話でやした。おれが躊躇ったのは、そんなに自分を甘やかしていいのかって思ったからなんで……。おれはまだまだ半端な職人でやす。そこを『いさご屋』の大旦那には見透《みす》かされちまいました。今までは己の技《わざ》を磨《みが》くことに必死だったけれど、これからは人のことを考える余裕を身につけなければと、あのとき、つくづく感じたんでやす」

人のことを考える。それは簪や櫛《くし》が女を彩《いろど》り、飾る品であると肝《きも》に銘じること、どんな小さな細《ささ》やかな簪にも櫛にも、それを挿す者への想いを忘れぬことへ繋がっていく。

腕と心意気を確かに持った職人になりたい。

新吉はそう告げている。

おいちは、背筋《せすじ》を伸ばした。

お京の笑顔が、唐突《とうとつ》に浮かんでくる。

新吉のぴらぴらを挿したときの顔だ。上気した頬が美しかった。職人の矜持《きょうじ》と生き方を注《そそ》がれた品は、人の心に届く。既に亡く、この世に迷う者の心にまで届くのだ。

「あ、いや、すいやせん。おれのことなんてどうでもよござんすね。つまり、その、おれはいさご屋さんの話をお断りする気でいやした。でも……」

「仙五朗親分に頼まれたんですね。あたしが『いさご屋』に逗留《とうりゅう》することになりそうだから、中に入って見守ってくれと」

「その通りで……」

「それで、新吉さんは意に反して、『いさご屋』のお抱え職人になると決めた」

「あ、いや、意に反してなんて……。その、さっき言った通り、旦那は破格の条件で雇《やと》ってくれやしたし、それに、その、一年と期を区切ってもくだせえやした。ですから、おれは別に無理をしたわけじゃちっともねえんで……」

新吉がしどろもどろになる。

ああ無理をしたのだなと、おいちは覚《さと》った。

自分の思い定めた道を外れることが、新吉のような真っ直ぐな気性《きしょう》の者にとってどれほど苦痛か察せないほど鈍くはない。ここまで育ててくれた親方や兄弟子《あにでし》への義理も配慮もあっただろう。お抱え職人になれば、暮らしの心配はなくなる。一家を構えるまでいかない職人からすれば垂涎《すいぜん》の的《まと》ともいえる立場だ。それをやすやすと射止《いと》めた新吉に対する風当たりは相当強いのではないか。

仙五朗がそれを察せられぬわけがない。わかったうえで、おいちのために頼んだのだ。新吉も、全てを呑み込んで『いさご屋』に入ってくれた。

あたしのために……。

「いや、話が余計《よけい》な方向にいっちまいやした」

おいちの顔色を窺い、新吉が手を左右に振った。

「えっと、ですから、つまり……おれは、おいちさんを守りてえって心底《しんそこ》思って……思っていて……。えっと、それは、まあ、親分に頼まれたからとか、そういうのじゃ……ねえんで。あの、おいちさんの身に何かあったら……と、とんでもねえって」

「ありがとうございます」

指を突き、頭を下げる。

儀礼や芝居《しばい》ではない。本気の辞儀だった。

ありがたいと思う。

そこまでこの身を案じてくれる新吉の心根《こころね》がありがたい。

新吉が息を吸い込んだ。「ひえっ」と小さく叫んだようでもあった。

「お、おいちさん、ち、違うんで。おれはおいちさんに礼なんぞ言ってもらえるようなこと、何ひとつしちゃあいねえんで。つまり、その、だから……おれの気負いだけが空回《からまわ》りしてて、それが情けなくて、つい……その、おれを頼れなんて口幅《くちはば》ってえこと言っちまって。堪忍《かんにん》してくだせえ。だけど、その、おれが傍にいながら、おいちさんを守れなかったとあっちゃあ、面目《めんぼく》が立たねえし……」

膝の上でこぶしを握り、新吉はおいちを見詰めてきた。

「いや、有体《ありてい》に言っちまって、おれの面目なんてどうでもいいんで。おいちさんにもしものことがあったら……って考えただけで、居《い》ても立ってもいられなくなっちまって……。おいちさん、おれは、おれなりにおいちさんを守りてえんで。ただ、それだけなんで」

「新吉さん……」

新吉の喉元が上下に動く。唾を呑み込んだのだ。こぶしがさらに固く握られた。

「おいちさんが毒を盛られたって聞いたとき、おれは頭の中が真っ白になりやした」

「え？　あ、ちょっ、ちょっと待ってくださいな。まだ、毒を盛られたと決まったわけじゃないの。そうじゃないかって、あたしが思ってるだけなの」

仙五朗への文を託すとき、新吉に疑念を告げた。おいちも庄之助も毒を盛られたのではないかと。

そうでなければ、二人同時に同じような目眩《めまい》を感じ、異様な眠りに引き摺り込まれた説明がつかない。

ただ、それは疑念に過ぎない。だからこそ、仙五朗に茶葉を届けた。あの包みは仙五朗から松庵に渡り、松庵は大雑把《おおざっぱ》でも毒の正体を割り出してくれるはずだ。毒が混ぜられていたのなら、だが。

「ね、新吉さん、早合点《はやがてん》しないで。まだ、真相は闇の中なのよ。どんな真相だって、あたしが殺されるなんてはめには、決してならないと思うし」

宥《なだ》めたつもりだったが、新吉の表情はいっかな晴れなかった。

腕組みをし、暫《しばら》く黙り、一息を静かに吐き出した。

「おいちさん、実は、親分に文を届けての帰り、顔見知りの女に呼び止められたんでやす」

「あら、女の人に」

「あ、いや、無理やり誘われたとかそんな色っぽい話じゃねえんで。およしさんって、同じ長屋に住む人なんですが、その人がおれに言ったんでやすよ。『藍野《あいの》先生のお嬢さんに、一刻も早くあの店から出るように伝えておくれ』って」

「それは、いつのことです？」

「親分に文を渡した帰りのことでやす」

　仙五朗に首尾《しゅび》よく文を届けはしたものの、新吉の気分は重く沈んでいた。おいちさんをこのまま『いさご屋』に留《とど》めておいていいのだろうか。それが、おいちさんの命を危《あや》うくすることになりはしないのか。しかし、あの人の気性からすれば、一度やると決めたことを我が身可愛さに放り出すとは思えない。

〈頑固《がんこ》だからなあ〉

　ため息を吐いたとき、袖《そで》を引かれた。

　ぼんやりしていた。僅かの心構えもなかったものだから、危うく転《ころ》びそうになった。たたらを踏んだが、なんとか持ちこたえる。

「何をしやがんでえ」

腕を振り、とっさに身構えた新吉の目の前に、女が立っていた。

赤ん坊を背負っている。

「あ、およしさん」

同じ長屋に住むおよしという女だった。半年近く前に、生まれてまもない赤ん坊を連れて、作兵衛店《さくべえだな》に越してきた。亭主はいなかった。少なくとも、新吉は姿を見たことがない。夜鷹をしていると長屋のおかみさん連中が噂《うわさ》していた。

女とは奇妙なもので、病《や》んだ者や生きるのに窮《きゅう》した者がいれば、自分たちもかつてかつの暮らしながら、精一杯の手を差し伸べ救おうとする。外れた者に対してひどくぞんざいにも冷酷にもなった。

夜な夜《よ よ》な身体を売って口過《くちす》ぎをするおよしを、おかみさんたちは毛嫌《けぎら》いし、爪弾《つまはじ》きにしていた。

およしが本来は気立てのいい、優《やさ》しい性分の女だと新吉は看破《かんぱ》していたから、おかみさん連中の意地の悪さが腹立たしかった。女一人、必死に子を育てている。女たちが寄り添い、支えてやらないでどうするのだと、物言いをつけたこともあった。そのときは、

「おや、新吉さん。年増《としま》の女に惚《ほ》れたのかい」

「気をおつけよ。あそこの毛まで抜かれちまうよ」

と、下卑《げび》た笑いを返されただけだった。頭に血が上り、今にも女たちに殴《なぐ》りかかりそうになった新吉を止めたのは、およしだった。

「いいんですよ、新吉さん。何を言われたってあたしは平気です。あたしは、正蔵《しょうぞう》を育てなきゃならないんだ。こんなことで、おたおたしやしませんよ」

新吉の腕を摑み、微笑んだおよしは母親の顔をしていた。強くて、凜《りん》として美しい。胸が詰まり、新吉は泣きそうになった。

そのときから、たまに行き合うと会釈《えしゃく》したり、挨拶《あいさつ》や世間話を交《か》わす仲になった。新吉が『いさご屋』のお抱えになり、長屋に帰る日が少なくなってからは、ほとんど顔を合わせていない。正直、今の今まで、およしのことを忘れていた。思い出しもしなかった。

そのおよしが、目の前に立っている。

「およしさん、どっか悪いんじゃねえのか」

久しぶりでも、元気だったかでもなく、新吉はまず身体の具合を尋《たず》ねてしまった。それくらい、およしの顔色が悪かった。血の気《け》がなく、上質の紙のように白くなっている。そして、ばりばりと音がしそうなぐらい、強張《こわば》っていた。

「……怖いんですよ」

およしが掠れた声で答える。

「へ？　怖い？」

「新吉さん、あたし、家移《やうつ》りをしました。作兵衛店にいるのが怖くなったんですよ。もしかしたらって思ってね」

「あの長屋が怖いって？」

「あそこの方がずっと怖いですけどね」

「あそこ？　それって、どこだよ」

「こっちへ」

およしに腕を引っ張られ、路地《ろじ》に入る。

「およしさん、ちょっと待ってくれよ。おれは、この先の店に住み込んでて、急いで帰らなきゃならねえんだ」

『いさご屋』はもう五、六間《けん》（約十メートル）先だ。大柄な女が店先を掃《は》いている。その着物の柄を見定められるほどに近い。

「知ってますよ。新吉さんがあそこに住み込んだって聞いて、それで……それで、ここでずっと待ってたんです」

およしの声がますます掠れていく。

「ほんとうは……ほんとうは、近づきたくなんかなかった。でも、藍野先生はこの子の命の恩人なんですよ。この子を助けてくれた。そしたら、あたしだって……恩返ししなきゃならないでしょ。怖いけど、しょうがないじゃないですか」

「およしさん、何を言ってんだ」

この女、頭がどうかしちまったのか。

悪い病《やまい》に罹《かか》って、お頭《つむ》をやられたんじゃねえのか。

新吉がそう考えてしまうほど、およしの様子は尋常《じんじょう》ではなかった。

身体を細かく震わせながら、ぶつぶつ呟《つぶや》いている。

「松庵先生がどうかしたのかい。いったい何を」

「伝えて」

不意に振り向き、およしが叫ぶ。ほとんど、悲鳴だった。

「藍野先生のお嬢さんが、あそこにいるんでしょ。その方に伝えて。一刻《いっこく》も早く、あの店から出るように伝えて。お願いします。お願いしますよ、新吉さん。そうしないと、何が起こるかわからないよ。お嬢さんの身が危ないんだ」

「お、およしさん。あんた、なんでそんなことを……。『いさご屋』とどういう関わりがあるんだ」

およしに背負われていた正蔵がむずかる。泣き声が壁《かべ》に撥《は》ね返り、わんわんと響く。

「静かに、静かにおし。泣くんじゃないよ」

およしは赤ん坊を揺すると、新吉を振り返りもせず路地を走り出ていった。

およしの後を追うように冷たい風が吹き過ぎていく。

新吉はその風の中に暫く、佇《たたず》んでいた。

「まあ……そんなことがあったんですか」

「へぇ。およしさんがなんであんなことを言ったのか、おれには見当がつきやせん。けど、およしさんの様子は狂言《きょうげん》じゃなかった。本気で言伝《ことづて》に来てくれたんです。おれは、ぞっとしちまって。ますます、おいちさんのことが心配になって……」

「あたしの傍から離れまいと決めたのね」

「へ？　わかりやすすか」

「さっきから、ずっと、あたしに張《は》りついているもの。三歳の童《わらべ》にだってわかりますよ」

新吉は顔を赤らめ、首の後ろを音を立てて掻《か》いた。

「でも、そのおよしさんて人、ひどく怯《おび》えた様子だったのね」

「さいでやす。怖気《おぞけ》を必死で堪《こら》えてるって風でやした」

「新吉さん」

「へい」

「『いさご屋』って、そんなに怖いところでしょうか」

新吉が僅かに首をひねる。

「まあ、確かに……居心地《いごこち》のいいとこじゃねえですよね。みんな腹に一物《いちもつ》ありそうで、旦那は自分が人殺しだと思い込んでいて、実際、手のひらに血糊がついていたなんて奇妙なことも起こってるとあっちゃあ、尋常じゃありやせんよ」

「およしさんは、その尋常じゃない気配《けはい》に怯えたのかしら」

それはあるまい。通りすがりに気配を感じて怯え、それをわざわざ伝えに来たとは、考えられない。とすれば、

「それとも、何かを知っていて、それで……」

新吉とおいちは目を見合わせる。おいちはゆっくりと続けた。

「およしさんは知ってるんですよ。とても怖い何かを知ってるんです。新吉さん、それが何かなんて見当つかないですよね」

「さっぱりつきやせんね。およしさん、絶対に口にしたくないって感じでやした。聞いて答えてくれるとは、思えやせん」

新吉が居住《いず》まいを正す。

「おいちさん、無駄《むだ》だとは思いやすけど、一つ忠告していいですかね」

「はい、どうぞ」

「菖蒲長屋に帰ったほうが、よかぁありませんかね。いや、帰ったほうがいい」

「帰りません」

　おいちは胸を張った。

「こんな中途半端なまま帰れるわけないじゃないですか。庄之助さんだって、起き上がれないほど弱っているのに。新吉さん、あたし医者ですよ。病人がいるのに、助けを求めている人がいるのに、逃げ出すなんてできません」

　助けを求めているのは、庄之助だけではない。お京もまた、小さな手をおいちに伸ばしている。あたしを助けて、と泣いている。

　帰れるものか。

　逃げ出したりするものか。

「でしょうね」

　新吉が笑った。白い歯が眩《まぶ》しかった。

「だったら、おれもおいちさんの傍を離れやせん。おれが、おいちさんを守る。いや、守りてえ。守り通してえんです」

「新吉さん」

　新吉の顔つきが引き締まった。

「おいちさん、おれは……おれは、おいちさんのことが」

「あっ」

「えっ。どっ、どうしました」

「まさか、およしさんって、その……夜の商いに身を沈めてるってこと、ないですよね」

「およしさんですか。それが……どうも」

「まさか、夜鷹で……」

新吉が心もち口元を歪めた。

「そうなんですね」

「まあ……ただの噂として耳にしやしたが。あ」

新吉の口が丸く開いた。

「……夜鷹殺しでやすか」

「そうよ。新吉さん、およしさんは何かを知っている。そして、怯えている。しかも、夜鷹。危ないのはあたしじゃない、およしさんよ。新吉さん、すぐに知らせてあげて。決して夜、家から出ちゃいけないって」

「教えようにも居所《いどころ》がわからねえ。家移りをしたって言ってやした。どこに移ったか、聞いてねえんですよ」

おいちと新吉はもう一度、目を合わせた。

新吉が歯を食いしばる。

風が障子戸を揺らす。

おいちも知らぬ間に、奥歯を強く嚙《か》み締《し》めていた。


助けて。

叫びたいのに声が出ない。

首を絞《し》められ、地面に押し倒されているからだ。

助けて、助けて。

およしは必死で足搔《あが》いた。

助けて、助けて、殺される。

夜、闇の中に立ちたくなどなかった。手拭《てぬぐ》いをくわえ、筵《むしろ》を抱えて男を誘いたくなどなかった。

でも、明日の米がないのだ。

銭《ぜに》を稼《かせ》がないと、正蔵を飢《う》えさせてしまう。

震える脚《あし》と怯える心を叱《しか》り、客を引いた。

実入《みい》りは上々だった。

続けて男が寄り付き、四番目の客が思いの外《ほか》たっぷりの銭をくれた。あそこでやめておけばよかった。もう一人と欲を出したのが、悪かった。漆黒の闇の中、微《かす》かな提灯《ちょうちん》の明かりが近づいてきたのだ。手元だけをやっと照らせる程度の明かりだった。白い手だけがぼんやり浮き上がって、あとは全てが黒く塗《ぬ》り潰されていた。なぜ気付かなかったんだろう。お栄《や》さんが殺られたあの夜と同じだと。やはり、あたしは追われていたのだと。

まさか、捕《つか》まるなんて。

やっぱり、捕まってしまった。

逃げ切れなかった……。

「死ね」

喉に指が食い込んでくる。

「死ね」

指の力が僅かに緩《ゆる》んだ。

でも、およしは動けない。半《なか》ば、気を失っている。

ふいに、そいつが嗤《わら》った。

くぐもった、虫の音《ね》にかき消されそうなくらい低い嗤い。でも、楽しげな嗤いだ。嗤いながら、およしを殺そうとしている。

正蔵。

赤ん坊の声がする。「おっかあ」と呼ばれた気がする。

およしは指を動かした。石が触れる。それを摑み、力の限り振り回した。手応《てごた》えがあった。身体に伸《の》し掛かっていた重みが消える。

おっかあ。おっかあ。

正蔵が呼んでいる。

おっかあ。おっかあ。おっかあ。

逃げなくては。あの子のところに戻らなくては。

およしは起き上がり、走ろうとした。

力が入らない。

ふらつく。

ざくりと音がして、肩口が燃えた。松明《たいまつ》を押し付けられたように熱い。熱い。

熱いよ、正蔵。

足元が滑った。

およしは悲鳴をあげながら、竪川《たてかわ》へと落ちていった。

水が押し寄せる。

正蔵の声が消えてしまう。

全てが無明《むみよう》の闇へと吸い込まれていった。

凍《こご》える刃《やいば》

一

気配《けはい》に気が付いたのか、その二人は寄せていた顔を上げ、同時においちを見た。

「おや、これは先生」

お富《とみ》が先に口を開いた。

白い歯を覗《のぞ》かせ、愛想笑《あいそ》いを浮かべる。

弐助《にすけ》の方は、ちらりとおいちを見やっただけで挨拶《あいさつ》もしない。これで商家の番頭が務まるのかと呆《あき》れるほどに無愛想《ぶあいそう》だ。

「こんな朝早くから、お医者さまが納戸《なんど》なんぞになんのご用です」

愛想笑いのまま、お富が訊《たず》ねてくる。

「あ、はい。余っている手拭《てぬぐ》いと桶《おけ》がないかと思いまして」

おいちは頰《ほお》が紅《あか》く染《そ》まるのを感じた。なんだか、納戸の前に立っていた言い訳《わけ》をしているみたいだ。

まだ、朝六つ半（午前七時）にはなっていない。商家の奉公人《ほうこうにん》たちはとっくに起き出して働いている刻限だが、内儀《おかみ》であるお富が納戸にいるとは思わなかった。

「手拭いと桶？　ええ、ありますよ。たんとね。いかほど、ご入《い》り用《よう》です」

「手拭いは五、六枚、桶は小ぶりなものが一つあればけっこうです。あ、もしありましたら晒《さら》しも一巻《ひとまき》いただけないでしょうか」

「手拭い、小桶、晒しね。ちょっと待ってくださいよ」

お富は戸棚《とだな》を開けると手際《てぎわ》よく、おいちの望んだ品々を取り出した。きびきびした、小気味《こきみ》よい動きだ。

「はい、こんなところでいいですかね」

小桶の中にきちんと畳《たた》まれた手拭いと晒しが入っている。どれも、新品だ。

「十分です。ありがとうございます」

「かまいませんよ。でもね、先生。こういう雑用は他の者にお言いつけくださいな。そのために小女《こおんな》がいるんだから。ほんとに、お町《まち》は何をしてるんだか」

「いえ、これくらいのことを一々《いちいち》、お町さんにお願いするのも気が引けますので」

　ほほほと、お富が笑った。

「気が引けるなんて、それがお町の仕事なんですから。先生は、こんなところでうろうろなさっちゃいけませんよ」

「内儀さんや番頭さんが、うろうろするのはよろしいんですかね」

　おいちの背後から、刺々《とげとげ》しい声が飛んだ。

　お久《ひさ》だ。

　さっき、手拭いや晒しが欲しいと告げると、

「では、納戸に参りましょう。あそこにはたいていの物が揃《そろ》っておりますから、これからは先生のお好きなように、なんでもお探しになるとよろしいですよ」

　そう言って、ここまで案内してくれたのだ。

「なんだって、お久、今なんて言った？」

　お富の口調《くちょう》も眼差《まなざ》しも、尖《とが》る。

「いえね。内儀さんと番頭さん。こんなところで何をしてたのかと思いましてね。蔵《くら》みたいに店《たな》の品が置いてあるわけでもなし」

　納戸は、廊下《ろうか》の突き当たりにあった。たいていの納戸がそうであるように、古道具や器《うつわ》、こまごました品物などが仕舞《しま》われているらしい。掃除《そうじ》はしてあるが薄《うす》暗くて、どことなく湿《しめ》っぽい。確かに、ここで朝から、内儀と番頭が二人揃って、しか

も額《ひたい》を寄せ合って内緒話をしているのは、いささか奇異に思える。

「大きなお世話だよ」

お富は襟元《えりもと》を軽く撫《な》で、お久を睨《ね》めつけた。

「あたしは、もぐさと膏薬《こうやく》を取りに来たのさ。肩が張ってしょうがないからね。そしたら、とんでもない上の棚にあるじゃないか。踏《ふ》み台なんてどこにもないしさ。仕方ないから、ちょうどやってきた弐助に、お願いしたんだよ。それだけのことさ。おまえにとやかく言われる筋合《すじあ》いはないね」

「へえ。もっともらしい話ですけどねえ」

お久がにやりと笑う。

「でも、内儀さんが手助けの入り用なときに、たまたま、納戸近くに番頭さんがいた……。ふふん、ちょいと、できすぎた話じゃないですかねえ。ね、先生」

「え？　あ、いや……」

急に振られて、おいちは桶を落としそうになった。こういう、陰《いん》にこもった諍《いさか》い事は苦手《にがて》だ。菖蒲長屋《しょうぶながや》でも、人はしょっちゅう揉《も》めていたけれど大声で言い争うとか、取っ組み合いの喧嘩《けんか》をするとか、良くも悪くもわかり易《やす》かった。だから、翌日、いや一刻《いっとき》（二時間）も後には、けろっとして笑い合ったりもできるのだ。『いさご屋』の人たちは、そういうわけにはいかないらしい。年じゅう睨《にら》み合い、傷つけ合っているのではないか。

正直、そんな陰険《いんけん》な争いに巻き込まれたくない。

「お久、あまり調子に乗るんじゃない」

弐助が一歩、前に出る。口元が歪《ゆが》み、目尻《めじり》が細かく震《ふる》えている。かなり憤《いきどお》っているのだ。狼狽《ろうばい》しているようにも、その狼狽を必死で抑《おさ》え込んでいるようにも見えた。

「行くあてのない身を哀《あわ》れに思えばこそ、ずっと『いさご屋』においてやってるんだ。ろくな働きもしない、木偶《でく》の坊《ぼう》の女をな。それをつまらぬ誹り《そし》口なんか利《き》くんじゃない。弁《わきま》えが足りないのなら、ここから追い出すことになるぞ」

「まあ、番頭さん。あたしはね、旦那《だんな》さまに雇《やと》われているんじゃなかったんですかね。旦那さまの奉公人を追い出せるほど、番頭さんはお偉《えら》いんでしょうかねえ」

「くっ……」

弐助の口がますます歪む。

「あ、あの番頭さん、お怪我《けが》をしてるんじゃないですか」

おいちはわざと明るく声をあげた。どうにかして、場の雰囲気《ふんいき》を変えたかったのだ。

弐助が大きく目を瞠《みは》る。

「なんで、それを……」

「膏薬の匂《にお》いがしたからです。あたし、仕事柄、薬の匂いには敏感《びんかん》ですから」

弐助は右肩に手をやり、いまいましそうに舌打《したう》ちをした。

「昨日《きのう》、蔵で荷を調べていたら、上から木箱が落ちてきて、ここに当たりましてね。痛いのなんのって、しばらく動けませんでしたよ。今でも疼《うず》いて、腕が十分に動かない有様《ありさま》でね」

「まあ、危《あぶ》ない。頭に当たらなかったのが不幸中の幸いでしたね。でも、どうして箱なんか落ちてきたんでしょう」

「積み方がいいかげんだったんでしょう。ときどきあることなんですが、荷を運び込んだやつがきちんと積んでおかないと、ちょっとしたことで、例《たと》えば荷の上を鼠《ねずみ》が走っただけでも崩《くず》れてくるんです。だからな、お久」

弐助はお久を威嚇《いかく》するように、不意に語調を険《けわ》しくした。

「わたしも、内儀さんと同じく、納戸に膏薬の替えを取りに来たんだよ。まったく、下種《げす》の勘繰《かんぐり》なんぞするんじゃない」

「どっちが下種なんですかねえ」

「なんだと。おまえ、どこまで」

「あ、あの。あ、ちょっ、ちょっと待ってください」

おいちは弐助とお久の間に割り込み、愛想笑いをしてみた。我ながら板につかない笑《え》みだろうなと思う。

「お怪我なら、あたしが診《み》ますよ。傷薬《きずぐすり》も持参しておりますから」

「けっこうです」

弐助がふんと鼻を鳴らした。

「先生は、旦那さまの大切なお客さまでいらっしゃいますからね。番頭風情《ふぜい》がお手を煩《わずら》わせたら、どこぞのお偉いお女中に叱《しか》られます。叱られるだけならまだしも、あることないこと、言いふらされたりしたら迷惑だ」

もう一度鼻を鳴らし、弐助が出ていく。

「ほんとに、口は禍《わざわい》のもとって言うからね、少しは気をおつけよ。じゃあ、先生、また後ほど」

お富が会釈《えしゃく》してくる。おいちも軽く頭を下げた。その頭を上げきらないうちに、

「あ、そう言えば、庄之助《しょうのすけ》さんの様子はどうですかね」

戸口で振り返ったお富が問うてきた。

「え？　あ、よ、様子ですか。それはその……」

「先生が、朝早くから手拭いだの桶だのが入り用なのは、庄之助さんの具合が悪いからじゃないんですか」

図星《ずぼし》だ。返答に窮《きゅう》する。

お富の眉《まゆ》が曇《くも》った。

「なんだか見る度《たび》に窶《やつ》れていくようでね。ここんとこ、ろくに店にも出てこないし、ほんとに大事ないんですか」

「旦那さまは、お風邪《かぜ》をめしてるだけです。直《じき》に治《なお》りますよ」

お久が口を挟《はさ》む。

「おや、そうかい。そりゃよかったこと。まっ、嫁にもいかず仕《つか》えてるご主人さまだ。しっかり、看病するんだね」

捨て台詞《ぜりふ》と白粉《おしろい》の香りを残して、お富が立ち去る。その香《か》を払うように、お久は手を振った。そして、

「ふん、とんでもない狐《きつね》たちですよ。汚《けが》らわしい」

さも嫌《いや》そうに眉根《まゆね》を寄せた。

「汚らわしいって……お久さん」

「あの二人、できてるんですよ」

お久の露骨《ろこつ》な物言《ものい》いに、おいちは黙《だま》るしかなかった。

「大旦那の目を盗《ぬす》んで、もう、ずっと前からね。あたしは、ちゃんと知ってるんだ。この納戸部屋で、よく、二人で内緒話をしてますしね。番頭さんの後を内儀さんが、内儀さんの後を番頭さんが、ちょいと遅れて外出することが度々あるんです。あれは、二人で示し合わせて、どこぞの出合茶屋《であいぢゃや》にでもしけこんでるんじゃないですかね」

「お久さん、それは……」

あまりに口が過ぎるだろう。仮にも、お富は主人の継母《はは》なのだ。しかし、お久は止まらない。胸に溜《た》めていたものを吐《は》き出す勢いで、しゃべり続ける。

「内儀さんも番頭さんも、上手《うま》く隠してるつもりなんでしょうが、ふふっ、とんでもない。店の者は二人の仲を薄々《うすうす》勘付いてますよ。知らぬは大旦那さまばかりなりってね。乙松《おとまつ》坊ちゃんだって、ほんとうに大旦那さまの子なのかどうか怪《あや》しい限りですよ。大旦那さまのお年を考えると、子ができるなんて、あまり考えられない」

「お久さん」

かぶりを振り、お久の話を遮《さえぎ》る。

「もうやめましょう。今、お久さんがおっしゃったこと、あたしは忘れます。お久さんも二度と口にしてはいけないと思いますよ」

お久がぐっと息を呑《の》み込む。やり場のない怒《いか》りが眼の底で燃えていた。青白い炎《ほのお》が見えるようだ。

おいちは、お久の眼を見据《みす》える。

「事の真偽《しんぎ》がどうあれ、乙松さんには関《かか》わりないことです。自分の出生について噂が飛び交《か》えば、一番、辛《つら》い目に遭《あ》うのは子どもの乙松さんなんですよ」

赤ん坊は生まれてくる家も親も選べない。生まれ落ちたところで、懸命に生きるだけだ。

母がどうであっても、父が誰であっても、子に罪はない。

お京《きょう》さんだって、そうでしょう。

喉元《のどもと》までせり上がってきた一言を呑み下す。

幼気《いたいけ》な少女は、なんの罪も犯《おか》してはいなかった。なのに大人の思惑《おもわく》や想《おも》いに巻き込まれて儚《はかな》く散ってしまった。お京の哀れさを一番知っているのは、お久ではないか。乙松をお京と同じ境涯《きょうがい》に陥《おとしい》れてはいけない。

お久が、唇《くちびる》を結《むす》んだ。

「……そうですね。先生のおっしゃる通りでした。あたしの考えが足りませんでした。つい、かっとなっちまって……」

俯《うつむ》き、ほうっと音が聞こえるほど長く、息を吐いた。

「先生、『いさご屋』は、どうなるんでしょうねえ」

「どうって?」

「旦那さまのことですよ。庄之助さま……。内儀さんじゃないけれど、ご病気は治りますかね」

先刻の勢いが嘘《うそ》のように、お久の声には力がなかった。

「だいじょうぶですよ。ちょっと、気分が優《すぐ》れないだけですから。明日には起きられるようになります」

「ほんとに、そうお思いですか」

上目使《うわめづか》いに、おいちの顔を窺《うかが》ってくる。その眼の下にはくっきりと黒い隈《くま》ができていた。疲れ切って見える。

お久はもう一度、暗いため息を吐《つ》いた。

「この前は首を吊《つ》ろうとされたし、今回は……」

廊下を歩きながら、おいちもそっと息を吐いた。


夜が明けるか明けないうちに、おいちはお久に起こされた。庄之助の手にまた、血がこびりついていたというのだ。

おいちが駆《か》け付けたとき、庄之助は憔悴《しょうすい》した表情で夜具《やぐ》の横に立ち尽くしていた。

「……どこかで、女が殺されていますよ」

おいちに血に汚れた手のひらを差し出し、庄之助は不意に嗤《わら》い出した。奇妙なほど甲高《かんだか》い、耳障《みみざわ》りな笑声《しょうせい》だった。

「わたしが殺したんです。鬼になったわたしが。餌食《えじき》になった気の毒な女は、どこにいるんでしょうか。早く、骸《むくろ》なりと見つけて葬《ほうむ》ってやらなければ……。鬼のわたしが……はははは。それでは女も浮かばれないか。はははは……」

膝《ひざ》をつくと、庄之助は両手で顔を覆《おお》った。そのまま、夜具の上に倒れ込む。丸まった背中が瘧《おこり》のように震えていた。

「嫌な気がしたんです。この前も……旦那さまが首を吊ろうとしたときも、胸騒《むなさわ》ぎがして……。それで、それでお部屋を覗いたら、旦那さまが、赤い手をして……」

お久がぺたりと座り込む。

おいちは、庄之助の脈を測《はか》り、砂糖湯を無理に飲ませた。温《あたた》かで甘い飲み物が、気持ちの昂《たかぶ》りを幾分《いくぶん》でも鎮《しず》めてくれたのか、疲れ切っていたのか、庄之助はすぐに眠りに落ちた。ときどき、小さな呻《うめ》きをあげるのは、眠りが決して安らかではない証《あかし》だろうか。

おいちは眠っている庄之助の手のひらを丹念《たんねん》に調べた。確かに、血がついて、独特の臭《にお》いを放っている。人は悪臭と言うけれど、おいちには馴染《なじ》みの臭いだ。

うん、これは？

「先生、何か……」

「お久さん、この血、暫《しばら》くこのままにしておいてください」

「えっ？　拭《ふ》きとらないんですか。でも、それは……」

「暫くの間です。それより新しい手拭いが欲しいのですが。桶も新しいものが一つ、二つあれば助かります」

それなら納戸に参りましょうと、お久が促《うなが》す。

まさか、そこでお富たちと顔を合わせるとは思ってもいなかった。

朝から、頭がくらくらする。なんだか、とてつもなく長い一日になりそうだ。

「お久さん、お茶のこと庄之助さんは守ってくれましたか」

「お部屋の茶葉でお茶をいれるなってことですか。それなら、だいじょうぶです。旦那さまはお白湯《さゆ》しか飲んでいらっしゃいません。お寝《やす》みになる前は、お水さえもいらないとのことでしたから」

「そうですか。じゃあ、口にしたのは」

「お粥《かゆ》ぐらいですかね。それは、半分ぐらい召し上がりました」

「お粥を半分。そのお粥の残りはどうしました」

「おかゆにやりました」

「は、おかゆ？」

お久が肩を窄《すぼ》め、くすっと笑った。悪戯《いたずら》好きの童女《どうじょ》を思わせる笑みだった。

お久さんって、こんな風にも笑えるんだ。

意外な心持ちがした。

「猫の名前なんですよ。真っ白のきれいな猫が、三月《みつき》ほど前から庭に出入りするようになって。野良《のら》なんでしょうが、それが、まあ、面白《おもしろ》いことにお粥が好物でね。煮干しより先にお粥を食べるんですよ」

「まあ……、そんな猫がいるんですね。そう言えば、おヌキはどうしました。狸《たぬき》に似た猫がいたんでしょ」

「え……ああ、そういえばいましたね。いつの間にかいなくなったみたいで……。野良でしたからね」

「そうですか、残念。顔を見たかったのに。なんでも、うちの伯母に似てるんですって」

「まあ、伯母さんに。その方、どんなお顔なんですか」

お久がまた、悪戯っぽく笑う。おいちも笑い返そうとしたとき、けたたましい悲鳴が聞こえた。

「誰か、誰か来てーっ」

桶を抱えたまま、おいちは走り出す。大日那さまが」

「先生、早く、早く来てください。大日那さまが」

階段の上からお町が叫《さけ》んでいる。

おいちは振り返り、お久に向かって叫んだ。

「あたしの薬籠《やくろう》を持ってきてください。急いで」

お久が身をひるがえす。おいちは、階段を駆け上がった。

二階の突き当たりの襖《ふすま》が開いている。

敷居《しきい》の前でおいちは立ち止まった。一瞬、息が詰まる。

「吉兵衛《きちべえ》さん……」

吉兵衛がうつ伏《ぶ》せに倒れていた。

暴《あば》れたのか夜具は乱れ、火の消えた行燈《あんどん》が転《ころ》がっている。吉兵衛の背中に赤黒い染《し》みが広がっていた。それは周《まわ》りにも散って、夜具や畳《たたみ》を汚《よご》している。

血だ。

おいちは駆け寄り、吉兵衛の着物を裂《さ》いた。

傷は肩口近くだ。出血箇所を確かめ、手拭いで強く押さえる。その上から晒しを巻いて力いっぱい締《し》め付けた。松庵《しょうあん》から習った血止めの方法だ。

吉兵衛の身体《からだ》には微《かす》かな温《ぬく》もりがあった。脈も、弱々しいけれど指先に伝わってくる。

まだ、死んではいない。

まだ、間に合う。

落ち着け。落ち着いて、為《な》すべきことをきちんと為すのだ。

「先生、何をすればいいですか」

お町が訊《き》いてくる。顔色は青いが、慌《あわ》てても怯《おび》えてもいない。

この娘は頼りになる。

「お湯を。それに晒しや手拭いをたっぷり持ってきて。新しいものをね」

「はい」

「それと、新吉《しんきち》さんに頼んで、父を、藍野《あいの》松庵と仙五朗《せんごろう》親分を呼んできてもらって。すぐに」

「松庵先生と仙五朗親分ですね。心得ました」

お町が部屋を飛び出していく。俊敏《しゅんびん》な獣《けもの》のような身ごなしだ。入れ替わりに、お久が入ってきた。風呂敷包《ふろしきづつ》みを胸に抱《かか》えている。額に汗が滲《にじ》んでいた。

その後ろから、お富が覗く。

「なんの騒ぎ……きゃあっ」

悲鳴がほとばしった。

「あ、あんた。いったい、いったい、どうして」

「静かにして！」

お富を一喝《いっかつ》して、黙らせる。

「手当ての邪魔《じゃま》になります。騒がないで」

これで血が止まるだろうか。

どれくらいの血が流れたのだろうか。

あたしに……助けられるだろうか。

止めるのだ。助けるのだ。それが、あたしの仕事なんだ。

「迷う前に、悩む前に動け」

父の言葉だ。今、自分に言いきかす。

吉兵衛が低く呻いた。

「あんた、あんたあっ」

お富が亭主の身体に縋《すが》りつこうとする。

「駄目！」

その手を払いのける。その勢いで、お富が尻もちをついた。

「揺《ゆ》すったりしないで。傷口が開いてしまう」

お富が尻もちをついたまま、瞬《まばた》きを繰り返す。

「傷……傷って、吉兵衛は、うちの亭主は怪我をしてるんですか」

「そうです」

「なんで、なんで……部屋にいたんでしょう。寝てたんでしょう。どうして怪我なんか……。どうして……」

刺《さ》されたのだ。

鋭利《えいり》な刃物《はもの》で後ろから一刺しされた。

おいちは吉兵衛の身体をざっと調べてみた。頰と右腕に傷がある。血は滲んでいるが、深傷《ふかで》ではない。

最初の一撃をかわし、逃げようとしたところを背後から刺された……のではないだろうか。とすれば、吉兵衛は賊《ぞく》の姿を、顔を、見ているかもしれない。その見込みはかなりある。

吉兵衛がまた、呻いた。苦しげな声だ。

その呻きに、ぴしゃりと頰を打たれた気がした。

吉兵衛さんは生きようとしている。死と闘《たたか》っているのだ。賊の正体《しょうたい》など考えているときじゃなかった。

おいちは風呂敷を解《ほど》き、薬籠から丸薬《がんやく》を二粒取り出した。

「お富さん、これを湯呑《ゆの》みに八分目《ぶんめ》ほどの湯に溶《と》いてきてくださいな。それと、新しい夜具の用意をしてください」

丸薬の包みを渡しても、お富は動こうとしなかった。

「どうして、どうして……、こんなことに……」

唇を震わせ、独《ひと》り言《ごと》のように呟《つぶや》き続ける。

そのとき、眠たげな子どもの声がした。

「おっかさん、どうかしたのかい。おいら、朝飯が食いたいよう」

乙松だ。お富が弾《はじ》かれたように立ち上がった。

「乙松、駄目だよ。直《じき》に朝餉《あさげ》の用意ができるから、おっかさんと一緒に台所へ行くんだ」

「おっかさん、どうしたの？　おとっさんは……」

「いいから、さっ、行こう。だいじょうぶだよ。おっかさんがいるんだからね」

乙松を抱きかかえ、振り返る。

「先生、湯呑みに八分目ですね」

掠《かす》れてはいるものの、しっかりとした口調《くちょう》だった。

「そうです。ぬるま湯ですよ。熱《あつ》過ぎないようにお願いします」

「承知しました。夜具はすぐに用意させます」

「ええ、頼みます。それと、仙五朗親分が来られるまでは、部屋の中はこのままにしておいてください。できれば、二階には人を近づけない方がいいでしょう。吉兵衛さんのためにも、静かな方がいいんです。お店の人たちが騒がないようにお願いします。そして、ここは、どうか、あたしに任《まか》せてくださいな」

「……わかりました。すぐに手配します。これは女房《にょうぼう》や番頭の仕事ですからね」

お富が乙松を抱いたまま、階段を下りていく。

「内儀さん、大旦那さまが助かるかどうか、一言も訊《き》きませんでしたね」

お久が、強張《こわば》った眼差しを吉兵衛に向ける。

「大旦那さま……命を取り留《と》められますかね」

「取り留めさせてみせます」

負けてなるものか。死神などに、みすみす奪われはしない。必ず、吉兵衛を蘇生《そせい》させる。

おいちは唇を強く噛《か》み締めた。

晒《し》しに血は滲み出してこない。

止まりつつあるのか……。いや、気を緩《ゆる》めてはいけない。死は、いつだって狡猾《こうかつ》で執念《しゅうねん》深く剛力《ごうりき》だ。こちらの油断や隙《すき》を容赦《ようしゃ》なく突いてくる。

お町が湯の入った桶と手拭いを持ってくる。

「夜具をお敷きします」

てきぱきと動き、寝床《ねどこ》を調《ととの》えた。女三人で、吉兵衛を移す。

「上身《うわみ》を起こして、ええ、そうです。なるべく患部が下がらないように」

お町もお久も、額に汗の粒《つぶ》を浮かべていた。おいちも頰に汗が伝《つた》うのを感じた。

額の汗を拭う間もなく、お町は部屋を出ていき、すぐに薬湯《やくとう》を持って戻ってきた。

どうやらお富は、この働きのある小女をおいちの助手《すけて》に回す気のようだ。なかなかに心強い。

それにしてもと、おいちは胸の内で首を傾《かし》げる。

一時《いっとき》は取り乱したものの、お富はすぐに正気《しょうき》に返り、『いさご屋』の内儀としての己《おのれ》を取り戻した。主人である庄之助は寝込み、吉兵衛はこの有り様だ。普通なら大騒ぎして当たり前の店の気配が、さほどざわめいていない。お富なり弐助なりが、上手《うま》く振る舞っているからだろう。お富はただ艶《つや》っぽいだけの女ではないのだ。しかし、一度も亭主の様子を見に来ない。亭主が生死の境《さかい》を彷徨《さまよ》っているとき、たいていの女房は傍《かたわ》らに張り付いて、懸命に呼びかける。「あんた、しっかりして」と。それが治療の妨《さまた》げになって、無理やり外に追い出したことも何度かある。お富は驚《おどろ》き、慌てはしたが、亭主の身を案じている風はない。お久が口にしたように、「うちの亭主、助かりますね」と問うことも「助けてください」と縋《すが》ることもなかった。そういえば、寝所《しんじょ》も別々のようだし、夫婦《めおと》の間は冷えていたのだろうか。

いけない。また、余計《よけい》なことを考えていた。あたしは岡《おか》っ引《ぴき》じゃない。医者だ。

おいちは晒しの具合を確かめた。やはり血は滲んでいない。出血さえ止まれば、傷口の治療ができる。それは、悔《くや》しいけれど、松庵にゆだねるしかない。おいちの腕では、まだ、無理だ。

父さん、早く来て。

心の中で、祈る。

おいちが息を呑む音がした。

おいちが顔を上げると、庄之助と目が合った。いつからそこに立っていたのだろう。まるで気が付かなかった。

「庄之助さん……」

一歩、二歩、ふらつく足取りで前に出ると、庄之助はそこで膝からくずおれていった。お久が背中から、支える。

「こういうこと……だったんですね」

庄之助がおいちを見詰めてくる。

蒼白《そうはく》な顔色のせいで、唇がいっそう紅く見える。

「こういうこと？」

「わたしが殺したのは見も知らぬ女ではなく……父親だったんだ」

お久が庄之助の背中をさする。

「旦那さま。滅相《めっそう》もないことをおっしゃらないでください。旦那さまが下手人《げしゅにん》だなんて、とんでもない話ですよ」

「じゃあ、この手の血はなんだ。親父《おやじ》の血じゃないのか。親父が刺された朝、血が付いていた……。なんの関わりもないなんて、おまえだって思っちゃいないだろう。親父を殺したのは、このわたし……息子のわたしなんだ……」

「吉兵衛さんは、生きています」

おいちは丹田《たんでん》に力を込め、言い切った。

生きようともがいている者を、そう容易《たやす》く殺してもらっては困る。

「それに、庄之助さんの手の血は、吉兵衛さんのものじゃありません。あ、いえ、違うとは言い切れませんけど、少なくとも、付いたものじゃありません。付けられたものです」

「付けられた？」

庄之助の眉が寄った。

「おいちさん、どういうことです？」

おいちは庄之助の固く握《にぎ》られたこぶしを見やる。

「その血、刷毛《はけ》で塗《ぬ》られたものじゃないかと思うのです」

「えっ、刷毛？」

「刷毛の跡のような筋がついているでしょう。それに、これが庄之助さんの手のひらにくっ付いてたんです。よく、ごらんになってください」

おいちは胸元から薬包紙《やくほうし》を取り出した。庄之助の目の前で、ゆっくりと開く。

庄之助とお久が吸い込まれるように、身を屈《かが》めて覗き込む。

「これは……毛ですよね。何かの……」

お久が唾《つば》を呑み込んだ。

「ええ、多分、刷毛の毛じゃないでしょうか。詳《くわ》しく調べてみないとわかりませんが、おそらく、血を塗るときに抜け落ちたんですよ」

庄之助が口を開けた。息が詰まるのか、胸を叩《たた》く。

「そんな……そんなこと、いったい誰が……。誰かが、わたしを人殺しに仕立て上げようとしている……。おいちさん、そういうことなんでしょうか」

「ううっ」

吉兵衛が低く唸《うな》った。身じろぎする。

「おとっつぁん」

庄之助がにじり寄って、叫ぶ。

「おとっつぁん、わかるかい。おれだよ、庄之助だ。おとっつぁん、しっかりしてくれ」

おいちは薬湯をもう一度、吉兵衛の口の中に流し込んだ。乾《かわ》いた唇を水で濡《ぬ》らす。

「う……うう」

「吉兵衛さん、聞こえますか。気をしっかり持ってくださいね」

声を大きくして話し掛ける。

吉兵衛の瞼《まぶた》が徐々に上がっていく。どんよりとした眸《ひとみ》が見えた。

「おとっつぁん」

「吉兵衛さん」

「……おきょうが……」

吉兵衛の舌がもぞりと動く。

「おきょうが……きた」

お京が来た？

どういうことだ。

庄之助とおいちは、思わず顔を見合わせていた。そして、ほぼ同時に身を震わせた。

二

おいちがそれを見たのは、離れに戻る途中の廊下だった。

吉兵衛の手当てを終えた直後、喉がひりつくような渇《かわ》きを覚えた。からからに渇いて、痛いほどだ。お久が気を利かせて運んできてくれた白湯《さゆ》を一息に飲み、それでやっと人心地《ひとごこち》がついた。

「先生、ずい分と汗が……」

「え？　あ、ほんとだ。いつの間にこんなに」

襦袢《じゅばん》に染《し》みるほど汗をかいていた。

お久が手拭いを取り出し、額の汗を拭いてくれる。

誰かのために尽くすことが身についた女の所作《しょさ》だった。お京が生きていれば、その傍らでなにくれとなく世話をやき、面倒《めんどう》をみて、一生を過ごしただろう。

お久もまた、抗《あらが》い難《がた》い運命《さだめ》に巻き込まれ、流されてきた女なのかもしれない。

「お疲れさまでございましたねえ。先生のおかげで、大旦那さまは命を取り留められました」

お久の口調には労《いたわ》りが滲んでいた。

「それは、まだ、わかりません」

吉兵衛は助かったわけではない。まだ死んではいないというだけだ。早急に外科の手当てをしなければ、命は危《あや》うい。

父さん、早く、早く来て。

必死に手当てをした。できる限りのことをした。それでも最後は松庵に縋《すが》らねばならない。

情けなくも口惜《くちお》しくもあるけれど、今はともかく吉兵衛の命を救うことが先決だ。おいちの想いなど二の次、三の次でいい。

「お部屋から、お着替えを持ってまいりましょうか」

お久が覗き込んでくる。

「あ、いえ。だいじょうぶです」

「でも、お着替えになった方がよろしいですよ」

「あら」

おいちは頬が火照《ほて》るのがわかった。お久は暗《あん》に、おいちが汗臭《くさ》いことを知らせてくれたのだ。

「お湯の用意をいたしましょう。お身体をお拭きになるとようございますよ。さっぱりします」

「あ、はい……」

ちょうどそのとき、障子《しょうじ》越しに声が掛かった。

「先生、入ってもよろしいですか」

「どうぞ」

お町を伴《ともな》ってお富が入ってくる。入ってくるなり、おいちの前に膝を突き、深々と頭を下げた。

「先生、大層《たいそう》お世話になりまして、なんとお礼を申し上げてよいのやら」

「いえ……あたしは応急の処置をしただけ。本式の手当てはこれから、父が来てからになります」

「松庵先生ですね。お噂は伺《うかが》っておりますよ」

「こちらの掛かり付けのお医者さまもおられるのでしょうし、出過ぎた真似《まね》とはわかっておりましたがお許しください」

「あら、とんでもない。あんな藪《やぶ》医者じゃ、どうにもなりませんよ。松庵先生に診《み》ていただけるのなら願ってもないことです」

お富は、物言いにも態度にも普段の落ち着きを取り戻していた。

「先生のお言いつけ通り、お町の他は二階には誰も近づけないようにしております。店《たな》の方は番頭がおりますので、さしたる差し支《つか》えは出ておりません。今のところは、ですけどね」

大旦那はともかく、庄之助という主人がいなくても商《あきな》いに滞《とどこお》りは出ない。お富は、そうともとれる言い方をした。

「お身体の調子が良くなられたら、旦那さまがお店の差配《さはい》に戻られますよ」

お久が顎《あご》を上げ言い放った。さっきまでの円《まど》やかさが嘘のような尖った物言いだった。

「まっ、それを快《こころよ》く思わない方々に、邪魔されなきゃの話ですけどね。じゃ、先生、あたしはお湯を汲《く》んでまいりますよ」

お久が座敷から出ていく。

お富はその後ろ姿を睨みつけていた。

「まったく、一々《いちいち》突っかかってくるんだからね。性根《しょうね》が悪いったらありゃしない。先生、あんな女に丸め込まれないでくださいよ」

「はあ、まあ……。それよりお富さん、ちょうどよかったわ。お願いがあります」

おいちはわざと朗《ほが》らかな声を出した。

「着替えに部屋に戻ろうと思ってたんです。お富さん、暫《しばら》くの間、吉兵衛さんのお傍《そば》にいていただけますか」

「え？　あ、あたしがですか。でも、何をしたらいいのか」

お富は唾を呑み込み、吉兵衛の横顔に視線を走らせた。

「することは、何もありません。ただ、看《み》ていてくださったらいいのです。万が一、様子がおかしければ、すぐにあたしを呼びに来てください。もちろん、あたしも着替えがすんだら戻りますから」

「でも……、お町じゃ駄目なんですか。あたしは店の方が気になりますし……」

「吉兵衛さんが目を覚《さ》まされたとき、お富さんがいたら、ほっとするんじゃないでしょうか。それが生きる力ともなりますから」

「そりゃそうでしょうけど……」

お富の表情が曇《くも》る。

「お嫌なんですか」

「嫌ですね」

お富は驚くほどあっさりと肯《うべな》った。

「病人や怪我人の世話なんて、辛気《しんき》臭くて大嫌《きら》いなんです。まして、いつ目を覚ますのか、息を引き取るのかわからないなら、なおさらで。あたしの目の前で死なれたりしたらって考えただけで震えがきますよ。こんなこと、お久に聞かれでもしたら、どれほど悪し様《あざま》に罵《のの》しられるやら。わかっちゃいるんですよ……、ずい分と冷たい女房だなあって」

「お富さん」

「でもね、嫌なものは嫌なんだからしょうがないでしょ。先生、以前にね、あの人に言われたことがあるんですよ。おまえは、『いさご屋』の内儀《おかみ》としては満点だが、女房としては欠けるところが多いなってね。ほんとにその通り。どうも、家の奥を取り仕切るより、店先でちゃきちゃき働いている方が性《しょう》に合ってるんですよ。だから、亭主がこんな風になっちまうと……」

お富は吉兵衛の寝顔を窺い、ほうっと息を吐いた。

「どうしていいか、さっぱりですよ。お恥ずかしい話ですけどね」

「お富さん、立ち入ったことを伺いますけど」

　おいちは膝を進めた。

「吉兵衛さんとは寝所は別にしてたんですか」

　ほんとうに立ち入ったことだ。夫婦の寝所について尋《たず》ねるなんて、娘の身であまりにはしたない。しかし、素直に心の内を吐露《とろ》するお富に引《ひ》き摺《ず》られてか、ふっと問うてしまった。

　気になっていたのだ。

　吉兵衛はなぜ一人で寝ていたのだろうか。お富が傍にいれば、この一件はもっと違った形になっていたはずだ。

「そうです。あたしが、文句を言ったんですよ。鼾《いびき》がうるさいって。そしたら、じゃあいっそのこと寝所を別にしようって」

「吉兵衛さんが？」

「そうです」

「それは、いつからですか」

　お富が眉を顰《ひそ》める。おいちの問いを不快に感じたからではなく、きちんと答えるための思案《しあん》をしているのだ。

「そうですね。あれは……ああ、そう、舅《しゅうと》が亡《な》くなって間もなくのころでしたね。それほど仲の良い父子《おやこ》とは思えなかったけど、舅が亡くなってから、あの人、急に老《ふ》け込んじゃって、一人でぼんやりすることも増《ふ》えて……。だから、鼾云々《うんぬん》は渡りに船の口実で、あたしを遠ざけたかったんだと思いますよ」

「え？」

お富が微笑《ほほえ》む。艶《えん》のある笑みだった。

「おわかりになりませんか、先生。吉兵衛はもう男としての精《せい》をなくしてたんですよ。で、女房のあたしが閨《ねや》で交《まじ》わりを迫《せま》ってきたらどうしようもなくなる。それで、寝所を別にしたんです。あたしも、わかってましたからね。枕《まくら》を抱えてまで押し掛けるような真似はしませんでしたよ。つまり、あたしと亭主は男と女でなくなってるんです。お久があたしと弐助のことをとやかく疑うのは、まあ、そのあたりの事情を知ってるからでしょ。あたしが男日照《ひで》りに悩まされて、弐助とわりない仲になったとでも考えてるんでしょうよ」

どう答えていいのか戸惑《とまど》い、おいちは目を伏《ふ》せてしまった。

「あら、ごめんなさいよ。先生みたいな娘さんにとんだ痴話言《ちわごと》を聞かせちまいましたね」

お富がくすりと笑う。

その笑いがおいちの質問への、しっぺ返しだと気が付いたのは、廊下に出てからだった。

お富は不躾《ぶしつけ》な若い医者を、ぴしゃりと打ったのだ。

確かに、慎《つつし》みに欠けた問い掛けではあった。お富が腹を立てるのは当たり前だ。でも、聞いておかねばならなかった。はしたなくとも、無遠慮《ぶえんりょ》であっても、心に引っ掛かったことは問い、答えを得る。得た答えで少しでも、事の真相に近づく。

それしかないのだ。

「先生」

離れに渡る廊下で、おいちは呼び止められた。お久が湯気《ゆげ》の上がる桶を手に立っていた。

「お身体を拭かれるでしょう、お湯と手拭いをお持ちしました」

「まあ、すみません。お手数をおかけして」

受け取ろうとしたけれど、お久はかぶりを振って拒《こば》んだ。

「お背中を拭かせていただきます。あたしができるのはそれくらいですから」

「そんな、お久さん」

「いえ、やらせてくださいな。先生だけが頼りですもの。どうか、旦那さまのことをお助けくださいね。おかわいそうに一人で全《すべ》てを抱え込んで、苦しんでいらして……。なのに、あたしにはどうしてあげようもできません」

「お久さん」

足を止め、上背《うわぜい》のあるお久を見上げる。

「お久さんは庄之助さんのことを信じていますよね」

お久が瞬《まばた》きする。

「旦那さまが夜鷹《よたか》殺しの下手人ではないと信じているかと、お尋ねですか」

「ええ……」

「当たり前です。旦那さまに人殺しなんてできるわけがありません」

お久は胸を張り、歩き出した。さっきより、幾分、大股《おおまた》になっている。

「下手人が誰か、あたしにはわかりません。でも、誰かが旦那さまを陥《おとし》れようとしているのはわかります。旦那さまがいなくなれば得《とく》をする誰かが……」

再びお久の足が止まった。それがあまりに急であったものだから、おいちはもう少しで背中にぶつかりそうになった。

離れのすぐ手前で、お久は棒立ちになっている。肩が僅《わず》かに震えていた。

「お久さん？　どうかしました」

お久の手から桶が滑《すべ》り、廊下から庭へと転がり落ちた。湯が四方に飛び散る。

おいちは思わず声をあげていた。

「お久さん、どうしたんです」

「おかゆが」

「え？」

「おかゆがあそこに……」

お久の手が、裏庭のさらに日陰《ひかげ》にひょろりと立つ松の木の根かたを指差した。その下の植え込みから白い脚《あし》が覗いていた。

「おかゆが死んでる」

お久が呟く。

おいちは裸足《はだし》のまま、庭に下りた。

真っ白な猫が長々と身体を伸ばし、横たわっている。ぴくとも動かない。確かに死んでいた。

だらりと舌を出し、口の端《はし》に泡《あわ》を吹いている。尋常《じんじょう》な死に方ではなかった。口の周りも赤黒く汚《よご》れている。

毒……だ。

「どうして、どうしておかゆが……。まさか、まさか」

お久は両手で口を覆った。

おいちはゆっくりとうなずく。

「この猫、昨夜《ゆうべ》、庄之助さんの残したお粥を食べたんですよね」

茶ではなかった。今度は、粥に毒が盛られていたのだ。

お久が廊下にしゃがみ込む。

「先生、おいち先生」

お町が走ってきた。しゃがみ込んだお久と裸足で庭に立つおいちを交互に見やり、束《つか》の間《ま》、首を傾《かし》げた。それから、よく通る声で告げる。

「松庵先生が今、お見えになりました」

父の顔を見たとき、一瞬だが、おいちは泣きそうになった。しかし、懐《なつ》かしい思いも、安堵《あんど》の情も一瞬で消えた。当然ながら、父は医師松庵の顔であったし、その後ろには仙五朗が無言で立っていた。

この老練な岡っ引に伝えねばならないことは、山ほどある。が、今はそれどころではなかった。

「おいち、傷《きず》の具合は」

「血はほとんど止まっています。鋭利な刃物で刺されたようで傷口はほぼ一直線です。脈は弱いけれど乱れてはいません」

「そうか。金瘡《きんそう》は一カ所だな」

「頰と右腕にも浅い傷ができてます。既《すで》に血は止まって、乾きかけていますけど」

「よし、わかった」

松庵はおいちを助手《すけて》に吉兵衛の手当てを始めた。晒しを解《ほど》くと血がまた滲んでくる。それを湯と手拭いで拭いながら、松庵は手際《てぎわ》よく傷を処置していく。

ああ、まだまだだわ。

父の傍《かたわ》らで、おいちはそっとため息を吐いた。

あたしは、まだまだ父さんには遠く及ばない。

吉草根《きっそうこん》や鳥兜《とりかぶと》を使い松庵が調合《ちょうごう》した薬は、痛みを和《やわ》らげる効能が高い。

吉兵衛は、さして痛がらず、苦しまずに治療を終えることができた。

「おれんときとは、えらい違いだな」

座敷の隅《すみ》に控《ひか》えていた新吉が呟いた。万が一、吉兵衛が痛みに暴れるようなら、押さえ付ける役どころを振られ、畏《かしこ》まっていたのだ。顔色が悪いのは、人が人の身体を縫《ぬ》うという場面を目の当《ま》たりにしたからだろう。それでも、青ざめた程度で尋常に口が利けるのだから、なかなかに性根が据《す》わっている。

新吉が喧嘩《けんか》で刺し傷を負ったとき、松庵は押さえ付けてその傷を縫ったのだ。松庵曰《いわ》く「外科にはもってこいの縫い易い身体だぜ。おいちの稽古台《けいこだい》になりそうだ」とか。むろん冗談《じょうだん》だが、新吉は震えあがった。松庵の冗談を真《ま》に受けたのか、生《なま》身《み》を縫われる痛みに懲《こ》りたのか、あれから一度も喧嘩沙汰《ざた》は起こしていないようだ。いや一度だけあった。おいちのために、ならず者と闘ったのだ。

「おまえみたいに鼻っ柱《ぱしら》の強い若造《わかぞう》に、薬なんぞ無用だよ」

手をすすぎながら、松庵がにやりと笑う。『いさご屋』に来て、初めて見せた笑《え》みだった。

「おいち」

「はい」

「確かな手当てができていたな。血止めがしっかりしていなかったら、危うかった。いや、十中八九《じっちゅうはっく》、間に合わなかったはずだ」

「……はい」

おいちは目を伏せ、軽く頭を下げた。

褒《ほ》められて嬉《うれ》しくないわけがない。しかし、いつものように心は軽やかに弾《はず》まなかった。医師としての力量の違いを、見せつけられたからではない。松庵との間に広がる力の差は、先刻承知だ。その差を縮《ちぢ》めていくために、いつかは父と並びいつかは父を越えるために、日々を励《はげ》んで生きる。

医師を目指《めざ》したときからのおいちの決意だった。

だから、今、心が弾もうとしないのは、むしろ重く沈み込もうとするのは、行く末のこと、これから『いさご屋』で起こるだろう諸々《もろもろ》が重石《おもし》となるからだ。

「おいちさん」

新吉の傍ら、薄闇《うすやみ》が溜まった一隅《ひとすみ》から仙五朗が声をかけてくる。

「はい」

「いさご屋の大旦那の命に別条がねえのなら、ここで、ちっと話を聞かせてもらえやすね」

「はい」

おいちはちらりと、吉兵衛の寝顔に目をやった。気息《きそく》はまだ弱々しいが、呼吸《いき》の間合《まあ》いは一定になっている。

仙五朗と新吉が視線を合わせる。新吉は立ち上がり、障子戸を開けると左右を窺った。再び、ぴっちりと戸を閉める。

「誰もおりやせん」

「そうか。じゃあ、おいちさん、まずは有体《ありてい》にお尋ねしやす」

「はい」

「下手人が誰か、知っていなさるんで」

新吉と松庵が同時に目を剝《む》いた。赤の他人なのに、よく似た顔つきになる。それを笑う余裕は、おいちにはない。

「はい。いえ……まだ、確《しか》とは言いかねますが」

「あやふやでけっこうです。おいちさんが下手人ではないかと疑いを向けている相手、それが誰か、教えていただけやすね」

「はい。残らずお話しさせていただきます。もっと早く決着をつけねばならなかったのですもの。あたしが踏み切れなかったばっかりに」

「いや、おいちさんのせいじゃござんせんよ。こんな入り組んだ一件、あっしも初めてで後手後手《ごて》に回っちまった。まさか、大旦那が刺されるとはねえ……。慌ててすっ飛んではきやしたが、昨日の夜、おいちさんから文《ふみ》が届いたその日にそうすべきだったと、いささか悔《く》いちゃあおりますよ」

「親分さんがいらしてたら、こんな大事《おおごと》は起こらなかったでしょうか。それとも……」

それとも、惨事は容赦なく現《うつつ》のものになっただろうか。誰も止められなかったのだろうか。

あたしは止められなかった。同じ屋根の下にいたのに、止める手立てがなかった。

仙五朗を見詰めたまま、おいちは唇を噛んだ。

「おいちさん、確かにあっしたちは、あっしもおいちさんも上手《うま》くはやれませんでした。そのために怪我人や死人を出しちまった。悔いても悔いきれねえ。でも、いや、だからこそ、これ以上犠牲になる者が出ねえようにしなくちゃなりやせん。そのための手筈《てはず》は調《ととの》えやした。あとは、勝負するしかござんせんよ」

「勝負、ですね」

おいちと仙五朗は視線を絡《から》ませ、どちらからともなく深く首肯《しゅこう》した。

いつの間にか、陽《ひ》が西に傾《かたむ》いていた。間もなく空には星が瞬《また》き始めるだろう。くっきりとした輝きを放つ冬の星々が江戸の夜を絢爛《けんらん》と彩《いろど》るのだ。しかし、今、ここにいる人たちには、夜空を見上げ、ああ星がきれいだと呟く余裕はないはずだ。

おいちは視線を巡《めぐ》らせて、座敷に座る一人一人を見やった。

お富、弐助、お久、庄之助。四人は微妙な間合いをとって座っている。障子戸の近くには新吉が、火鉢《ひばち》の近くには松庵とおいちが正座している。すこし離れて、仙五朗がいた。その後ろには、お町まで控えている。

誰もがおし黙《だま》り、しわぶきの音一つしない。

「『いさご屋』のみなさん、わざわざお集まりいただいて申し訳ねえです」

仙五朗が常と変わらぬ、低いけれどよく通る声で切り出した。

「大旦那の吉兵衛さんは、松庵先生とおいちさんの手当てのおかげでなんとか一命は取り留めやした。明日には目が覚めて、後は日日薬《ひにちぐすり》ってことで、一月《ひとつき》もすれば起き上がれるようになる。そうでやすね、先生」

「ああ。しかし、まだ安心はできん。傷口が膿《う》むこともあるし、俄《にわか》に容態《ようだい》が急変することもある。心《しん》の臓《ぞう》も気にかかるしな」

松庵は誰にともなく、そう言った。

「父の心の臓が止まるかもしれないと、おっしゃるので」

庄之助が息を吸い込む。

「そういう危うさもあるということだ。今もかなり熱がある。刺された衝撃《しょうげき》やら出血やら熱やらと、心の臓には相当の負担がかかっている。数日は、特に用心しておかないと。それに……これはちょっと言い辛いのだが、傷が癒《い》えても、元のように動けるようにはならんかもしれない」

「どういうことです？」

「うむ。吉兵衛さんの年と傷の深さからして、このまま寝たっきりになることも、十分、考えられる。そこは覚悟しておいてもらいたい」

「寝たっきりに……」

庄之助が俯く。

座敷はまた、重い沈黙に包まれた。

「ご心配でしょうが、大旦那の病状は一旦《いったん》、横においといてもらいてえんです。これから、あっしがお話しするのは大旦那を殺そうとした咎人《とがにん》、いや、夜鷹殺しの下手人のことなんで」

「えっ」

お富が声をあげた。弐助も腰を浮かせる。

「ちょっと待ってくださいな、親分さん。夜鷹殺しって……今、世間を騒がせてるあの殺人鬼《さつじんき》のことですか。女を襲《おそ》って次々殺したという……」

「さいでやす」

「まさか、その殺人鬼がこの中にいると言ってるんじゃないですよね」

「その、まさかなんで。内儀《おかみ》さん」

「そんな……親分さん、何をおっしゃってるんですか。いくら仙五朗親分さんでも、冗談にしていいことと悪いことがありますよ」

「あっしは冗談なんか言いやせんよ。冗談で笑ってすませられるなら、それにこしたこたぁねえとは思いやすが……。どうも、そうは、いかねえようで」

お富が息を呑み込み、そのまま、黙り込む。頰から血の気《け》が引いていった。

「馬鹿《ばか》な、そんな馬鹿な……」

代わりのように、弐助が呟きを繰り返す。

「そんな馬鹿なことがあるわけがない。何かの間違いだ」

「旦那。旦那の身に何が起こったか、あっしの口から話してもようござんすね」

仙五朗が、お富から庄之助に視線を移した。庄之助は無言のまま、小さくうなずく。やはり、頬の血の色は失《う》せていた。

「じゃあ、掻《か》い摘《つま》んでお話しいたしやす。そもそも、『いさご屋』の旦那が松庵先生の住まい、菖蒲長屋を訪ねてきたのが事の始まりで」

仙五朗の声は決して美声ではないのに、耳にじんわりと染み込んでくる。その声で、実に要領よく、手短《てみじか》に、庄之助の身に起こった変事を仙五朗は語っていく。お京のことは巧《たく》みに除《のぞ》かれていた。いつものことながら、絶妙の話術だ。聞き惚《ほ》れ、心底《しんそこ》から感心してしまう。

「……てなわけで、旦那はずっと、自分が夜鷹殺しの下手人ではないか、夜、何もわからぬままふらふらと彷徨《さまよ》い、夜鷹を殺しているのではないかと、ずっと苦しんできなすったんで。そのために、身体の調子まで崩すようになって、それで、縋《すが》る思いで松庵先生のところを訪ねた。そうでやすね、旦那」

「はい……。どなたかに縋って道を見つけるか、この身を己の手で始末するか、どちらかしかなかったのです……」

「まあ、庄之助さん」

そう言ったきり、お富は絶句してしまった。弐助は腕組みしたまま、唇を震わせている。

「旦那の手に血が付いてさえいなければ、旦那は気の病《やまい》に罹《かか》ったと、それだけの話で終わったはずです。しかし、夜鷹の殺された夜に限って、正気《しょうき》を失い、目覚めると手は血に塗《まみ》れ、ときに夜鷹のものらしい襦袢の切れ端を握っていたとなれば、ただの気鬱《きうつ》、気の病ですむわけがありやせん」

仙五朗は淡々《たんたん》と語り続ける。その淡白《たんぱく》な物言いが、かえって、この事件の異質さを炙《あぶ》り出してしまう。

「いや、旦那が病が因《もと》で女たちを殺《あや》めたのなら、それはそれであっさりとした曲がりのねえ話になりやす。病人とはいえ、下手人は下手人。あっしのお役目として、旦那をお縄《なわ》にしなきゃいけねえ。お縄にして……それでお終《しめ》えでやす。ところが、こちらのおいちさんが、この一件は一筋縄《ひとすじなわ》ではいかねえ代物《しろもの》だって見抜かれやした」

視線がおいちに集まる。

仙五朗が促すように、首を縦《たて》に振った。

「あの、えっと、わかり易く申し上げまして、そもそも事の起こりは……」

「おいち、ちっともわかり易くないぞ。事の起こりはいいから、おまえが何故《なぜ》、庄之助さんの病を疑ったのか、そのあたりから話せばいいんじゃないのか。おまえは、庄之助さんが病ではなく、薬で正気を失ったと考えたんだろう」

松庵が助け舟を出してくれた。おいちは、背筋《せすじ》を伸ばし、先刻と同じように周りを見回した。

幾つもの視線を受け止める。

「そうなんです。庄之助さんは薬を盛られていたんです。それがどんな薬なのか、今のところは不明です。ただ、服用するとひどく気分が悪くなって、半《なか》ば気を失ってしまいます。量が多ければ、死に至るほどの毒ではと、あたしは考えています。それは、あたしがこの身で味わいましたから」

お富の目が大きく見開かれた。

あの暗い穴に引き摺り込まれるような目眩《めまい》、胸の吐《は》き気《け》、頭の芯《しん》を絞《しぼ》られるような痛み、悪寒《おかん》……数々の不快な感覚がよみがえる。おいちは、軽く目を閉じた。

「庄之助さんのお部屋でお茶を頂いた夜のことでした。あたしは気分が悪くなって倒れ、そのまま気を失いました」

その後、夢うつつの裡《うち》にお京に出会ったのだが、むろん、そこは秘《ひ》しておく。

「庄之助さんも同じでした。同じように正気をなくし、気が付いたら手に血が付いていたのです。あたしだけじゃない。庄之助さんだけでもない。他の誰かにも異変があったのなら、夕餉《ゆうげ》の汁に何か入っていたか、水に中《あた》ったのかとあれこれ考えられもしますが、二人だけとなると……お茶しかないのです。お茶に毒が入っていたとしか。ですから、あたしは新吉さんに頼んで茶葉を父のところに届けてもらいました。毒の有無《うむ》を調べてもらおうとしたのです」

「茶葉の中に、毒が混ぜられていた」

松庵がさり気なく口を挟む。

「茶に混ぜれば匂いや味はある程度ごまかせるし、家の内の者なら、茶葉に混ぜるのはさして難しくはないだろう」

「あたしはお久さんに、お茶に気を付けるように伝えました。一口も飲んではならないと。そうしたら、次はお粥でした。昨夜、庄之助さんが食べたお粥に毒が盛られていたのです」

「お粥に？」

お富の剃《そ》りあげられた眉のあたりが、痙攣《けいれん》するように細かく震えた。

「ええ。その残りを食べた猫が死にました。人間は気を失う程度でも、猫には命取りになる量の毒だったのでしょう」

お富がぽかりと口を開け、浮かしかけた尻《しり》をぺたりと下ろした。おいちの言うことが何ひとつ解《げ》せないという顔つきだ。

「つまり、誰かが旦那さまに毒を盛り、正気を失わせていたってことですか」

弐助が妙にくぐもった耳障《みみざわ》りな声を出す。

「そうです。そして、あたかも人を殺したかのように、庄之助さんの手を血で染め、着物を汚したのです」

おいちは懐《ふところ》から小さな紙包みを取り出し、広げた。

「よく見てください。これは、庄之助さんの手に付いていた毛、刷毛《はけ》の毛です。一、二本だけですが抜けて、血にくっ付いていました。血の跡にも刷毛の筋がついていました。誰かが刷毛で庄之助さんの手のひらに血を塗りつけたわけですよね」

「なんのために、そんな真似を……」

「庄之助さんを下手人に仕立て上げるためです。いや、自分を人殺しだと信じ込んだ庄之助さんが自ら、命を絶つことを狙《ねら》ったのかもしれません。実際、庄之助さんは首を吊ろうとまで思い詰めたのです。自分の知らぬ間に人を殺していたなんて信じてしまえば、死を選びたくもなるでしょう。でも、庄之助さんは下手人なんかじゃありません。薬を飲まされ、昏々《こんこん》と寝入っている間に手に血を塗られ、襦袢の切れ端を握らされ……。ええ、もう一度言いますけど、庄之助さんは下手人に仕立て上げられただけです」

「だ、誰がそんなことを」

弐助の声が裏返る。

「庄之助さんが邪魔な人、庄之助さんがこの店からいなくなれば得をする人、新たな主人として『いさご屋』の身代《しんだい》を全て手に入れられる人、ではないでしょうか」

仙五朗が顎を上げ、弐助を睨みつける。

「て、わけでやす。大旦那が亡くなって、旦那もいなくなりゃあ、『いさご屋』の身代は内儀さんが産《う》んだ乙松坊ちゃんが跡取《あとと》りになる。まだ、幼い坊ちゃんの後ろ盾《だて》になりゃあ、この大店《おおだな》の身代は番頭さんと内儀さんの思いのままでござんすよね」

「なっ……」

弐助が顎を震わせる。言葉は何ひとつ、出てこなかった。

「寝惚《ねぼ》けたこと言わないで」

お富が金切《かなき》り声《ごえ》をたてる。

「なんで、あたしたちがそんな企《たくら》みをしなきゃならないんだ。どこに、そんな証《あかし》があるんだよ。おふざけでないよ」

仙五朗は眦《まなじり》を釣《つ》り上げたお富を見やり、ふっと息を吐いた。

「内儀さん。今朝《けさ》のことですが、納戸で番頭さんと内緒話《ないしょばなし》をしていたそうでやすね」

お富の射《い》るような視線がおいちに向けられた。

「……それがどうかしたんですか。あたしは、棚の上の膏薬《こうやく》の袋を弐助に取ってもらっただけですよ。そう言いませんでしたかねえ、先生」

「ところが、膏薬は棚の上にはなかったんで。でやすね、番頭さん」

「は？　え、それは……」

「番頭さんは前日、肩に怪我をした。そのとき、小女に納戸から膏薬を持ってくるように言いつけた。そして、自分の部屋に置いたまま、納戸には返してなかった。小女に確かめやしたら、まだ、部屋にあるそうでやすよ。つまり、今朝、内儀さんが番頭さんを呼んだのは、膏薬のためじゃねえ」

お富が歯を鳴らす。その音が、おいちの耳にまで届いてくる。弐助の額には汗が滲んでいた。

「内儀さん、番頭さん。納戸で何を話してたんです。嘘までついてごまかさなきゃあいけない隠し事ってのは、なんなんでしょうかね」

「おれは、なんにも知らない」

弐助が叫んだ。

「夜鷹殺しだとか、毒薬だとか、なんにも関わってない。おれは、ただ、相談にのっただけだ。こ、この女が」

弐助は震える指でお富を指《さ》した。

「この女が『いさご屋』の身代を息子のものにしたいって、その手立てがないかって……し、しつこいものだから、つい」

「なに言ってんだよ」

お富も喚《わめ》き立てる。

「誘ったのは、そっちじゃないか。何が、ついだよ。おまえが店の金にちょいちょい手をつけてたのは知ってんだよ。それがいつばれるか、びくびくしてたくせに。だから、庄之助さんが邪魔だったんだろ」

「し、知るもんか。お、親分さん、真実《まこと》です。そりゃあ、確かに大旦那さまに旦那さまの悪口を……伝えもしました。大旦那さまに乙松坊ちゃんを跡取りにするよう進言もしました。けど、それだけです。それだけなんです。夜鷹殺しなんて、そんな大それた真似、するわけございません」

「そうですよ。身代欲しさに関わりのない女たちを殺すなんて、いくらなんでもそんな真似、鬼でもなけりゃできるわけないでしょ」

「ところがねえ、内儀さん」

仙五朗がもう一度、吐息《といき》を漏《も》らした。

「人ってのは厄介《やっかい》なもので、ときには鬼にも夜叉《やしゃ》にもなっちまうんですよ。そういう輩《やから》と、嫌になるぐれえ付き合ってきやしたからね。それにね、内儀さんたちには夜鷹を殺さなきゃならねえわけがあったのと違いますか」

「わけ……」

「へえ。実は、最後に殺された夜鷹はおよしって名前でやす。覚えがござんせんか。確か、去年まで、女中としてこちらに奉公していたはずですが」

「およし……」

お富が息を吸い込んだ。黒眸《くろめ》が左右に揺れる。

「ええ。確かに、おりました。でも、急に暇《ひま》をとって……。およしは夜鷹になってたんですか」

「はは。おとぼけが上手《じょうず》でやすね、内儀さんは。実はね、およしは見つかったとき、深傷《ふかで》を負っちゃあいましたが、まだ生きて口が利けたんでやすよ。川に落とされたか、落ちたかで、それでも自力で這《は》い上がってきたんで。下手人のことを告げようとする一念《いちねん》が力になったんでやすかね。まあ、虫の息のきれぎれの語りなんで、はっきりとはしやせんが、どうやら、およしはとんでもねえ話を聞いちまったようなんで」

お富がすとんと腰を下ろした。食い入るように、仙五朗の口元を見詰める。

「つまり、二人、男と女が『いさご屋』の者たちをみんな殺してしまおうと相談している、その話をたまたま、聞いちまった。およしが廊下にいるのに気付かず、二人は話し始めたと、言ってやした。で、怖《おそ》ろしくて怖ろしくて、慌てて逃げ出したそうでやす。ところが、暇乞《いとまご》いもせずに店を飛び出したものだから、盗み聞きしたことがかえってばれちまった。どうも、廊下に櫛《くし》か簪《かんざし》を落としちまったそうで。ここで全部を聞いてましたって証《あかし》を残したみてえなんでやす。内儀さんたちにすりゃあ、これは放ってはおけやせんよね。首尾よく大旦那を殺し、旦那を下手人に仕立て上げ、身代を手に入れても、およしが生きている限りいつ何時《なんどき》、悪巧《わるだく》みがばれるかもしれねえ。早いとこおよしの口を塞《ふさ》がなきゃ、気が気じゃなかったんじゃねえですか。どういう手を使ったか、およしの居場所を突き止め、夜鷹に堕《お》ちたことを探り出した。けれど、いきなり口を塞いだんでは、『いさご屋』との繋《つな》がりを手《た》繰《ぐ》られるかもしれない。そこで、考えたのが他の夜鷹を殺すってやり方でやす。山では木は目立たず、河原では石は際立《きわだ》ちはしやせん。夜鷹殺しの中におよしを交《ま》ぜてしまえば、ああまた一人夜鷹が殺されたか、ですむ。誰も、およしの以前の奉公先なんて気に掛けやしませんよ。そして、その夜鷹殺しの罪を旦那になすりつける。あの手この手を使って、じりじりと追い詰めていく。狂ってくれればよし、自死してくれればなおよし、まさに一石《いっせき》二《に》鳥《ちょう》と考えた。鬼の心が生み出した思案でしょうが、怖ろしいの一言に尽きるじゃございませんか」

お富は何も返さなかった。蒼白《そうはく》な顔のまま、かぶりを振り続ける。

「およしがね、今際《いまわ》の際《きわ》に言い残したんでやす。『内儀さんが……』とね。これ以上、確かな証左《しょうさ》はありゃあしやせん。およしは、下手人の顔を見た。そして、最《さい》期《ご》の力を振り絞って、それを伝えてくれたんでしょうね。内儀さん、番頭さん、ちょいとご無礼《ぶれい》じゃござんしたが、お二人の部屋を手下《てか》に捜《さが》させてもらいやした。そしたら、これが出てきましたぜ。行李《こうり》の中からね」

仙五朗が手拭いの包みを差し出す。藍染《あいぞめ》の布から、刷毛と短刀が転がり出てきた。刷毛の先は洗ってあるが、それでもうっすらと赤い染みが付いている。短刀は匕首《あいくち》。仙五朗が鞘《さや》から引き抜くと、やはり薄い染みが見て取れた。ところどころに刃毀《はこぼ》れがある。

「これが動かぬ証拠だ。お富、弐助、神妙にお縄を頂戴《ちょうだい》しな」

お富が悲鳴をあげる。

それが合図だったかのように、仙五朗の手下《てか》が座敷になだれ込んできた。瞬く間に、お富と弐助を取り押さえる。

「違う、違う。何かの間違いだ。あたしはなんにもしてない。なんにも知らないよ。ただ、乙松のために身代が欲しかっただけだ。ほんとに、それだけなんだよ」

お富は泣き叫びながら、弐助は魂《たましい》が抜け落ちた如《ごと》く呆《ほう》けた面《つら》のまま、引っ立てられていった。

「まさか、あの二人が……。信じられない」

庄之助が両手をついて、項垂《うなだ》れる。

「これで一件落着……てわけには、いかねえでしょうねえ。旦那としちゃあ、いろいろと辛《つれ》え思いもござんしょう」

「はい……。なんと申し上げていいやら……」

「けど、これで『いさご屋』の膿《うみ》はきれいに絞り出されたんじゃねえですか。大旦那は、前のようにお元気になるこたあ望めねえでしょう。心機一転、旦那がこの店を守《も》り立てていかねえとね。しっかりしなせえよ」

「そうですね。とうとう、わたし一人が残ったわけですから」

庄之助が笑んだ。

その笑みがあまりに淋《さび》しげであったから、おいちは胸の奥に現《うつつ》の、きりきりと差し込む痛みを覚えた。

行燈《あんどん》の火が揺れている。

病人の様子がよく見て取れるよう、油ではなく百貫蠟燭《ひやつかんろうそく》を点《つ》けている。贅沢《ぜいたく》なことだ。

あの夜鷹たちのように、闇の中で無残に一人、死んでいく者がいる。こうして、夜具に横たわり、治療を施《ほどこ》され、寝ずの番まで付く者もいる。天と地ほどの開きだ。しかし、死ぬことに違いはない。みんな死んでいく。消えていく。去っていく。

お久は、夜具の上で揺れる明かりと影を見詰めていた。あと二刻《ふたとき》（四時間）ばかり明かりと病人の番をして、お町と代わる手筈になっていた。

内儀《おかみ》さんはどうなるのだろう。

髪を振り乱し、引き立てられていったお富を思う。それとなく、仙五朗に尋ねてみた。「そりゃあ、あれだけの大罪を引き起こしたんだ。しかも、主殺《あるじ》しまで企《くわだ》てた。市中《しちゅう》引き回しのうえ、獄門《ごくもん》は免《まぬか》れねえだろうな」と答えが返ってきて、お久は思わず呻いてしまった。

市中引き回し。獄門。

お久は目を閉じる。

悪い女ではないのだ。愚《おろ》かではあるが性根《しょうね》が腐《くさ》っているわけではない。我が子可愛《かわい》さに先妻の息子を追い落とそうとした。それは、愚かな所業《しょぎょう》ではある。でも、母としての情に翻弄《ほんろう》されなければ、お富は気風《きっぷ》のいい、明朗でさばさばした江戸の女であったのだ。

市中引き回し。獄門。

身が震える。

内儀さんは死んで、あたしは生きのびる。

それでいいのだろうか。

「お嬢さま」

我知らず、お京を呼んでいた。

「お久さん、あたし、お京さんに逢《あ》ったんですよ」

おいちに言われた。明日菖蒲長屋に帰るというおいちを手伝い、荷物を纏《まと》めていたときだった。時候の話をするような何気ない口振りだった。

「は？」

「お京さんに逢ったの。稚児髷《ちごまげ》のとっても可愛い女の子だったわ」

この人は何を言っているのだろう。

お久は、若い女医者の眼を覗き込んだ。澄《す》んだ美しい眸《ひとみ》だった。

「お京さんね、おっかさんのところに行きたいんだって、あたしに言いましたよ。おっかさんが呼んでいるのに、身体が重くて飛んでいけないって泣いてました」

「お嬢さまが泣いて……。先生、からかわないでくださいな。他のことはともかく、冗談でお嬢さまのお名を出すことだけはしないでもらいたいですね」

「お久さん、あたしね、逢えるんですよ。この世に留《とど》まらなくちゃならない人たちと、ほんの束の間だけど逢えるんです」

「それは……お嬢さまの幽霊《ゆうれい》を見たってことですか」

「違います。そんなんじゃありません」

おいちは僅かに苛立《いらだ》ったようだ。

「幽霊とかそんなんじゃないんです。この世に怨《うら》みがあってではなく……伝えたいことがあるのに誰も気が付いてくれない、気付いてもらえない、そんな人たちの声が聞こえたり、姿が見えたりするんです。あの……でも、信じてもらえないですよね。でも、ほんとうにお京さんと逢ったんです。逢って、櫛《くし》をあげました」

「櫛、ですか」

「はい。伯母からもらった櫛です。お京さん、とっても喜んでくれました。こんな可愛い櫛が欲しかったって……」

そうだ。お嬢さまは櫛を欲しがっていた。それで、お正月には新しい櫛を用意しましょうねと、あたしが言ったのだ。なんとしても、お嬢さまの喜ぶ紅い櫛を手に入れようと、あのとき、思った。それなのに、お正月を待たずに、お嬢さまは亡くなってしまわれて……。

「先生、お嬢さまは泣いてらしたのですか」

「はい。重石を付けられてるみたいでふわりと浮かないのだと、それが辛いと泣いてました。お京さんは怨んでるんじゃない、哀《かな》しんでいたんですよ」

「重石……お嬢さまが……」

お久は瞼《まぶた》を押さえた。その眼裏《まなうら》にお京の泣き顔が、確かに見えた。

「お嬢さま」

お久がお京を呼ぶ。小さな小さな、ささやきより小さな、誰の耳にも届かぬ声で。耳を澄ませてみたけれど、返事はなかった。

「うう……」

吉兵衛が身じろぎする。

「大旦那さま、お気付きになられましたかね」

「うう……ここは……」

衣擦《きぬず》れの音がした。

百貫蠟燭の明かりさえ届かない一隅、闇の溜まりから黒い影が進み出る。振袖姿《ふりそで》の娘だった。明かりを仄《ほの》かに受けた横顔は、この世のものとは思われぬ美しさだ。

いや、この人はこの世の者ではないのだ。

お久は、あまりに美しい横顔から視線を逸《そ》らした。

「大旦那さま、目を覚ましてください。どうか、お目を」

「う……お久……お久か」

「はい。大旦那さま。お嬢さまが、お京さまがお迎えにおいでになりました」

「……お京……」

「おとっつぁん。京が参りましたよ」

娘が、吉兵衛に顔を寄せる。

「あたしが見えますよね。おとっつぁんが殺した娘ですよ」

「お京……許して……くれ」

「許す？　今さら、何を許せと言うんです。あたしを見殺しにしておきながら。ねえ、なんで昨夜《ゆうべ》、ひと思いに死ななかったの？　せっかく、あたしが刺してあげたのに。うふふ。でも、いいわ。何もかも、思い通りになったもの。ね、おとっつぁん。今度こそ、あの世に行きましょうよ。おとっつぁん、ここが」

娘の手が吉兵衛の胸を押さえた。

「心の臓が弱ってるんですって。いっそひと思いに、あたしが止めてあげようか」

「うう……助けて……、く、苦しい」

「ふふ、苦しむといいわ。あたしはもっともっと苦しんだのよ。おとっつぁんのせいで、苦しみ抜いて死んだの。あたしの苦しみに比べたら、これくらい、これくらい……」

手に力がこもる。吉兵衛が口を開け、喘《あえ》いだ。

――お京さんは怨んでるんじゃない、哀しんでいたんですよ。

お久の耳に、おいちの声が響《ひび》いた。

「おとっつぁん、死ぬといいわ。もっと苦しんで、心の臓を止めてしまいなさいな。うふふふふ」

「やめて！」

お久は叫び、娘に縋った。

「やめて、もうやめてください。旦那さま。もうお終《しま》いにして」

その叫びが消えぬうち、襖が開いた。

「その通りだ。もう終いにしてもらいやすぜ。庄之助さん」

岡っ引仙五朗が座敷に入ってくる。その後ろから、新吉が現れ、素早《すばや》く手燭《てしょく》に明かりを点《とも》した。

座敷の中が、さらに明るくなる。

「夜鷹殺しの下手人、いさご屋庄之助、御用《ごよう》だ」

仙五朗は敏捷《びんしょう》な動きで庄之助に馬乗りになると、縄をかけた。

「やめて、やめろ。あたしは庄之助なんかじゃない。お京よ。娘のお京なの。放して、放せ」

庄之助が激しく身を捩《よじ》る。鬘《かつら》の簪《かんざし》がひらひらと揺れた。

「お京さんは、大人にはなれなかったんですよ」

隣室《りんしつ》の闇の中から、おいちが現れた。闇にさえ浮かび出るような、蒼白な顔色をしている。

「庄之助さん、お京さんはいつまで経《た》っても子どものまま、亡くなったときのまんまなんです。決して、大人にはなれませんでした」

静かな声だった。

ゆっくりとお久の心に染みてくる。

「庄之助さん、もう、お京さんを解《と》き放ってあげてください。おっかさんのところに行かせてあげてください。あなたの歪んだ心のせいで、お京さんは、ずっと縛《しば》り付けられているんですよ」

「……あたしはお京よ。あたしこそが……」

鬘がずれ、化粧が剝《は》げた顔で庄之助が呻く。歪んだその顔さえも美しかった。お久は耐《た》えきれなかった。

「旦那さま、あたしたちは間違ってたんです。お嬢さまのためにも、人を怨んで生きてはいけなかったんです。なんで、それに……もっと早く気が付かなかったんでしょうか……」

「お久、おまえ……裏切ったね」

「もっと、もっと早く、お止めすべきでした。あたししか、止める者はいなかったのに。あたしも……憎《にく》くて、お嬢さまを見殺しにした大旦那さまが憎くて……。でも、でも、憎むべきじゃなかったんです。この憎しみが、お嬢さまをかえって苦しめていたなんて……。旦那さま、もうこれ以上は」

「殺してやるんだ。みんな、殺してやる」

庄之助が不意に哄笑《こうしょう》した。

「殺してやる。みんな、苦しみながら死ねばいいんだ。ははは、あたしは血の臭《にお》いが好きよ。人の死に顔が好きよ。胸が晴れる。みんな、みんな、小汚《こぎたな》い虫けらのくせにのうのうと生きてるなんて許せない。あたしは死んだのに、生きてるなんて許せない」

仙五朗が、しゃがみ込んだ庄之助の傍《かたわ》らに、膝をつく。

「およしも、虫けらですかい」

笑いがやんだ。

「およしは、あんたの子を産んだんですぜ」

庄之助の表情が固まる。瞬《まばた》きもしない目が、仙五朗に向けられた。

「そういう仲だったんでやしょ。およしとあんたは、ね。およしは身籠《みご》もって、あんたの子を産みやした。その子を育てるために、夜鷹にまで身を堕《お》としたんです」

ああ、そうなのか。

お久はうなずきそうになっていた。

およしは、どことなく儚《はかな》げな女で、目元がお京と似ているのだ。一目見たとき、そう感じた。お京が無事に育っていれば、およしの面影《おもかげ》に重なるところがあったのではないか。むろん、およしはお京ほど美しくはない。それでも、似ていた。庄之助が心惹《こころひ》かれても不思議《ふしぎ》ではない。

「子は男の子だそうです。およしが必死に守り育てたおかげで、すくすくと大きくなっていやすよ。これからも守り通すと、およしは言ってやした」

「え……」

「へぇ、そうでやす。およしは生きてやすよ。あんたみてえな鬼でも情を交《か》わした女には、つい刃《やいば》が鈍《にぶ》っちまったんですかね。急所を外《はず》れてやした。他の夜鷹みてえにばっさりやらないで、絞め殺そうとしたのもその情故《ゆえ》なんでやすかね。ともかく松庵先生のお手当てのおかげで、およしはなんとか助かりやしたよ。こちらの大旦那と同じにね」

「旦那」

新吉が庄之助ににじり寄る。

「旦那は、およしさんがあっしと同じ長屋に住んでいることを突き止めて、およしさんを探るためにあっしのところに通ってきたんですか。あっしのような駆け出しを抱え職人になんて、どうも話が上手《うま》過ぎるとは思ったんで」

「それは違います」

お久も膝を進めていた。

「旦那さまは、本気であなたの腕に惚れ込んでおりました。この職人はすごいと。およしさんを見つけたのはたまたまです。ほんとうに、たまたまで……。あなたとおよしさんが同じ長屋にいたなんてねえ……。一度、見つけてしまえば、およしさんが夜鷹をしていることを突き止めるのに、そう手間はいりませんでした。でも、信じてください。旦那さまは、小間物《こまもの》を扱う商人《あきんど》としてあなたの腕を認めていたのです」

今さら、こんなことを言ってどうなる。

庄之助は、振袖姿のまま視線を彷徨《さまよ》わせている。

どうにもならない。でも言わずにはおれなかった。

「子どものことは……気が付きませんでした。およしさんが、あたしたちを怖れて、隠すようにして育てていたんでしょうか。その赤ん坊のことを知っていたら……知っていたら」

知っていたら何かが違っていただろうか。

「旦那はどうして……」

新吉が声を震わせた。

「どうして、商人として生きられなかったんですかね」

堪《こら》え切れなかった。

お久はその場に突《つ》っ伏《ぶ》し、声をあげて泣いた。

涙が溢《あふ》れ出て、止まらない。

「泣きたいだけ泣きなせえよ」

仙五朗がそっと呟いた。


後日――。

「脈です」

と、おいちは答えた。

新吉になぜ、庄之助を疑ったのかと問われたからだ。

「『いさご屋』で、庄之助さんはよく倒れたり、気を失ったりしました。でも、脈はほとんど一定で乱れがなかったんです。普通、興奮したり動揺《どうよう》したりすれば、乱れて当たり前なのに。それで、芝居《しばい》をしてるのではと思いました。どんな役者も脈までは意のままになりませんからね」

「なるほど。お医者さまってのは鋭《するど》いもんでやすね」

新吉が吐息を漏らした。

菖蒲長屋の一間《ひとま》、薬草《やくそう》の香りに包まれて、おいちたちは座っている。先刻、昼食《ひる》時の患者のいない刻限を見計らい、新吉と仙五朗が顔を覗かせたのだ。新吉は手に饅頭《まんじゆう》の包みを提《さ》げていた。

おいちが驚いたのは、二人の後ろに見知った小柄《こがら》な女が従っていたことだ。

「まあ、お町さん」

どうしてここにと尋ねようとして、閃《ひらめ》いた。

ああ、そういうことだったのか。

「親分さんが打った手というのは、お町さんのことだったんですね」

「ご明察《めいさつ》でござんす。お町は、実はあっしの手下の一人で、その昔、浅草界隈《あさくさかいわい》じゃあ、ちったあ名の知れた悪《わる》でやしてね」

「そんな悪だなんて」

お町が頰を膨《ふく》らませる。とうてい、〝名の知れた悪〟には見えない。

「『いさご屋』に入ってからずっと誰かが見ているような気がしていたけれど、あれはお町さんだったのね」

「はい。おいち先生から目を離すなって親分から言われていたので……。内儀さんに『女のお医者さまなんて珍しい。お手伝いがしたい』って言ったら、『好きにおし』って。内儀さん、乙松坊ちゃんのことしか頭にないから、他はどうでもよかったんです。あたしとしては助かりました。堂々とおいち先生の近くにいられましたから。でも、先生が毒に中《あた》ったときはどうしようかと思いました。あのお茶の葉、あたしが茶筒《ちゃづつ》に入れたんです。そのときに、もしやと思い調べてみました。でも、毒らしきものは混ざってなかった。ごく普通のお茶だったんです」

「湯呑《ゆの》みだよ」

仙五朗が肩を竦《すく》める。

「茶葉に毒を混ぜれば、飲んだ庄之助本人も前後不覚になっちまう。だから、おいちさんの湯呑みにだけ薄く毒を塗ってたんだ。そして、自分もまた毒を盛られた振りをしていた」

「あたしが茶葉を調べることまで見通して、庄之助さん自身が後から毒を混ぜたのですね」

「そうでやす。そもそも、庄之助がおいちさんを『いさご屋』に招き入れたのは、自分の筋書《すじが》きに入《い》り用《よう》な役者だったからでやす」

「つまり、下手人に仕立て上げられそうになった男を救う役どころ、ですね。あ、それより先におあがりくださいな。お茶でもいれます。たいしたお茶ではありませんが、毒は入っておりませんから」

「こっちの饅頭も、安心して食えますぜ」

新吉がひょいと包みを持ち上げた。

茶をすすり、饅頭を口に運ぶ。

「美味《うま》いね。生きてるって心地《ここち》がすらあ」

新吉が満足そうに笑んだ。

「おまえは、わかり易くていいな」

松庵も笑う。

「ほんとにね。庄之助はこんな、細《ささ》やかな幸せを知らなかったんでしょうかねえ」

しみじみと仙五朗が呟いた。

「あの人は、どうして……あんな怖ろしいことを考えたのでしょうか。それほど、吉兵衛さんやお祖父《じい》さまが憎かったのでしょうか」

おいちは手の中の湯呑みの、その温かさに息を吐く。

「どうでやしょうね。お久の話だと双子《ふたご》の姉と弟だからなのか、生まれたときからお京と庄之助には強い絆《きずな》があるのを感じていたそうでやすから。姉を殺されたと思い込めば、憎しみも深くなるばかりだったのかもしれやせんね。けど、真相はわかりやせん。庄之助は既に正気じゃなくなってやす。自分をお京だと言い張って、いや、ほんとうにお京になっちまったようでやすね」

「親分さん、あたし思うんです。庄之助さんがうちに来たのは、新吉さんから話を聞いて、あたしを利用できると考えた……それもむろんあったでしょうが、実は……本心から救ってもらいたかったんじゃないでしょうか」

「お京からですかい」

「はい。庄之助さんは、ほんとうにお京さんに心を乗っ取られそうになっていた。本物の幼いお京さんじゃありません。庄之助さんが憎しみの内に育ててしまった、庄之助さんの内のお京さんです。庄之助さん自身、お京さんが怖くてならなかった。だからこそ、あたしや父さんに縋ってこられたのではないでしょうか」

松庵が低く唸った。

「とすれば、おれたちは、あまり役には立てなかったわけだ。庄之助さんを救うことができなかったんだからな」

「大旦那とおよしの命は救ってくれたじゃねえですか。人が人にできることには限りがありやす。庄之助は己で己の憎しみ、お京にけりをつけなきゃならなかった。それは、庄之助にしかできねえことでやすよ」

「夜鷹殺しのとき、庄之助さんは女の形《なり》をしてたんだな」

松庵が茶を飲み干す。おいちは、湯呑みを手元に引き寄せ、新たな茶を注《つ》いだ。

「へぇ。女が女を殺す。あっしたちも目を眩《くら》まされちまいやした。が、庄之助に目《め》眩《くら》ましの意図はなかったようで。お京になりきったときにだけ、易々《やすやす》と人が殺せると、お久に告げていたそうでやすよ。だから、やっぱり、おいちさんの言う通り、庄之助はお京に取り憑《つ》かれてしまってたんでしょうね。人を殺すのが楽しくて堪《たま》らないと嗤っていたとも聞きやした」

そこまで、庄之助は心を蝕《むしば》まれていた。

なぜ、もっと早く、手を差し伸べられなかったのか。こうなる前に、誰かが、あの哀れな男を救えなかったのか。

「刃物はどうなんだ。庄之助さんは匕首《あいくち》を自在に遣《つか》えたのか」

松庵が短刀を握る仕草《しぐさ》をする。

「へぇ。実は昔から刃物を扱うのは得意だったようで。小さいときから手先が器用で……いや器用、不器用は関わりねえか。庄之助は、お久にさえ内緒で、さる浪人者から刀の扱いを教わっていたそうでやす。そのうえで、このところ稽古《けいこ》を重ねていたとか。人殺しの稽古をね」

「稽古って、どうやるんだ」

「猫、でやすよ。迷い込んだり、居ついたりした野良猫を何匹も腹を裂いて殺し、庭に埋めたんだとか」

あっ、とおいちは声を出していた。おヌキという名の猫はどこかに去ったのではなく、殺されていたのか。

「女の腹を裂いたのは、真っ直ぐに裂くことで生まれ変われる心地がしたから……だそうでやす。首でも胸でもなく、腹でなきゃあ駄目なんだとか……」

仙五朗の口元が歪《ゆが》む。おいちは目を閉じる。一息吐《つ》いて仙五朗は話を続けた。

「わたしが踏み止《とど》まればよかったのかと、およしが泣いておりやした。妾《めかけ》でも、女中のままでも、庄之助に赤子《あかご》を抱かせていたら違っていたんじゃないかとね。およしは、お久と庄之助が吉兵衛さん殺しの相談をしているところをたまたま見ちまった。そのときの二人の形相《ぎょうそう》があまりに怖ろしくて……、およしに言わせりゃあ、鬼そのものの顔だったそうでやすが、それが怖くて逃げ出してしまった。庄之助に惚《ほ》れていたからこそ子まで宿《やど》したのにと……。全てが片付いたと聞いたときから、あれほど怖ろしかった庄之助を哀れとしか思えないのだとね」

「庄之助さんはどうだったのでしょうね。およしさんを殺そうとしたのは口封《くちふう》じのためだけじゃなくて、自分を裏切って逃げ出したと感じたからでしょうか」

わかりやせんと、仙五朗が首を振る。

そう、もう誰にもわからない。

庄之助の心の内を知る手立ては、もうないのだ。

「お久さんはどうなるのでしょうか」

「……死罪は免れねえでしょう。直《じか》に手を下してねえとはいえ、庄之助の手助けをしていたのは逃《のが》れようもねえ事実でやすからね」

「お富さんたちの部屋に刷毛《はけ》や匕首《あいくち》を隠したのもお久さんですね」

「その通りで。庄之助が長じるにつれ、そこにお京の面影を見るようになり、生きていればこんなに美しく育ったのにと怒りが募《つの》り、大旦那たちへの憎しみも募っていったそうでやす。心のどこかで怖《お》じける思いもあったのに、庄之助を止めることができなかった。おいちさんに、子どものままのお京が泣いていると聞かされて、頬を打たれた気がしたと言ってやした。憑《つ》きものが落ちた心地がする、ともね。およしと庄之助のことも薄々感付いてはいたけれど知らぬ振りをしていたとか。あのとき、二人が一緒になれるよう努めればよかったと。庄之助が当たり前の暮らしができるよう計《はか》らえばよかったと。あたしは何もかもを間違えてしまったと……。今さら遅いんですが悔《く》やんでやしたよ。おいちさん、お久はお裁きを逃れようなんて考えちゃあいねえでしょう。罪を償《つぐな》う覚悟はしてやす」

仙五朗の一言一言が重い。重過ぎて、背骨が軋《きし》むようだ。

「おいちさんが、お久さんを疑ったのはなんでです。そっちは脈とは関係ねえですよね」

新吉が、軽薄《けいはく》に響くほど快活な物言いをした。新吉なりに重い気配を吹き飛ばそうとしたのだろうか。

「わざとらしかったからです。お富さんたちがいる納戸に案内したり、おかゆ、あ、白い猫なんですけど、その死体を見つけたりと、どことなくわざとらしくて……。その猫を殺したのはお久さんでしょう。庭の隅に埋《う》めたとき、ずっと掌《て》を合わせてました。親分さん、お久さんはあたしに、一刻でも早く気が付いてほしかったのかもしれませんね。もう、終わらせたいって心の奥底では望んでいたんですよ。あたし……、お京さんのことをもっと早く伝えるべきでした」

「おいちさん、そんな悔いはなしにしやしょう。それを言うなら、あっしにもたんと手落ちはありやすよ。気が滅入《めい》るぐれえ、たんとね。下手人が女に化《ば》けた男かもしれねえと、なんで思い付かなかったのか、この空《から》っぽ頭を殴《なぐ》りつけてやりてえ」

「あ、それなら、おれが手伝いますぜ」

新吉がこぶしを握る。

「馬鹿野郎《ばかやろう》。調子に乗るんじゃねえ」

仙五朗の一喝に、新吉は大仰《おおぎょう》に身を縮めた。

「ひえっ。また、親分に怒鳴《どな》られちまった。あっ、そういえば、内儀さんたちはどうなりやした。濡《ぬ》れ衣《ぎぬ》は晴れたわけでしょ。濡れ衣というか、親分が企んだ芝居だったんですがね」

仙五朗が眉間《みけん》に皺《しわ》を寄せる。新吉といると、この老練な岡っ引の表情がやけに豊かに、さまざまに変化する。

「新吉、企んだんじゃねえ、仕組んだんだ。庄之助に自分の筋書き通りに事が運んでいると思わせるためにな。一件落着し、おれたちも引き上げたとなれば、やつは必ず大旦那の息の根を止めようとする。継母と番頭がいなくなり、大旦那が消えれば『いさご屋』は庄之助のもんだ。『いさご屋』の全てを手に入れる。それが、庄之助、いやお京の復讐《ふくしゅう》の詰めだったんだよ。だからこそ、やつが下手人である動かぬ証《あかし》を摑むために、お久に協力を頼み、おいちさんも含めて誰もが『いさご屋』から去ったかのように伝えてもらった。そして、お富たちにはちょいと痛い目に遭ってもらったわけだ」

「それだけじゃあるまい」

松庵が饅頭を手に、仙五朗を見やる。

「弐助は店の金に手をつけてるそうだし、お富は端《はな》から『いさご屋』の身代が目当てだった。悪党とまでは言えんが、小狡《こずる》いやつらにお灸《きゅう》をすえるつもりもあったんだろう、親分」

「へぇ。まあ、その通りで。灸の効《き》き目はあったようで、弐助はともかく、お富は田舎《いなか》に引っ込んで地道に暮らすつもりのようでやすよ。まあ、後々はどうなるかわかりやせんが、今のところは、かなり懲りているようで」

にやりと笑った後、仙五朗は口元を引き締めた。

「『いさご屋』は店を閉めるそうでやす。財産は大半が没収されて、大旦那は江戸払いを命じられやした。こんな事件を引き起こしちまったんですからしょうがねえでしょうが、酷《むご》くはありやすね。ただ、大旦那から、およしにかなりの金子《きんす》が渡されやした。これでなんとか子を育ててくれと。大旦那のせめてもの罪滅ぼしでやしょうね。大旦那も庄之助のことに薄々感づいてはいたようで、お富と寝所をわけたのも、自分が襲われたとき、お富に危害が及ばないようにとの心遣いであったようでやす」

「そこまでわかっていながら、なぜ、もう少し早く手が打てなかったのでしょう。父親なら、手立てがあったのではないのかしら」

「それがわからなかったと、大旦那、号泣《ごうきゅう》してやした。お京を見捨てたという負い目があって……。それが故《ゆえ》かどうか、庄之助をどう愛《いと》しんだらいいかわからなかったそうでやす。大旦那自身も慈《いつく》しんで育てられたわけじゃねえみてえでね。大旦那は身辺が片付いたら、仏門に入るつもりだとおっしゃってましたよ。何とか取りとめた命。動けるようになった身体をお京たちの菩提《ぼだい》を弔《とむら》うために使うと」

「やりきれねえな」

新吉が酒をあおるように、茶を飲み干す。

「あたし、夢を見ました。お京さんの夢です」

茶を注ぎながら、みんなに告げる。ここにいないお久に告げる。

「笑ってました。これから、おっかさんのところに行くんだと。庄之助も早く来ればいいのにと、とても楽しそうに笑っていました」

「さいですか」

仙五朗が口元を緩めた。

「その話で、少し心が晴れやした」

路地《ろじ》で遊ぶ子どもの声が響いてきた。

おねえちゃん、ありがとう。

お京の弾む声が響いてきた。

おいちは瞼《まぶた》を閉じ、深く息を吸う。

その瞼を押して、涙が溢れ出た。

涙は熱く、幾つもの筋になって頬を流れ落ちていった。

子どもたちの声は、まだ響いている。


〈了〉

この作品は、二〇一五年六月にＰＨＰ研究所より刊行された。

著者紹介
あさの あつこ

1954年、岡山県生まれ。青山学院大学文学部卒業。小学校の臨時教師を経て、作家デビュー。『バッテリー』で野間児童文芸賞、『バッテリーII』で日本児童文学者協会賞、『バッテリーI～VI』で小学館児童出版文化賞、『たまゆら』で島清恋愛文学賞を受賞。著書は、現代ものに、『The MANZAI』『NO.6』『ガールズ・ブルー』、時代ものに、「おいち不思議がたり」「弥勒の月」「闇医者おゑん秘録帖」「燦」のシリーズ、『待ってる』『花宴』『かわうそ』などがある。

PHP文芸文庫　闇に咲く
おいち不思議がたり

2018年5月22日　第1版第1刷

著者　あさの　あつこ
発行者　後藤淳一
発行所　株式会社PHP研究所
東京本部　〒135-8137 江東区豊洲5-6-52
第三制作部文藝課　☎03-3520-9620(編集)
普及部　☎03-3520-9630(販売)
京都本部　〒601-8411 京都市南区西九条北ノ内町11
PHP INTERFACE　https://www.php.co.jp/
組版　朝日メディアインターナショナル株式会社
印刷所　共同印刷株式会社
製本所　株式会社大進堂

ISBN978-4-569-76838-0

PHPの本

「おいち不思議がたり」シリーズ最新刊二〇一八年六月発刊

火花散る――おいち不思議がたり

あさのあつこ 著

菖蒲長屋で赤子を産み落とした女が姿を消し、殺される。傷痕から見えてきた意外な犯人像とは。人気の青春「時代」ミステリー第四弾！

【四六判】